KB180255

엄마의 엄마가
된다는 것

엄마의 엄마가 된다는 것

노인 조현증 엄마를 응시하고 마주보고 살아가는 용기

유혜진 지음

엄마와 함께한 글쓰기, 삶을 치유하다

학자도 아니고 작가도 아니면서 주변 사람들로부터 책 좀 그만 읽으라는 소리를 들으면서까지 책 속에서 얻으려 했던 것은 지식 습득도 아니고, 호기심 충족도 아니고, 자기만족도 아니었습니다. 무엇보다도 나를 읽어 내려고 책을 손에서 놓지 않았고, 놓을 수 없었습니다. 쉽게 단정할 수 없어서 늘 어렵기만 했던 나는 변화가 죽 끓듯 했고, 그 변화는 항상 주변부의 변화와 밀접하게 얽혀 있었습니다. 다양한 경험과 고생을 찾아 하면서까지 이리저리 변죽만 울리던 나는 주변부와 뗄 수 없는 관계에 집중하기 시작했습니다. 때로는 마음과 인식이 따로 놀기도 해서 저만치 다른 곳에 가 있는 마음을 제때에 미처 인식하지 못한 경우도 허다했지만, 책을 통해 투영

된 것들은 마음과 상황을 단순하게 인식하도록 축약시켜 주기보다 복잡하고 미묘한 것들을 다채롭고 방대하게 비추어 주었습니다. 읽기는 지식이나 간접경험의 축적이 아니라 변화를 가늠하고 또 다른 변화로 넘어갈 수 있게 해주는 징검다리였습니다. 그래서 읽기는 계속될 수밖에 없습니다.

쓰기는 읽기보다 더 적극적인 과정이었습니다. 더 천천히, 자세히, 때로는 아프게 파고들면서 나를 읽어 내려가는 과정이었습니다. 매번 눈물이 날 정도로 아파서 공연히 딴짓을 하기도 했고, 빙빙 에둘러 보기도 했습니다. 그렇게 한참을 뭉그적거리면서 쓰고 또 읽어 내려갔습니다. 그것은 나를 읽는 일임과 동시에 주변 사람들을 읽고 이해하는 일이기도 했습니다. 신기하게도 쓰고 읽을수록 이전에 오독했던 것들이 하나둘 새로 보이기 시작했습니다. 읽기와 쓰기는 각각, 혹은 서로 시각을 재구성하여 미세한 변화를 끊임없이 만들어 내고 있었습니다. 쓰기는 그렇게 오랜 읽기와 접점을 찾는 과정이었습니다. 그러다 보니 어느새 언어는 사유의 도구가 아니라 감각, 사유와 한데 어우러진 동심체가 되었습니다.

관계는 항상 관계 자체에 의한 것이건 외부의 영향 때문이건 즐거움과 함께 아픔을 동반합니다. 그 자체가 삶인 것과 비슷합니다. 편안함엔 익숙하고 아픔에는 서투르다고 해서 전자에만 동참하고 후자엔 불참할 수도 없습니다. 어쩌면 관계의 질을 결징짓는 것은 고통과 아픔에 대한 대응 방식일지도 모릅니다. 묵묵한 책임감으로 나를 돌봐주셨던 엄마에게 일부나마 돌봄을 돌려 드릴 기회를 포기하지 않았던 이유는 자식된 도리라는 의무감이라기보다 그저 나에게 힘이 남아 있었기 때문인 것 같습니다. 돌봄이 일련의 자발성을 획득하려면 많은 에너지가 필요합니다. 특이한 것은 한정된 에너지가 돌봄으로 인해 일방적으로 소모되지만은 않았다는 점입니다. 엄마에 대한 좋은 기억과 함께 엄마를 돌보는 나를 향한 주위 사람들의 걱정과 위로에 기운을 얻었고, 그렇게 얻은 기운을 엄마에게 쓸 수 있었습니다. 일단락되거나 머무르거나 혹은 내부로만 향하는 에너지에는 명백한 한계가 있다는 것을 느꼈습니다. 나 또한 언젠가 돌봄을 받을 상황이 생길 것이고, 그때의 돌봄에 선순환적인 에너지가 담겨 있기를 바라는 마음은 바로 지금 내가 느끼는 힘과 닿아 있습니다.

이해와 공감, 그로 인한 깨달음은 결코 쉬운 일이 아니고, 완성이 없는 과정이지만 그 과정을 지날수록 감사함이 더해진다는 것을 알았습니다. 이후에는 아픔의 눈물이 감사의 눈물로 바뀌었습니다. 아니, 어쩌면 그 둘은 처음부터 같은 것이었는지도 모르겠습니다.

삶 전체를 쥐고 흔들 만한 아픔을 겪었거나 겪고 있는 사람들과 그 가족들, 그리고 티 나지 않게 크고 작은 아픔을 겪고 있는 사람들에게 조금이라도 도움이 되었으면 좋겠다는 생각도 이 글을 쓰는 데 함께 했습니다.

아울러 부족한 글을 허락해 주신 출판사와 읽기에서 끝낼 것이 아니라 쓰기로 옮겨 가야 한다고 끊임없이 조언해 주신 생태적지혜연구소의 신승철 소장님, 그리고 늘 곁에서 지지와 격려와 채찍질을 함께 해준 딸에게 감사의 마음을 전합니다.

2023년 봄

유혜진 씀

목차

1장

미열처럼 계속되는 분열

— 다시 찾아가는 흔들림의 자취

오늘따라 유독 햇살이 눈부셨다. 햇빛은 구석구석 언 땅을 다 녹일 듯이 따사롭게 빛났고, 산들거리는 바람을 타고 뿜어 오는 봄 공기도 적당히 따뜻했다. 운 좋게 지역 치매 예방 교양 강좌를 수강할 수 있게 되었다고 여러 번 얘기했음에도 곧 잊어버리고는 다시 자랑하듯 말하며 흥분을 감추지 못했던 얼마 전 엄마의 전화 목소리와 어울리는 날씨였다. 스스로 기뻐하는 일은 몇 번을 반복해도 그다지 지루하거나 지겹지 않은가 보았다. 직접 경험할 수 있는 기쁨은 아니지만 기뻐하는 사람의 목소리를 통해 그 기운이 전해져 왔다. 엄마는 올 하반기 지역 노인복지센터로부터 선택받은 서른 명 안에 들어서 치매 예방 체조도 배우고, 노래 교실에서 노래도 배우면서 활력을 찾아가고 있는 중이었다. 큰 기쁨거리가 없는 단조로운 일상에서 그 정도 사건이면 충분히 주변 사람에게 여러 번 얘기하고 다닐 만큼 즐거운 일인가 보았다. 아니면 말할 때마다 본인이 기쁨을 계속 느끼고 싶어서 지난 기억을 지워 버리는 것일까. 사소한 것이든 큰 것이든 기쁨을 자주 소환하는 것은 나쁘지 않을 뿐 아니라 약간 부럽기까지 했다.

"아, 그래. 전에 얘기했던가?…… 하여튼 내가 거의 마지막으로 된 거야, 거기. 복지센터. 하루만 늦게 갔어도 다 마감돼 버릴 뻔한 거지."

그렇지만 엄마는 여전히 자기 얘기를 하느라 바빠서 나의 안부를 묻지 않았다. 아직도 자기만의 세계에서 해결하지 못한 문제가 남아 있는 것이다. 그 문제들이 해결되고 나서야 비로소 주위 사람들이 눈에 들어오겠지 싶었다. 크게 요동하지는 않지만 뭔가 미세하고 복잡한 파동들이 엄마의 마음을 가득 채우고 있는 듯했다. 꼬박 2년째 복용하는 약의 효력 때문일까. 아직은 아슬아슬한 평온의 수위를 애써 유지하고 있는 듯 보였다.

대체로 나이가 들면 어지간한 시련에도 그다지 흔들리지 않고, 사소한 일에서도 그리 큰 기쁨을 못 느끼게 되는 줄 알았다. 내가 그랬다. 점점 눈이 흐려지고, 귀가 어두워지면서 모든 감각이 옅어지고 그 감각 안에 생동하던 감정들도 무뎌졌다. 나를 가슴 뛰게 만들던 것들은 그 사실만 기억 속에 저장되어 있고, 똑같은 상황과 대상을 다시 만나도 같은 감정은 일어나지 않았다. 그런데 지금 엄마는 같은 말을 하면서 매번 다른 기쁨을 느끼고 있었다. 매번 다른 기쁨을 주는 엄마의 말은 같은 말이 아닐 것이다. 엄마는 매번 새로운 말을 하고 있는 거였다. 수화기 너머 들려오는 엄마의 목소리를 듣고 있자니, 지금은 많이 옅어진, 새로운 것에 대해 유난히 벅차 했던 나의 옛 감정이 떠올랐다. 처음 마주하는 것 앞에만 서면 은은한 두려움 속에서도 기대와 상상으로 달뜬 마음에 늘 압도당하곤 했다. 그때의 나와 지금의 나에게 달라진 것은 무엇일까. 정작 달라진 것은 나 자신인데, 대개 세월 탓을 하곤 한다. 탓할 수 없는 것을 탓한다는 것은 의식적이든 무의식적이든 인정하지 못하는 것을 위한 일종의 변명일지 모른다.

"미영아, 거기 다니는 노인들 중에 치매 같아 보이는 사람은 한 사람도 없어. 말이 치매 예방이지, 노인들이 생활하는 데 꼭 필요한 걸 가르쳐주는 데야. 뭣보다 재미도 있고……."

엄마는 얼마 전부터 누리고 있는 비교적 가볍고 유쾌한 일상 속에서도 '치매'라는 말이 유독 마음에 걸리는 것 같았다. 다른 것은 다 잊어버렸어도 2년 전 치료 막바지에 담당 의사가 했던 말은 기억에 남아 있는 모양이었다. 완치가 되더라도 다른 노인들보다 치매에 걸릴 확률이 훨씬 높다는 말을 당연히 나도 잊지 않고 있었다. 아무리 평온하고 큰 걱정 없는 생활이라도 뭔가 마음에 걸리는 것 한 가지쯤은 있게 마련인데, 그것이 엄마에게는 '치매'였고, 여지없이 그것을 콕 집어냈다. 마음에 걸리는 것은 돌부리처럼 남아 잘못 걸려 넘어지면 상처가 나기도 한다. 그 상처에 대한 두려움 때문에 그것을 없애려고 같은 일을 반복하기도 하고, 공연한 미움의 표적을 찾기도 한다. 급기야는 돌부리 하나를 피하려다 벼랑 끝에 다다르기도 한다.

그래도 엄마는 예전처럼 쉽게 도망치려는 것 같아 보이지는 않았다. 도망치려 해도 도망갈 수 없다는 사실을 진심으로 깨닫는 것은 아무것도 겪지 않고서는 불가능하다는 걸 알기 때문일까. 시간을 흘려보내는 것과 시간을 겪는 것은 다른 일일 터, 나 또한 그랬듯이 엄마는 너무 오랫동안 시간에 비켜서 있었다. 자각하지 못한 채 시간에 오래 비켜서 있다 보면, 어느 날 문득 발견한 자신이 몸서리치게 낯설어진다. 병합하는 데 어려움을 겪는 것은 세상과 나, 혹은 타인과 나 사이에서뿐만 아니라 자신의 내부에 있어서도 마찬가지다.

"이름이 뭐 중요해. 노인들을 상대로 하는 좋은 수업인가 부지. 즐겁고 유익하면 된 거지. 무리만 하지 말고, 잘 다녀 보셔."

"그래, 활기차게, 젊게 살아야지."

별 뜻 없는 나의 격려만큼이나 별 뜻 없는 엄마의 화답이었지만, 이번에는 왠지 내가 젊게 살아야 한다는 표현이 마음에 걸렸다. 어렸을 때

TV에서 자주 나오던 말 중에서 주로 노년층을 대상으로 한, '언제나 마음은 청춘'이라는 상용어가 있었다. 몸은 늙되 마음은 늙지 않게 유지한다는 일견 긍정적인 말인 듯싶지만, 자세히 들여다보면 거기엔 자연의 순리에 따라 나이 들어가는 신체는 어쩔 수 없다 해도 마음의 노화만은 막으면서, 혹은 막아야 즐겁게 살 수 있다는 오묘한 메시지가 포함되어 있는 것 같았다. 몸이 생로병사의 곡선을 따라 자연스럽게 흘러가는데 굳이 마음이 그것과는 다른 성장과 쇠퇴 곡선을 인위적으로 유지해야 하는 걸까. 그래야 즐거운 걸까. 마음은 될 수 있는 한 나이를 잊고 철부지 어린아이처럼 혹은 생짜배기 청춘 시절처럼 들끓어야 좋은 걸까. 왜 나이 든 몸을 한 청춘의 마음은 지나온 청춘의 마음을 있는 그대로 데려오지 못할 걸 알면서 자꾸만 미화하려 드는 것일까. 왜 설렘과 희망뿐 아니라 두려움과 불안과 혼란스러움이 가득했던 젊은 시절에서 한 발 한 발 힘겹게 지나온 길의 고통은 깡그리 지우고 아름다운 기억만 남겨서 평생 그리워하는 걸까. 이리저리 조각나고 상처받은 마음을 한꺼번에 껴안고 버거워하면서도 세월과 함께 의연한 미소를 지어 보이느라고, 그렇게 본래의 모습이 어땠는지는 얼버무려 둔 채 언제나 마음은 청춘이라 외치는 걸까.

"엄마, 근데 아직도 2년 전 일이 기억 안 나? 뭐 다시 생각나는 거 없어?"

"그때? 글쎄…… 더 생각나는 거? 없는데……."

엄마는 가족들, 그중에서도 특히 딸에게, 자기도 미처 알지 못했던 자신의 모든 면모를 낱낱이 보여 준 노년의 어느 한때를 전혀 기억하지 못했다. 혹독한 살풀이 같았던, 어쩌면 평생의 치부일지도 모를 시절을 엄마는 가위로 도려낸 듯 까맣게 잊어버리고 있었다. 화산처럼 폭발하던 엄마의 그 강렬한 시절 중 어느 것 하나도 잊어버리지 못하는 나는, 그때와는 전혀 다른 사람이 되어 버린 엄마와의 마주침이 생경할 때가 많았다. 하긴 그때의 엄마는 스스로를 다 잊고 지금 다른 엄마가 되어 살고 있는데 나만 혼자 지금은 없는 그때의 엄마를 자꾸 호출하고 있는 것인지도 모른다.

작년과는 확연히 다른 봄과, 그 봄이 피워 올리는 꽃을 이제야 느끼는 것 같았다. 집 앞 매화나무 두 그루에 만개한 하얀 매화꽃이 올봄에는 유독 예쁘게 피어 있었다. 왜 이 선연한 아름다움이 아릿한 아픔으로 다가오는지, 이제는 어렴풋이 알 것 같다. 모든 소중한 것은 고통으로 잉태되고, 그만큼 아름답다는 것을 봄은 해마다 갖가지 방식으로 알려주지만 알아차리지 못하고 흘려보낸 시간들이 많았다. 여느 때처럼 봄을 지켜보거나 지나치지 않고 이번에는 아프게 예쁜 봄을 겪는 듯했다.

"우리 집 앞에 매화꽃이 참 예쁘네. 엄마, 거기는 꽃들이 벌써 다 피었지?"

꽃과 식물을 좋아해서 종류와 이름을 많이 아는 엄마는 봄이면 주변의 꽃을 쳐다보느라 길 걷는 속도가 느려지곤 했다. 저 꽃은 무슨 꽃인데 이제 핀 지 얼마쯤 됐고, 작년에 비해 어떻다는 감상평을 하면서 눈을 떼지 못했다. 분주하고 급한 성격의 나는 그런 엄마를 두고 작년에 핀 꽃과 똑같은 꽃이라고 핀잔을 주며 잡아끌어 바쁜 길을 재촉했다. 따지고 보면 그다지 바쁜 일도 없었던 것 같은데 스스로 분주한 삶을 사느라 한가로이 꽃 타령을 하고 있는 엄마를 못마땅해했는지도 모르겠다. 어쩌다 기회가 생겨 산나물을 캐거나 밤 줍기를 좋아하는 엄마와 동행하면 유독 엄마가 지나가는 길에만 채집물들이 많이 놓여 있는 신기한 일이 펼쳐지기도 했다. 도토리며 산나물이며 꽃 같은 것들이 다른 사람들의 눈에는 잘 보이지 않았다. 그때까지만 해도 본다는 것이 그저 눈앞에 있어서 보는 것이 아니라 마음의 길을 좇는 일이라는 것을, 보는 것도, 듣는 것도 모두 감각 기관의 작용만이 아니라 마음이 만들어 놓은 행로라는 것을 전혀 알지 못했다. 그래서 우리는 많은 것을 보고 겪었다고 얘기하지만 그만큼 많은 것을 놓치고 있는지도 모를 일이다.

엄마는 골목을 지나가다, 혹은 산책을 하다 본 봄꽃들을 표현하느라 갑자기 말이 많아졌다. 그것들이 피어 있는 장소와 모양, 개화 정도까지 아주 상세하게 기억해서 얘기하는데 마치 눈앞에 그려지는 듯했다. 어떻게 그 세세한 것들을 그토록 빠짐없이 기억할 수 있는지, 칠십이 훨씬 넘은 노인의 기억력이라고 하기엔 믿기지 않을 정도였다.

마음은 기억하는 것에 찍어 놓은 낙인과, 놓쳐 버려서 막연히 아쉬운 것에 대한 상실감으로 옥신각신하며 현재의 자기를 정의한다. 너무나 번잡스러워서 괴로운 나머지 일렬종대의 규격을 만들어 꿰맞춰 보기도 하지만 그건 기억의 착각일 때가 많다. 마음은 애초에 줄 서는 법을 모르고 오직 자신만의 길을 따를 뿐이다. 엄마는 그렇게 자신이 정해 놓은 마음의 시선을 부여잡고 세상을 가늠했고, 그것이 옳다고 믿으며 혼란한 마음을 정리하려 했을 것이다. 한껏 내키는 대로 꽃과 나물을 찾아가는 마음처럼 흉하고 바르지 못한 것을 직시하는 마음 또한 엄마의 것임을 인정하기가 너무나 힘들었나 보다 싶었다. 칠십 평생 동안.

엄마는 정확히 한 달을 심하게 앓았고 그 이후에도 간헐적으로 경미한 증상을 보이며 일 년여의 시간을 더 보냈다. 발병 직후 가족들에게 닥친 처음 한 달 동안은 일상적인 가늠이 무색할 정도로 굽이진 시간이었다. 엄마를 제외한 주변 식구들에게는 그 한 달이 일 년같이, 아니 잠시 시간의 흐름과 동떨어진 깊고 진한 소용돌이같이 느껴졌다. 다행인지 불행인지 엄마에게는 그 한 달 남짓한 시간이 머릿속에서 거의 지워져 있었다. 기억에 남은 것은 주거 공간의 이동이 있었고, 병원에 갔었고, 아팠고, 약을 먹었다는 것 정도가 다였다. 그러니까 엄마의 기억에서 보자면 본인의 아픔을 신랄하게 겪은 것은 본인이 아니라 주변 사람들이었던 것이다. 약간 허탈한 마음과 함께 차라리 다행이다 싶기도 했다. 그 필사적인 자기방어 기제가 어쩌면 결과적으로 엄마를 회복시키는 데 도움이 되었을지도 모른다는 생각에 이르자 허탈함은 먹먹한 안도감으로 바뀌기도 했다.

어쨌거나 잠복한 불안 요소를 감수할지언정 일정 정도의 평온을 되찾았으니 그걸로 된 것 아닌가 하고 한동안 숨죽인 채 시간이 흘러갔다. 흔한 치매도 아니고, 신경계 관련 이상도 아니고, 정신의학 분야의 권위 있는 의사가 지금까지도 정확한 진단명을 내리지 못하는 이상한 마음의 병. 엄마를 통해 이리저리 요동치는 마음의 움직임을 속절없이 겪고 나니, 생각은 마음을 속이고 그럴듯하게 위장할 수 있어도 마음은 결코 그런 생각의 거짓에 속지 않는다는 것을 알게 되었다. 속지 않는다기보다 아랑곳하지 않는 것 같았다. 그래서 속임의 기간이 길거나 강도가 강하면 반드시 어떤 반응을 하며 되갚아 주는 듯 보였다. 마음의 조율은 마음의 소리에 귀 기울이지 않고는 되지 않는다는 것, 무작정 마음의 뜻을 들어줄 수 없음을 이해시키고 솔직하게 소통하는 것이 중요한 것임을 엄마의 복잡다단한 투병 과정 속에서 어렴풋이 알아차릴 수 있었다.

고통의 기억을 복기하는 것은 공연히 상처를 들춰서 덧내는 일인지, 아니면 환부의 원인을 진단하고 올바로 처치해서 근본적인 치료를 완성하는 일인지 여전히 명확하지 않다. 그러나 덮어두고 묻어두고 외면한 일들은 결국엔 어떤 방식으로든 다시 드러난다는 것쯤은 이제 충분히 짐작할 수 있게 되었다.

일 년여의 투약과 몇 차례의 크고 작은 사건이 있은 후 수년이 흘러 가족들로 하여금 이제는 어느 정도 증세가 안정된 것 아닌가 하는 생각이 들게 할 무렵, 엄마는 갑자기 갖가지 신체 증상을 호소하며 같은 말을 반복하는 일이 잦아졌다. 서울에 있는 큰 병원에서 꼭 진료를 받아야 할 만큼 아픈 곳이 있는 것도 아니었고, 시기를 조율해 볼 만한 여유가 없지도 않았는데 무슨 조급증이 난 사람처럼 한마디 상의도 없이 상경할 날짜를 딱 하루 전에 통보하고는 앞뒤 안 보고 실행에 옮겼다. 여전히 남편의 일

거수일투족이 미워 죽겠고, 교회며 모임이며 산책 등을 다녀 봐도 답답하기만 하고, 몸 여기저기 안 아픈 곳이 없다면서도, 또 갑자기 너무 갑갑하니까 혼자 멀리 여행이라도 가야겠다고 하기도 했다.

무작정한 비관과 막연한 억울함, 그리고 대상을 가리지 않는 불쾌함으로 가득 찬 감정의 혼돈을 감지한 바로 그때, 나는 엄마에게 몇 년 전 겪은 지워진 기억을 되찾아 주어야겠다고 생각했다. 내키지 않겠지만 엄마가 가야 하는 그 여행은 엄마의 아픔을 가장 가까이서 지켜본 딸과 함께해야겠다고, 가다 지쳐서 돌아가고 싶어질 수도 있고, 그만두고 싶어질 수도 있지만 잡은 손 놓치지 않고 함께 가보겠다고 결심했다.

첫 번째 여정은 예고 없이 닥쳐와서 경황이 전혀 없이 혼돈스러웠지만, 두 번째 여정은 첫 번째 발자취를 따라가는 의도된 여정이므로 훨씬 덜 당황스러울 것이다. 그래도 쉽지는 않아 보였다. 솔직하게는 엄마가 아팠고 나 또한 같이 아팠던 그곳에 다시 가고 싶지 않기도 했다. 그냥 같이 모른 척하며 없던 일로 치고 살고 싶기도 했다. 하지만 그런 식으로 스멀스멀 뒷걸음질치다 같은 구덩이에 또다시 빠지면 안 될 것 같은 마음이 더 크게 작용했다. 엄마의 아픔을 온전히 털어 내야 할 것 같기도 했고, 엄마를 아픔의 구렁텅이에서 온전히 꺼내 보겠다는 일종의 사명감 같은 것이 들기도 했다. 또한, 막다른 길을 감지한 사람이 쓸 수 있는 최후의 방법 같은 느낌으로 한 자청이었다. 재발 가능성이 매우 높고 재발 시 투여해야 하는 약물의 양이 현저히 증가한다는 의사의 마지막 말이 마음 한구석에서 떠나지 않았던 이유도 있었다.

예전만큼 심하지는 않았지만 여전히 답답함과 불안이 가득한 표정을 하고 무작정 상경한 엄마를 마중하여 집에 돌아왔다. 그러고는 엄마만의 기억 방식에 의해 완전히 잊힌 2년 전의 이야기들을 꺼내기 시작했다.

"엄마, 그때 무슨 일이 있었냐면…… 엄마는 아마 상상도 못할 거야."

막상 이야기를 꺼내려니 기억보다는 감정이 먼저 밀려왔다. 그래도 마음을 가다듬고 찬찬히 풀어내야 했다. 엄마는 혹독하게 병을 앓았지만 투병의 고통을 피하려는 방식으로 아픔을 마무리했다. 아픔은 병을 알리는 가장 정확한 신호인데 너무 아프다는 이유 때문에 병든 부분을 들여다보지 않는다면 그것이 오랫동안 미뤄 놓은 숙제가 되어 나중에는 걷잡을 수 없는 환부가 될 수도 있다. 이쯤에서 멈춰 버린다면 아픔을 근절하지 못하는 지속적인 회피의 방식이 평생 엄마의 삶을 따라다닐 것 같았다. 시련을 극복하는 것도 마찬가지일 것이다. 용기 있게 시련과 맞닥뜨려 이겨 내면 이후 비슷한 시련이 와도 크게 두렵지 않겠지만, 회피의 방식으로 시련을 얼버무리면 작은 시련에도 전혀 내성이 생기지 않는다. 그것은 엄마뿐 아니라 나도 예외가 아니었다. 단지 엄마를 위한 여정의 조력자로 동행하는 것이 아니라, 나 또한 언젠가는 반드시 거쳐 지나가야 할 필연적인 과정일 수 있기 때문이다. 좀 더 의연하게, 두렵고 떨리지만 엄마의 손을 꼭 잡고 한 발 한 발 내디뎌야 하는 또 하나의 이유일 것이다.

'엄마, 우리 함께 다시 가보자. 거기서 무슨 일이 있었는지. 왜 엄마가 그토록 아파했는지. 그리고 왜 그것들을 다 잊어버리게 되었는지. 그곳에 무엇을 남겨 두고 왔는지. 직접 가서 확인해 보자. 가서 우리가 지나온 길의 여정을 잘 마무리하고 오자. 엄마.'

— 노화도 성장이다

우리는 탄생과 함께 성장을 시작한다. 어린아이들의 성장은 하루하루가 다를 만큼 빠른 속도로 진행되고, 청소년기의 성장은 제2의 성장기로서 나름의 특색을 띠며 진행된다. 그러다 신장, 체중, 근골격량, 2차 성징의 징후 등이 더 이상 나타나지 않으면 성장이 멈췄다고 한다. 몸과 함께 마음도 성장한다. 마음의 성장은 사회적 역할과 경험, 지식 등의 영향을 받으며 이루어지지만 몸의 성장과 반드시 비례하는 것은 아니다. 어떻든 그렇게 몸과 마음의 성장기가 지나면 우리는 더 이상 성장하지 않는 것일까. 그만 성장해도 아무 문제 없는 것일까. 그렇다면 이쯤에서 성장의 의미를 되짚어 볼 수 있다. 계속해서 늘어나고 많아지는 것만을 성장이라고 본다면 신체의 측면에서는 성장이 다했다는 말이 맞을 수 있다. 그러나 성장과 관련해서 한 가지 간과한 것이 있는데 그것은 깊이와 농도이다. 길이와 무게의 한계를 넘어서는 것이 깊이이고 강렬도이다. 정해진 체적에서 깊이는 주름으로 나타나고, 이전의 주름은 새로운 주름과 어우러져 다른 주름을 만들어 낸다. 주름은 생성되고 깊어지면서 또 다른 주름을 창안한다. 주름이 만들어지는 모양을 미리 알 수는 없다. 그것은 다분히 우연적이면서도 때로는 다른 누군가의 주름과 닮아 있기도 하다.

따라서, 길어지고 늘어나는 성장이 다해도 우리는 깊어지고 축적되는 굴곡의 성장기를 유지한다. 이 성장기의 마지막을 가리키는 시기가 있다면 그것은 아마 죽음일 것이다. '성숙'으로 대변되는 이 깊이의 성장에는 마지노선이 없다. 우리는 계속해서 깊어지면서 안팎으로 주름을 만들고 그 주름으로 '생성-창조-되기'를 그려 낸다. '생성-창조-되기'의 주름은 고정된 틀에 갇히지 않고 언제든 기존의 주름을 바탕으로 스스로를 변용할 줄 아는 유연함을 속성으로 한다. 즉, 성숙하다는 것은 어떤 문제에 대한 해법을 많이 가지고 있다기보다 그러한 해법들을 자유자재로 다룰 줄 안다는 것에 가깝다. 같은 맥락으로 지식과 지혜의 의미가 나뉘는 것으로 보아 성숙과 지혜를 같은 선상에 둘 수도 있다.

노화를 손실이나 퇴행 과정으로만 보지 않는 관점은 노화에 관한 이론들 중에서 생태학적 모형과 일치하는 바가 많다. 생태학적 모형의 기본 가정은 환경과 상호작용할 때마다 우리 행동에서 적응 반응이 일어난다는 것이다. 여기서 적응은 고정된 환경에 일방적으로 맞추는 방식이 아니라, 주변부와의 긴밀한 상호작용을 의미한다. 이 이론에 따르면 능력 수준이 높은 성인의 경우 주위 환경과 활발하게 상호작용할 수 있으므로 가용 자원의 활용도가 더 높다고 볼 수 있다. 이것은 감각 기관이나 운동 능력의 저하 같은 기능적 감퇴를 상쇄하는 보상적 차원으로 작용한다. 보상은 사용 가능했던 수단들이 더 이상 존재하지 않는 상황에서 동일한 상태나 목표를 유지하게 해주는 대체 자원이 필요할 때 발생한다. 이는 노화 과정 중에 나타나는 생물학적 변화들이 기능 연장에 더 많은 자원을 필요로 함을 고려하면 어느 정도 타당한 이야기이다.

위와 같은 관점은 노화와 관련한 생물학적 측면뿐 아니라 노년 심리학에서도 동일하게 적용될 수 있다. 노화는 신체적인 변화뿐만 아니라 심리적·정신적 측면에서도 기능이나 역량의 감퇴를 일으키는데, 이에 대한 보상 작용으로 자연스럽게 획득되는 것 중 대표적인 것이 바로 '축적된 경험치'이다. 여기서 눈여겨볼 점은 비슷한 경험을 축적했다 하더라도 비슷한 상호작용을 일으키지는 않는다는 점이다. 그것은 서로 다른 사람 사이에서의 경우뿐만 아니라, 동일한 사람 사이의 경험에서도 마찬가지이다. 그렇다면 겉으로는 비슷하게 보이는 경험이라도 각각의 상호작용 요소들이라는 다양한 변수로 인해 모든 경험은 하나의 특이점으로 드러나면서 N차원의 무수한 경험이 발생한다고 봐야 할 것이다.

예를 들면 '부모 경험' 혹은 '부모의 (어떤) 역할', 아니면 모르는 사람에게 베푼 작은 친절 같은 사소한 행위까지도 무수한 사람이 비슷한 방식으로 그것을 수행하지만 저마다 다른 상호작용을 일으키면서 자신뿐 아니라 자녀나 다른 가족 구성원, 그리고 사회에 영향을 미친다. 그러므로 경력이나 경험 그 자체만으로는 성장의 역량을 가늠하기 쉽지 않다. 같은 경험을 하고도 체화된 것은 다 다를 뿐 아니라 그 체화된 부분이 다른 경험들과 또 다른 상호작용을 하지 않는다면 경험은 몸과 마음에 쌓이는 죽은 세포와 같이 되기도 한다. 그것은 우리가 죽은 세포가 되었을지 모를 단편적인 경험을 훈장처럼 꺼내서 자랑하는 일에 유의해야 하는 이유이기도 하다.

신생아의 신체적 성장은 청소년기를 지나면서 일정 시기가 되면 자연스럽게 멈추지만, 이후 내적 성장을 멈추게 하는 것은 자신, 혹은 성장을 방해하는 환경 정도일 것이다. 그런 면에서 노화는 우리의 신체가 서서히 죽음을 맞이하려고 준비하는 작용 속에서, 어떻게 하면 그런 현상들과 어우러져 자연스럽게 상호작용할 수 있는지 다시 한번 시험대에 오르는 과정이라고도 볼 수 있다. 그러므로 노화는 미처 못다 이룬 내적 성장을 추구할 수 있는 제2의 성장기로, 화석화된 경험만 차곡차곡 쌓을 것인지, 아니면 내면과 외면 모두에서 전혀 거슬리지 않는 깊이의 주름을 만들어 나갈 것인지를 결정하고 실행하는 중요한 단계라고 할 수 있다.

— 젊음 신화 시대의 이면

비교적 짧은 탄생의 순간과는 달리 노화는 닥쳐올 죽음에 대비할 시간을 충분히 주려는 듯 서서히 진행된다. 생물학적으로 노화가 시작되는 나이는 20대 중반이고, 노화 속도가 정점을 찍는 나이는 30대 후반이다. 그 이후로는 서서히 노화가 진행된다. 평균 수명을 80세 정도로 잡았을 때, 사람은 노화가 시작되고부터 매일 약 2만분의 1만큼씩 늙어 간다. 2만분의 1이라면 의식하지 못할 만큼 미세해서 중간중간 노화를 깊게 느낄 만한 사건이나 계기가 있지 않는 이상 거의 인지하지 못한다. 그래서 나이듦은 실제 현상과는 달리 너무 갑작스럽게 다가오는 것처럼 보인다. 그것은 현상이라기보다 일종의 발견에 가깝다. 현상은 시기에 맞게 일어나지만 발견은 그 현상과 발맞추어 제때에 이루어지지 않는다. 미처 발견하지 못한 노화는 애써 바라보려 하지 않은 습관들의 축적물이다. 그러나 그것을 모두 개인적 원인으로 환원하는 것은 어려워 보인다. '나이듦이라는 필수적인 과정의 수긍'을 방해하는 구조가 너무 견고하고 광범위해서 의식하지 못할 정도로 산재해 있기 때문이다.

주변을 둘러보면 어떻게든 나이듦, 노화, 노년을 적대시하고 지연하려는 일이 만연하다. 동안 열풍과 외모지상주의 등으로 인해 안티에이징 산업은 해마다 성장하고 있으며, 일정 나이 이상에서는 나이보다 젊어 보인다는 말이 일률적인 최고의 칭찬으로 통용된다. 안티에이징은 말 그대로 노화 방지이다. 노화는 시간이 지나면서 겪는 자연스러운 현상이기보다 방지되어야 할 현상으로 치부되어 일종의 노화 공포증으로 확장된다. '나도 저렇게 (추한 모습으로) 늙으면 어떡하지'라는 생각에 돈과 노력을 들여 꾸미고, 고치고, 가린다. 고령화, 노령화는 언제나 사회적 문젯거리로 이슈화된다. 급속한 근대화를 겪은 우리나라의 경우 시간을 두고 비교적 서서히 고령화가 진행된 서양에 비해 이러한 경향이 더 강하게 나타난다. 생산성이 떨어지는 존재로서 노인과 그 비생산적인 노인됨의 방향을 지칭하는 노화는 자본주의에서 설 자리를 차지하지 못하고 이로 인해 세대 갈등이나 노인 소외 현상이 나타나기도 한다. 이러한 현상은 노년학에서 분류하는 사회적 노화가 심리적 노화에 영향을 주어, 자연스러워야 할 생물학적 노화[1]에 대한 거부감을 일으키며 노화를 지연시키려는 경향으로 발현된다. 노화에 대해 부정적인 사회 인식으로 인해 위축된 심리가 사회적으로 반향되지 못하고 운신의 폭이 좁은 개인적 자구책으로 수렴되면서 개인적으로 그러한 부정성을 감쇄하려는 시간과 노력, 자본에 집중하는 것이다.

---

1) 생물학적 노화는 신체의 기관과 체계의 구조 및 기능이 시간의 경과에 따라 변화하는 것을 의미한다. 심리적 노화는 축적된 경험에 의한 행동, 감각·자각 능력, 자아에 대한 인식 등이 시간의 변화에 따라 변화하는 것을 의미하며, 사회적 노화는 생활 주기를 통하여 발생하는 규범, 기대, 사회적 지위 및 역할의 변화 등을 의미한다.

노화에 저항하는 문화에 저항하기

사람들은 '노화' 하면 주로 신체적 변화를 먼저 떠올린다. 피부 탄력, 머리숱과 색소, 골밀도, 근육량, 감각 기능, 면역력 등 신체의 거의 모든 부분에서 변화가 일어난다. 노화를 지연하려는 노력은 안티에이징 산업의 발전과 함께 다방면에서 쉽게 접할 수 있다. 이러한 노력은 사람의 시선이 가장 많이 집중되는 안면의 미용을 위한 각종 시술뿐 아니라 화장품, 건강식품, 의약품, 의료기기, 관련 서비스 등 주로 신체의 미용과 기능에 집중되어 있다. 불황에도 크게 영향받지 않는다는 항노화 산업의 전 세계 시장 규모는 600조 원 정도에 달한다고 추정되며 매년 급속한 성장세를 보이고 있다. 특히, 우리나라 사람들의 항노화 관여도는 65%로, 세계 평균인 37%보다 높고, 주요 선진국보다도 높은 것으로 나타난다(Datamonitor의 조사). 이러한 통계를 볼 때, 많은 사람이 '젊어 보인다'거나 '어려 보인다'는 말을 최고의 칭찬으로 여기고, 관련한 노력을 기울이는 것에 과도하게 집중한다는 것을 알 수 있다. 나아가 그러한 노력을 게을리하면 마치 자기 관리에 소홀한 사람 취급을 받는 현상으로까지 확대되기도 한다. 자신의 실제 나이보다 더 많이 어리게 보이면 보일수록 더 큰 부러움의 대상이 되며, 그러기 위해서는 상응하는 시간과 열의와 자본이 필요하다.

경제협력개발기구(OECD) 회원국 중에 고령화 속도가 가장 빠른 우리나라는 2041년에는 65세 이상 고령 인구 비율이 33.4%까지 치솟을 전망이다. 세 명 중 한 명이 노인인 나라가 되는 것이다. 더불어 40.4%(2020년 기준)라는 현재 노인빈곤율도 미국 23%, 일본 19%, 독일 10%, 프랑스 4%에 비해 압도적인 비율이다(통계청, OECD). 노인 인구의 증가, 특히 노인 빈곤 인구가 증가하는 가운데 반노화 문화와 항노화 산업이 성행한다는 것은 그 속에서 괴리와 소외를 겪을 사람들도 훨씬 더 많아진다는 것을 의미한다.

점점 나이는 들고 있지만 어떻게 해서든지 그에 저항해서 조금이라도 노화를 지연하려는 데 지나치게 많은 관심과 에너지를 쏟고 있는 것은 아닌지 생각해 볼 필요가 있다. 언론과 자본이 집중하고 붐을 일으킨다고 해서 '현재의 자신을 있는 그대로 인정하는 가운데 건강을 유지하는 것' 이상을 무리해서 추구한다면 오히려 마음의 건강을 더 해칠 수도 있다. 특히 경제적·심리적 여력이 많지 않은 사람들이 더 많은 상황에서, 모두가 한결같이 반노화라는 한 방향만 쳐다본다면 반노화의 대열에서 앞서가는 사람들에 대한 선망과 모델화를 넘어, 질시와 반목, 자기 비관과 같은 분위기가 형성될 수도 있다.

어쩌다 나이듦이라는 자연스러운 만고불변의 섭리가 늦추고 가리고 고쳐야 할 저항의 대상이 되었을까. 같은 '나'인데도 어째서 주름 하나 없이 활력 넘치는 젊은 날의 나는 사랑하고 그리워하면서, 세월의 파도를 맞으면서 꿋꿋하게 시절들을 겪어 낸 나는 단지 늙은 외모를 하고 있다는 이유로 추하게 여기는 걸까. 나이가 들어 갈수록 '나잇값'이라고 명명되는 사회적 기대치에 부응해야 한다는 부담이 누구에게나 있게 마련이다. 그런데 외모만은 본 나이를 그대로 드러내지 않고 더 젊고 어리게 봐주기를, 혹은 보여지기를 바라는 모순 속에서의 방황은 노화에 대한 불안과 공포라는 심리적 난관에 이중적 부담을 덧씌우게 된다.

남들과 같이 노화에 낙인을 찍는 것에 합세하며 노화에 저항하기보다 '나의 나이듦에 이렇다 저렇다 지적질하는 것'을 오히려 불쾌해하면서 당당하게 '반노화에 저항하는 주체성'을 만들어 가야 하지 않을까. 그렇게 한다면 끊임없이 노화와 거리를 두고 멀어지려 하는 마음과 그에 수반된 행동으로 인한 불안과 갈등, 불편함을 덜어낼 수 있을 것이다. 또한 그러한 모순적인 상황으로 인해 알게 모르게 신체에 비해 소외된 채 고통받고 있는 마음의 소리에도 귀 기울일 수 있을 것이다.

2장

엄마가 미친 것 같아

— 일상을 뒤흔든 분열의 서막

—

수화기 너머에서 들려오는 목소리는 나지막이 평온했다. 속도도 빠르지 않고 문장도 어색함이 없었다.

"미영아, 큰일났다. 김 서방 회사에서…… 조사를 나오는데…… 크게 잘못돼 갖구…… 김 서방이랑 너네 식구…… 다 큰일나게 생겼다. 아, 이를 어쩌냐, 어쩌냐!"

분명 엄마의 목소리인데 도무지 이해할 수 없는 이야기였다. 엄마는 불안과 공포에 질린 목소리로 비슷한 내용을 반복하며 끝도 없이 말을 이어갔다.

"엄마, 김 서방이 뭐가 어떻게 잘못됐다구? 차근차근 다시 얘기해 보셔……."

나는 잠이 덜 깨서 잘 못 알아듣는 것 같아 방금 한 말을 되물어 보았다.

"김 서방 회사에서…… 그러니까…… 사람들이 바로 조사하러 나온다. 그러면 너희 식구는 큰일난다. 이제 다 끝났다. 아, 어쩌냐, 악! 미영아, 다 끝났어. 김 서방이 잘못됐다. 너네도 죽는다. 흑……."

대화를 이어 보려는 나의 시도가 헛되다는 것을 깨닫기까지는 그리 오래 걸리지 않았다. 엄마가 이상했다. 엄마는 밑도 끝도 없이 앞뒤가 하나도 안 맞는 말을 너무 절박한 목소리로 외치고 있었다. 목소리는 왠지 낯설었고, 부들부들 떨렸으며, 강약도 제멋대로였다. 엄마가 많이 이상했다. 순간, 말문이 막히면서 등에서 식은땀이 나고 다리에 힘이 풀려 주저앉고 말았다. 어느 결에 전화기 너머의 목소리는 아버지의 것으로 바뀌어 있었다.

"어제저녁부터 갑자기 저런다. 내 생각에는 치매가 아닌가 싶다. 병원 응급실에 가자고 해도 도무지 말을 들어야지……. 하, 나도 미치겠다. 어제부터 느그 엄마랑 둘 다 한숨도 못 잤다. 밤새도록 저런다. 병원에 가볼라 해도 막무가내라…….”

아버지의 낙담한 목소리 뒤편으로 엄마의 고함 소리와 중얼거림이 계속되고 있었다.

“무슨 일이 있었냐구요. 뭐 안 좋은 일 있었어요? 뭐예요, 도대체…….”

“왜 그래? 무슨 전화야? 장모님이야?”

걱정하지 말라는, 본인이 알아서 하겠다는 아버지의 전화를 어떻게 끊었는지 잠시 기억의 암전이 온 나는 놀란 눈으로 쳐다보는 남편에게 모기만 한 소리로 겨우 대답했다.

“엄마가…… 미친 거 같아.”

아직 잠이 덜 깬 상태라고 생각한 나는 눈앞에서 벌어진 일들이 꿈의 연장이기를 순간적으로 얼마나 간절하게 바랐는지 한동안 얼얼한 상태로 꼼짝 않고 있었다. 이게 도대체 무슨 일이지? 엄마가 연기나 쇼를 하는 사람은 아니고…… 갑자기 무슨 충격을 받아서 일시적으로 정신없는 소리를 할 수도 있는 건가? 밤새도록 그랬다면 일시적이라고 보기도 어렵고…… 치매라면? 치매는 서서히 진행된다는데 이전까지 전혀 기미도 없었으니…… 그렇다면 도대체 뭔가?

동생에게 전화를 걸어 보니 동생도 이미 엄마와 아버지의 전화를 받은 상태였다. 아버지는 본인이 알아서 하겠다는 아무도 믿지 않는 말을 앞세워서라도 급박하게 자식들에게 구조 신호를 보내고 있었다. 나는 동생에게 마침 주말이니 엄마를 모시러 같이 시골로 내려가자고 했다. 아버지 혼자 감당 못하실 게 뻔하고, 나 혼자서는 자신 없으니 둘이 동행해서 일단 모시고 올라온 후 병원에 가봐야 하지 않겠냐고 했다. 동생은 갖가지 상상과 추측을 나열하며 한참을 중언부언하다가, 별다른 방법이 없음을 깨달았는지 그러자고 했다.

고속버스를 타고 내려가는 길에 동생과 나눈 대화는 대부분 엄마의 증상에 대한 추측과 그 추측을 바탕으로 한 대략적인 대처 방안이었는데, 추측을 바탕으로 했다는 난점 때문에 대부분 넋두리 선에서 중단되었다. 평소에 어떤 징조가 있었는지 되돌아보았지만 별다른 기억이 없어서 사소한 문제로 늘 티격태격했던 부모님의 관계를 들먹여 보기도 했다. 몇 년 전 노환으로 돌아가신 외할머니를 떠올려 봤지만 그러기엔 너무 많은 시간이 흘러서 개연성이 별로 없어 보였다. 두어 달 전 명절 때의 엄마를 돌이켜 봐도 전혀 이상한 점은 없었다. 말수가 줄지도, 언어 구사가 이상하지도 않았고, 행동도 별다른 점이 없었다. 이명이 잘 안 나아서 병원을 옮겨 약 처방을 받았다는데, 혹시 그것 때문은 아닐까. 어제 아침에 동네 아주머니와 사우나에 갔다 왔다는데 혹시 그곳에서 무슨 일이 있었던 건 아닐까. 아무리 이것저것 생각해 봐도 납득 가능하게 연결되는 것이 없었다. 두서없이 장황하게 늘어지는 자매의 수다는 막연한 불안감과 혹시나

하는 기대가 함께 맞물리며 이어졌다. 만약 아버지 말대로 엄마가 치매라면 어떻게 해야 하나. 치매가 이렇게 전조 증상 전혀 없이 갑자기 올 수가 있나. 얕은 지식과 주변 경험을 총동원해 이리저리 생각해 봐도 도무지 이해할 수 없는 일이었다.

명절 때마다 오랜만에 부모님을 뵌다는 반가움에 급하게 누르던 초인종이었는데…… 나도 모르게 부모님 집 앞에서 초인종을 누르는 손가락을 떨고 있었다. 초췌한 아버지의 얼굴 너머로 전화에서 들었던 엄마의 그 낯선 목소리가 들려왔다.

"엄마!"

힘껏 불렀다고 생각했는데 목소리가 크게 나오지 않았는지 엄마는 한참 후에 나와 동생을 돌아봤다. 그러고는 아까 전화로 말했던 이야기들을 다시 시작했다. 내용이 이어지지도 않고, 상관관계도 없고, 문장이 아니라 어절이나 단어에서 말이 끊어지기도 했다. 그러다 갑자기 소리를 지르기도 하고, 펄쩍 뛰기도 하면서 어쩔 줄 몰라 했다. 엄마의 초점 잃은 눈동자와 변해 버린 눈빛을 직접 확인하니 가슴이 더 답답해져 왔다.

"엄마, 일단 서울 올라가자, 선영이도 같이 왔어. 엄마랑 같이 서울 가려고. 셋이 가면 더 좋잖아."

안 가겠다고 하시면 어쩌나 걱정했는데 엄마는 소풍 짐을 싸는 아이처럼 물건을 하나하나 호명하면서 짐을 챙겼다. 그사이 아버지는 엄마가 한 2주 전부터 이명이 들린다며 동네 병원에서 약을 지어 먹었는데 차도가 없어서 더 큰 병원으로 옮겨 더 센 약을 처방받아 복용한 지 얼마 안 됐다고 했다. 얼마 전부터 가끔씩 넋 나간 사람처럼 말없이 혼자 앉아 있었다는 것과 지난밤 한숨도 안 자고 오늘은 식사도 제대로 안 하고 계속 지금과 같은 상태로 있었다는 얘기도 전했다. 엄마를 바라보는, 지난밤 잘 자고 잘 먹은 나는 이렇게 손끝과 발끝으로 기운이 쏙 빠져나가고 있는데 밤새 잠 못 자고, 끼니도 거른 칠십 노인 엄마는 어디서 기운이 나서 저렇게 끊임없이 말하고 움직이는 걸까.

근처 식당에서 간단하게 이른 저녁 식사를 하고 서울행 버스를 타기로 했다. 평소 식탐이 좀 있었던 엄마는 분명 배고픈 상태일 텐데 음식을 앞에 두고도 관심이 없는 듯 보였다. 주변 사람들이 힐긋힐긋 쳐다보기도 했지만 엄마를 비롯한 우리 가족은 주변 시선에 신경 쓸 여력이 없었다. 나와 동생과 아버지는 자기만의 세계에 빠져 있는 엄마의 몸짓과 소리 하나하나에 몰두하고 있었다. 5분 간격으로 반복되는 같은 질문에 같은 대답을 꼬박꼬박 해주면서 표정이나 말투에 미세한 변화라도 하나 있는지 합심해서 살펴보았다. 엄마를 이렇게 오래도록 뚫어지게 바라보면서 인내심을 가지고 대화를 이어간 적이 이전까지 한 번도 없었다는 사실을 나머지 식구 모두 나중에서야 깨달았다. 그때 엄마는 주변 세계를 단숨에 자신에게 집중하게 만드는 블랙홀 같았다. 엄마의 초점 없는 검은 눈동자와 바짝 마른 입은 주변을 순식간에 흡수하는 검은 구멍이 되어 있었다.

버스 안에서 자식들을 사이에 두고 앉은 엄마는 길다면 긴 차 안에서의 네 시간여 동안 예상했던 것보다 조용했다. 그런 모습 또한 범상하지는 않아 보였다. 일상사 얘기도 하나 없이 낯선 곳을 여행하는 사람처럼 창밖의 풍경을 생경하다는 듯 바라보거나 생각에 골똘히 잠기는 표정을 지었다. 그러다 지금 무슨 목적으로 어디를 향해 가고 있는지 반복적으로 묻고는 했다. 버스를 타기 직전 집에서 봤던 불안하고 혼돈스러운 표정에 비해 무표정에 가까운 것이 오히려 평온해 보였다. 아무런 감정 표현을 하고 있지 않은 평온한 무표정은 마치 버스를 타고 있는 지금 이 시간만큼은 오히려 즐거워하고 있는 게 아닌가 하는 생각이 들 정도였다. 혹시 아버지 곁에서 벗어나고 싶었던 것은 아닐까, 마음 깊은 곳에서는 늘 일상을 벗어나 어디론가 훌쩍 떠나고 싶어 한 것은 아닐까. 그런 마음들이 오래 묵으면 병을 만들 수도 있는 걸까. 동생도 장거리 왕복 버스 길에 지쳤는지 시골에 내려갈 때와는 달리 말수가 줄어 있었다.

한밤중이 되어서야 엄마와 함께 집에 도착했다. 남편과 아이는 잔뜩 걱정이 낀 얼굴로 우리를 맞았다. 이사한 후 처음 방문한, 낯선 환경에 들어서자마자 엄마의 눈빛이 다시 흔들렸다. 사위와 손녀를 알아보기는 하는 것 같은데 지금이 어떤 상황인지는 잘 모르는 듯했다.

"엄마, 얼른 씻고 주무셔. 내일 아침 병원에 가야 하니까."

"병원?"

"귀에서 소리 들리는 거, 이명 때문에 이비인후과 가야지."

"으…… 으응."

상황 파악이 잘 안 되는데 이해하는 척하는 건지, 어디가 아파서 병원에 가야 한다고 하니까 그러려니 하면서 무의식적인 대답을 하는 건지 알 수 없었다. 다만 전날 한숨도 못 자서 오늘은 침상에 들자마자 푹 곯아떨어지리라는 단순한 예상은 해볼 수 있었다. 하지만 얼마 안 가 나의 예상은 산산조각 나고 말았다. 엄마는 잠자리에 든 후에도 십여 분 간격으로 사위와 딸이 자는 안방 문을 슬며시 열고 나를 불러냈다. 그러고는 거실을 뱅글뱅글 돌며 이해할 수 없는 질문들을 해댔다.

"미영아, 그런데…… 할 말이 좀 있어서…… 잠깐 나와 봐라. 궁금한 게 있어서 그러는데, 김 서방 회사 일은 어떻게 됐냐? 큰일 난 거 아니냐? 내일 어디 가냐? 내가 너희 집에 왜 와 있지?"

김 서방 회사 일은 잘 해결됐으니 아무 걱정 할 거 없고, 엄마는 이명 때문에 큰 병원에 가려고 서울에 올라와 있는 거라고 빨갛게 충혈된 말똥말똥한 눈을 껌뻑이며 자꾸 자는 사람을 불러내서 물어보는 엄마에게 밤새도록 대답하고 또 대답했다. 피곤하고 지쳐서 새벽녘을 지날수록 대답하는 목소리에 나도 모르게 짜증이 섞여 들었다. 말귀를 전혀 알아듣지 못하거나, 말을 듣고도 바로 잊어버리는 사람과 끝도 없는 입씨름을 하는 것 같았다. 엄마에게는 불안과 걱정, 두려움, 혼자만의 상상, 집착이 도돌이표처럼 반복되고 있었다. 초점 없는 눈동자를 보면 다른 사람의 말을 듣는 건지, 듣는 척하고 무시하는 건지 알 수 없었다. 들었다 해도 믿지 않는 것 같았다. 듣지도, 믿지도 않는 똑같은 대답을 계속하는 데에 의미가 있다면 잠잘 시간에 계속해서 자식을 깨우는 엄마를 단 몇십 분이라도 되돌려 보낼 수 있다는 것뿐이었다. 걱정과 긴장 속에서 잠을 설치면서도 어떻게 해서든 이 상황이 잠시라도 종료되기를 막연하게 바라는 것 외에 할 수 있는 게 없었다. 엄마는 도대체 왜 저럴까. 혹, 며칠 저러다 수그러지지는 않을까. 나아지지 않으면 어떻게 해야 할까. 이것이 앞으로 펼쳐질 암울한 전개의 서막이면 어쩌나.

이제는 잠 같지도 않은 쪽잠을 청하기도 귀찮아져서 걷잡을 수 없는 생각의 소용돌이에 밤을 맡기기로 했다. 엄마의 삶에 아픔과 굴곡이 많았던가. 내가 태어나기 훨씬 전의 일이라 이해할 수 없는 엄마만의 비밀 같은 것이 있었을까. 돌이켜 보면 엄마는 그다지 특별한 삶을 산 것 같지는 않았다. 그 시절 많은 사람이 그랬듯 가난한 시골 마을 가정의 장녀로 태어나 일찍부터 남편을 여의고 가장이 된 할머니와 함께 중학교를 졸업하고부터 가장의 짐을 나눠 졌다. 할아버지가 일찍 돌아가셨으니 엄마는 사실 평범하다기보다 그다지 무난하지 못한 환경에서 자랐다. 아니, 지금과 비교해 보면 불행했다고 볼 수 있다. 어쨌든 불행한 어린 시절을 겪으면서 일찍 직업전선에 뛰어들어 가족을 부양하다, 지금 기준으로는 이르지만 그 시절에는 느지막한 나이에 중매결혼을 했다. 하지만 결혼 생활도

은연중에, 혹은 강렬히 바랐던 인생의 도피처 역할을 하지는 못했다. 역시 나름의 사연으로 중매결혼한 아버지는 그 시절의 아버지가 대부분 그랬듯이 가족들을 가부장적인 태도로 무뚝뚝하게 대했고, 엄마의 말에 의하면 가끔 밖으로 나돌기도 했다. 어릴 적 일이지만 단칸방에서 낮은 목소리로 부모님이 부부싸움 하던 소리와 엄마가 이혼을 결심하고 친정에 며칠 갔다 왔었다고 동네 아주머니한테 하소연하던 목소리가 기억났다.

그 시절의 표현처럼 늘 웃음꽃이 피어나는 화목한 가정은 아니었지만 그 모든 일은 보통의 가정에서 일상적으로 일어날 수 있는 일인 듯 특별한 감흥이 없이 무던하게 기억됐다. 다시 생각해 보니 실제로 무던했던 건지, 알게 모르게 무던하게 넘기려 했넌 것인지 헛갈렸다. 실제로는 크고 작은 문젯거리와 아픔이 있었는데 일상성과 시간을 무기로 삶의 사이사이에 난 균열의 간극을 무시해 온 것은 아닐까. 그렇다면 그 균열은 도대체 어디서부터 어떻게 시작된 것이고, 지금까지 어떤 영향을 미치고 있는 것일까?

치매가 전부가 아니다

노화와 관련해서 특히 신체 변화에 집중하는 것은 외모 지상주의적인 사회 분위기와 깊은 관련이 있다. 신체의 노화를 다룰 때는 외모 변화와 함께 신체 기능의 변화를 중심으로 접근한다. 청력과 시력 같은 감각 기능과 근력, 순발력 같은 운동 기능, 그리고 기억력, 주의력, 집중력 같은 인지 기능, 즉 일상 기능적 측면에서의 노화를 중점적으로 이야기한다. 이러한 접근법은 노화에 있어서, 외모 지상주의적 접근 방식과 마찬가지로 한 사람에 대한 가치 평가의 기준을 역할이나 생산력에 두는 기능 중심주의의 일환이라고 볼 수 있다. 기능 중심주의는 유기체, 혹은 사회 구성원을 환경에 적응하는 데 공헌하는 '유용성'이라는 각도에서 파악한다. 예를 들어 인간을 일종의 기계로 놓고 본다면 노화는 기능성이 떨어지기 시작하는 노후화이며, 노후화가 진행될수록 유지·보수하는 데 시간과 비용이 점점 많이 드는 것이다.

그러나 인간의 능력을 생산력과 기능적 유용성 측면에서만 파악하는 것은 매우 단편적인 시각이다. 생명 그 자체로서의 존엄성과 저마다 다른 궤적에서 갖가지 상호작용으로 생성된 특이성이 주변부에 미치는 영향력은 편협한 '기능'의 잣대로는 가늠할 수 없다. 우울증 증세를 보이는 사람들 중에는 자신이 주변 사람들에게 쓸모없는 존재, 짐이 되는 존재라는 생각으로 자책하며 괴로워하는 경우가 많다. 누군가의 아내, 남편, 부모, 자식, 혹은 친구라는, 단지 그 이유 하나만으로도 이미 커다란 가치를 지닌다는 생각보다 아내 노릇, 남편 노릇, 부모 노릇, 자녀 노릇을 잘 못해서 스스로 가치 없는 삶을 산다는 생각에 빠지고는 한다. 역할과 기능 측면에서 인간의 가치를 판단하는 사고에 익숙해져서 존재 자체가 지니는 가치의 중요성을 쉽게 잊어버리는 것이다.

우리는 어떤 역할을 잘 해내고, 임무를 훌륭하게 수행하고, 목표치를 달성해서 타인에게 인정받기를 원한다. 또한, 다른 사람이나 사물도 같은 관점으로 대한다. 나의 목적에 부합하는지, 나에게 원하는 만큼의 이익을 주는지, 나의 수고로움을 얼마나 덜 발생시키는지 같은 기준으로 주변부를 대한다. 그리고, 그런 것들을 주고받기 위해 대부분의 젊은 시절을 보내기도 한다. 하지만 시간이 흘러 정작 나에게 남는 것은 내게 어떤 유용한 부분을 제공하는 사람보다는 특별히 해주는 게 없고, 오히려 때로는 나의 돌봄을 필요로 할 때도 있지만, 단지 곁에 있는 것만으로도 힘이 되는 그런 존재들이다. 생명과 존재로서의 역량은 결코 기능적·도구적 차원으로 측정될 수 없고, 그중에서도 이를 특히 신체 기능으로만 한정하는 것은 인간의 무한한 능력 중에 극히 일부만 논하는 것으로밖에 볼 수 없다.

이렇듯 인간이 가진 역량 중 일부에서 일어나는 노화라는 변화가 시각적으로 드러나거나 측정 가능한 부분에 치우치게 되면 그러한 변화를 자연스러움이라기보다 일종의 결함으로 인식하게 된다. 실제로 노인들은 나이가 들면서 자신에게 어떤 '결함'이 나타날지 상당히 우려하는 경향이 있다. 예를 들어 노화가 기억 기능에 부정적 영향을 미친다는 공통된 믿음은 우리가 노년기에 발휘할 수 있는 능력에 대한 인식을 혼란스럽게 하거나 왜곡하기도 한다. 인지 실패에 대한 두려움은 실제 수행에 있어서 높은 실패율로 드러나기도 한다. 즉, 자신이 나이가 들어도 잘할 수 있을 것이라는 믿음을 가진 부류와 나이가 들었으니 당연히 기능적 결함이 발생하리라는 두려움과 불안을 가진 부류 사이에는 실제 수행에 있어서 확연한 차이를 보인다. 많은 노인이 자신의 능력에 대한 부정확하고 부정적인 믿음을 견지하고 있다는 사실은 노년층에서 자주 발생하는 인지 기능 손상에 대한 걱정과 결합해 우울증 발병률을 높이기도 한다. 그리고 이 우울증은 치매 발생을 예측하는 주요 병변으로 간주된다.

노인에게 나타나는 주요 정신병리학적 증상은 우울증과 섬망, 치매 등이 있는데, 노년층의 경우 두 가지 이상의 질환이 공존할 가능성이 특히 높기 때문에 단기간에 나타나는 증상으로 판별하기에는 어렵고 복잡한 면이 있다. 특히, 노인 우울증은 진단이 어렵기 때문에 상당 기간 모르고 지나가기도 한다. 노인 우울증은 청년 우울증과는 달리 노화로 인한 심리적 위축으로 인해 악화될 수 있으며, 우울증과 함께 불안증, 기억력, 주의력 같은 여러 인지적 저하를 초래하기도 한다. 이를 통해 신체 기능 저하로 대변되는 노화에 대한 불안과 두려움이 정신 건강의 악화를 유발하는 요인으로 작용함을 알 수 있다.

조현병의 경우에도 20세 이전에 발현되는 경우가 많지만 고령 조현병의 사례도 그 비율이 점점 증가하는 추세이다. 청소년기나 청년기에 최초 발병하는 조발성 조현증에 비해 만발성(晩發性) 조현증은 그 비율은 상대적으로 적으나 더 심한 증상을 보이는 특징이 있다.

나이듦에 대한 공포와 분열적 반응

나이듦, 노화를 부정하려는 심리 근저에는 공포가 깔려 있다. 나이 들어 가는 나와, 아직은 괜찮은 나는 시시각각 공포와 안도를 오가며 흔들린다. 너무 흔하고 매끄러운 분열이어서 대개는 눈치채지 못하지만 그래도 대다수의 사람은 조금씩이나마 고통을 나누어서라도 자신에게 내재한 두 간극을 좁히려고 애쓰면서 살아간다. 어느 날 문득 거울 앞에서 발견한 주름진 낯선 얼굴이나, 서서히 떨어지는 시력, 색과 밀도가 점점 옅어지는 머리카락, 혹은 오랜만에 만난 지인의 주름진 얼굴 같은 것에 씁쓸해하면서 잊고 있던, 혹은 거부하고 있던 자신의 나이듦에 대한 인식을 가다듬는다.

나이가 들수록 대체로 정서 대처 능력이 발달한다. 이는 변화시키기 어려운 문제에 마주쳤을 때 생각을 바꾸거나 목표를 낮추는 간접적인 방식으로 대처하는 능력을 말한다. 심리적으로 비교적 성숙한 방어기제 사용이 증가하는 것이다. 세상사 자기 뜻대로 되는 일이 그리 많지 않다는 것을 무수한 난관을 통해 겪으면서 때로는 자신의 뜻을 굽힐 줄도 알고 적당한 선에서 마음을 접을 줄도 알게 된다. 하지만 운 좋게도, 혹은 불행하게도 이렇다 할 만한 실패를 겪지 않고, 주변 사람들이 주로 자신의 뜻에 따라 주는 삶을 산 사람들은 상대적으로 정서 대처 능력을 향상시킬 기회가 적다. 또한, 사람과의 관계 및 상황의 난관을 만날 때마다 적절히 대응하지 못하고 대립적으로 반응하거나 무반응으로 일관하다 보면 그러한 경험을 통해 상처받을 수도 있는 자기를 보호해야 할 부차적인 자기방어 기제를 발달시키게 된다. 이러한 반작용적 자기방어 기제는 자신에 대한 부분적인 수정이나 그와 관련된 유연성을 자기 파괴적인 것으로 인식하므로, 변용을 허락하지 않으면서 자신을 고정시키려는 자기와 자연의 섭리를 인식하고 변화를 허용할 수밖에 없는 자기를 분리시키는 경향이 나타난다.

다른 사람이나 주변 상황에 의해서 마치 신성불가침의 자기를 어떤 식으로든 사수하지 못하면 그것은 자신이 아닌 것, 곧 '존재의 무화(無化)', 즉 죽음을 의미하는 것으로 여기게 한다. 여기서 죽음에 대한 두려움과 자기에 대한 집착의 선후 관계는 불분명하고 그다지 중요하지 않다. 중요한 것은 존재의 명증성을 가로막는 듯 보이는 모든 것과 분리되려는 심리이다. 그러한 심리는 죽음이나 비-존재, 혹은 존재의 훼손, 그리고 노화와 관련된 것 등을 뒤로 밀어내거나 교묘히 위장하거나 덮어 버리는, 언뜻 손쉬워 보이는 길을 택하기 쉽다. 그러나, 이는 마치 채무자의 빚처럼 시간이 지날수록 기하급수적으로 축적되는 인식의 '지연'일 뿐이다. 자신을 수호하고자 하는 명목으로 노화를 지연시키기 위해 애쓰는 나와, 그와 상관없이 자연스러움의 시계가 제 주기에 맞게 정확히 움직이리라는 걸 알고 있는 나는 어쩔 수 없이 둘로 갈라져 서로 무시하기도 하고, 대립각을 세우기도 하면서 위태롭게 공존한다.

—부정성에 대한 은밀한 공조

존재는 생성과 동시에 소멸을 담지하지 않으면 성립할 수 없다는 것을 최초로 인식하게 되면 자의든 타의든 차곡차곡 삶 속에 죽음을 포함하는 연습을 하게 된다. 생명체의 죽음을 직접 목격하기도 하고, 뉴스를 통해 죽음을 전해 듣기도 하고, 가까운 이의 죽음을 경험하기도 한다. 수많은 간접 경험은 직접적인 부재감으로 와 닿는 경우가 많지 않지만 그래도 자신 또한 죽음에 이른 그들 중 하나일 수 있다는 가능성의 경험으로써 역할을 할 수 있다. 그러나 마음 깊은 곳에서는 여전히 두려움이 밀려온다. 죽음은 모든 것의 끝이 아닌가. 그것은 삶에 대한 애착을 무산시키는 악의 얼굴처럼 다가오는 것 같아, 경험하지 못한 존재의 암전이 막연하고 무서워서 될 수 있는 한 그로부터 멀리 도망치고 싶어진다. 낙관과 비관을 가로지르며 어지럽게 흔들리는 공포는 급기야 회피라는 내밀한 외면을 불러일으킨다. 주변을 둘러보면 각자의 은밀한 외면은 암묵적인 공조같이 일사불란해 보인다. 나뿐만 아니라 다른 사람들도 모두 비슷한 마음인 듯 삶과 바짝 달라붙어 있는 죽음은 어디서나 금기시되고, 회자되는 죽음도 나와는 상관없는 일인 양 자연스럽게 대상화된다. 또, 그 죽음과 같은 방향을 하고 서 있는 것이 바로 나이 듦, 노화라는 것을 잘 알고 있기 때문에 그들을 한패로 묶어서 대처할 수밖에 없다.

그렇게 모두에게 예외 없이 해당하며, 그 누구도 저항할 수 없는 죽음과 노화라는 현상을 타자화하는 부자연스러움이 삶 구석구석에 자연스럽게 스며든다. 얼핏 보면 모두 죽음을 부정하는 암묵적 공조라는 한 가지 뜻으로 단합되어 어우러져 있는 듯 보이지만, 그 안에는 무수한 단절이 숨어 있다. 사람들은 자신이 소속된 다양한 공동체 안에서 서로에 대한 기대와 희망에 관해 이러저러한 이유로 단절을 경험한다. 가족이나 이웃, 동료에 대한 선의나 바람이 성격적인 이유나 변심, 혹은 이해관계로 인해 차갑게 분리되어 돌아올 때가 있다. 일상다반사로 일어나는 그러한 불쾌한 경험이 거부감이나 두려움으로 축적되면 관계에 대한 단절을 심화시켜서 피상적인 관계만 남게 되기도 한다. 따라서 공동체 속에서 단절을 부정적으로 수용하고 다시 되돌려 주는 패턴이 빈번할수록 불쾌한 것은 잘라내 버리거나 외면해 버리는 구조에 익숙해진다. 예를 들면, 사고나 부고에 안타까워하고 동질감을 느끼지 못하는 관계의 그물망에서는 진정한 축하와 그로 인한 기쁨이 있을 법한 사건에서도 시기나 질투가 대신 자리할 수 있다.

따라서 노화에 대한 사회적 분위기는 결국 생산 체제가 그것을 바라보고 평가하는 관점과 함께 구성원들의 '관계'의 문제와 밀접하게 연관되어 있다. 노인은 노동생산성에서 뒷전으로 밀려나고 소비자로서도 신제품에 민감하지 않은 세대라고 타자화되어 다른 세대들과 단절된다. 오늘날 인간관계는 쉽게 접근하고 쉽게 끊어내는 매끈한 형태로 변질된 경향이 있다. 마음에 안 들면 거두절미하고 연락을 두절하고, 이별의 번잡함이 싫으면 일방적으로 내가 정한 타이밍에 잠수를 타는 식이다. 옛말에 든(들어온) 사람은 몰라도 난(나간) 사람은 안다는 말이 있는데 오늘날에는 든 사람은 여전히 모르지만 난 사람도 신경쓰지 않는다. 간편하게 이합집산하는 인연, 관계는 연대보다 분리와 단절의 형태에 더 익숙하다.

외부적 관계의 단절은 내면의 단절과 서로 맞닿아 있다. 주변에서 일어나고 있는 외면하고 싶은 누군가의 모습이 곧 닥쳐올 나의 모습이라는 인식을 단절시키면 내면에서도 그 외부의 누군가의 모습을 지워내려 애쓰게 된다. 사실, 마음속 깊은 곳에서 아무리 혼신의 힘을 다해 지워 내려 해도 그럴 수 없다는 걸 뻔히 알지만, 얼핏 쉬워 보이는 외면과 분리의 길을 택한다. 힘들지만 있는 그대로를 살아 내는 대신, 외면하는 쪽으로 안타까운 발버둥을 치며 에너지를 쏟는 것이다.

노년과 긍정성

언젠가 노년과 노화에 관한 강의를 하던 중에 '나이듦' 하면 가장 먼저 떠오르는 것들을 자유롭게 이야기하는 시간이 있었다. 노인들을 대상으로 하는 강의여서 대부분의 참여자가 노년층이었는데 '주름'이나 '주글주글한 얼굴'이라고 대답하는 사람도 있었고, 대놓고 '생각하기 싫은 것'이나 '보기 싫은 것'이라고 말하는 사람도 있었다. 나이듦에 대한 인식이라는 질문에 대해 당사자임에도 불구하고 일종의 자기혐오같이 부정적인 답변들이 많았다. 노년을 부정적으로 본다면 사람은 나이 들수록 자신을 더 부정해야 한다는 결론에 이른다. 살면 살수록 더 안 좋고 나쁜 방향으로 간다고 생각한다면 나이 들수록 계속해서 삶을 이어가야 할 의미와 가치가 줄어든다.

어떻게든 젊음을 유지하려 하거나 추구하면서 자연스럽게 흘러가는 노화의 방향을 젊음과 반대 방향이라는 이유로 거스르려는 것은 자기혐오를 넘어 자기부정에 이르는 형국과 같다.

우리는 주변 환경과 처한 상황에 대해 긍정적인 마인드를 가져야 하다고 흔히 얘기한다. 아무리 어려운 상황을 맞닥뜨린다 하더라도 긍정적으로 생각한다면 어려움을 극복할 수 있는 힘을 기를 수 있다는 차원에서일 것이다. 그렇지만 정작 긍정해야 할 것은 주변 상황보다 바로 자기 자신 아닌가. 내가 무언가를 할 수 있다는 자신감의 긍정도 있지만, 나 자신을 있는 그대로 받아들이고 미워하지 않는 것도 긍정이다. 그렇다면 긍정의 진정한 의미는 무엇일까. 긍정을 아름답고 평온한 것만 보고 인정하는 것으로 이해한다면 보고 싶은 것만 보고 믿고 싶은 것만 믿고 받아들이며 그 세상 안에서만 머무르려는 편협함으로 흐르기 쉽다. 긍정하는 것은 생각보다 어렵고 고통이 수반되기도 한다. 왜냐하면 궁극적으로 나의 긍정을 넘어 타인의 긍정에까지 이르러야 하기 때문이다. 그런 이유로 실제로는 부정에 다름 아닌, 배타적 긍정을 취사선택하는 오류를 범하기 쉽다. 그러나 정작 못마땅해하거나 부정해야 할 것은 주름진 얼굴이나 굽어지는 허리가 아니라 나와 타인의 괴로움과 고통을 보지 않으려는 마음, 외면하려는 마음이어야 하지 않을까. 괴로움과 고통은 직시해야 바로 볼 수 있고, 왜곡하지 않고 바로 볼 때만이 그것을 디딤돌 삼아 한 발자국씩 생애주기에 맞는 단계로 나아갈 수 있을 것이다.

3장

다른 사람이 되어 버린 엄마

—풀리지 않는 암호 같은 증상

쪽잠을 자긴 잔 것 같은데 차라리 안 잔 것만 못한 것같이 극심한 피로가 몰려왔다. 엄마는 정말 밤새 한숨도 잠이 들지 못한 것 같았다. 걱정스럽게 무언가에 골몰하는 표정, 흔들리는 동공, 여전히 되풀이하는 똑같은 질문. 아침이 되자 엄마의 소용돌이가 다시 시작되었다. 밤새도록 사위와 딸의 침실 문을 슬그머니 열어서 같은 질문을 되풀이하는 엄마에게 답하다가 새벽녘 즈음에 어느새 잠깐 잠이 들었다. 엄마는 방 안으로 들어와 차마 흔들어 깨우는 것까지는 못하고 혼자 계속 거실을 누빈 모양이었다. 부스스한 얼굴로 방문을 열고 거실로 나오는 딸의 모습을 보자마자 엄마는 기다렸다는 듯 질문 공세를 퍼부었다.

"그런데, 미영아. 내가 너희 집에 왜 와 있는 거지? 김 서방 일은 어떻게 됐니? 오늘 병원에 간다고 한 거 같은데…… 왜 가는 거니?"

'밤새 잘 잤니? 나는 이것저것 생각이 많아서 잘 못 잤다' 같은 당연한 말을 기대한 것은 정말로 아주 잠깐뿐이었다. 엄마가 평생 자식들한테 해왔던, 당연한 걱정이나 안부 같은 건 이제 바랄 수 없는 일이 된 걸까. 엄마의 머릿속에는 이제까지 드러나지 않았던 온갖 가지 자신으로 가득 차서 다른 틈이 없어 보였다. 다른 사람을 위한 틈뿐만 아니라 자신을 뉘일 수 있는 틈조차 전혀 없고, 불안정한 들끓음만 있는 것 같았다. 정확히 알 수도 없고, 감당하기도 벅찬 것들에 치여서 일말의 여유도 없어 보이는 엄마는 지금 어떤 세상에 살고 있는 것일까. 그 세상의 모습은 어떤 것일까.

"응, 엄마 안 좋은 데가 몇 군데 있어서. 좀 큰 병원에서 진찰 받아 보려구 올라오셨잖아."

이제는 나도 처음 듣는 질문처럼 대답하는 수밖에 없었다. 같은 질문을 도대체 몇 번까지 할 거냐고 하소연해 봐야 아무 소용 없었다. 엄마가 사는 세계의 시간은 결코 단선적으로 이어져 있지 않았다. 과거, 현재, 미래가 기억 같은 걸로 이어져 있지 않았고, 개연성도 없었으며, 오직 순간순간만 있을 뿐이었다. 그나마 다행스럽게도 부모 자식 같은 관계의 끈은 유지하고 있었지만 그것은 현재 엄마의 세계에서 자리잡은 최소한의 연계점 같았다. 관계라는 희미한 바탕 위에 사건들은 뒤죽박죽 얽혀 있었고, 사실과 허구는 불분명하게 이어져 있었으며 감정은 그 복잡한 얽힘 속에 인과성 없이 요동치는 듯했다.

아침을 먹는 둥 마는 둥 하며 직장과 학교로 먼저 향한 남편과 아이의 표정까지 살필 여력은 없었다. 그들이 하루 종일 얼마나 불안한 심정으로 일과를 보냈을지 시간이 한참 흐른 후에야 겨우 생각해 볼 수 있었다. 나에게는 나의 엄마라는 급박하고 커다란 난제가 있었기 때문에 내가 엄마라는 것도 제대로 의식할 수 없었다. 나의 시계는 오로지 나의 엄마를 중심으로 맞춰질 수밖에 없었다.

아침 식탁에서 끊임없이 같은 말을 반복하느라 밥그릇 비울 생각을 하고 있지 않는 엄마를 마주 앉아 쳐다볼 자신이 없었다. 꾸역꾸역 밥숟갈을 퍼서 입으로 욱여넣으며 빨리 어느 병원이라도 달려가서 어떤 의사에게든 엄마에 대해 명쾌한 설명을 듣고 싶다는 생각만 했다. 잠을 잘 자지 못해 비몽사몽한 정신이지만 한 가지 생각에 몰두하다 보면 엄마의 상황을 바라보는 심정이 조금이라도 누그러질까 스스로 실험해 보는 것 같았다. 잠시 동안의 집중이라도 사정없이 깨버리고 마는 엄마의 짙은 소음 같은 허튼 소리들. 산산이 허공 속으로 흩어져 버리는, 엄마 입에서 흘러나오지만 엄마가 내는 소리가 아닌 것 같은 말들을 어떻게 이해하고 어떻게 받아들여야 하나.

"미영아, 아무래도 김 서방 회사에서 안 좋은 일이 생겨서…… 그게 무슨 일인가 하면…… 그건 잘 모르겠어도 하여튼 사람들이 좀 있으면 찾아올 거 같아. 어쩜 좋니. 어떻게 해야 되냐?"

"글쎄, 나도 잘 모르겠어. 세상일이 다 그렇지 뭐. 언제 무슨 일이 일어날지 어떻게 알아."

사실 나에게 이런 일이 일어나게 될지 내가 어떻게 알았냐는 말을 하고 싶었는지 모르겠다. 내 말을 듣지도 않는 엄마에게 먹히지도 않는 대답을 하는 나 또한 앞으로 온전한 정신을 유지하며 살 수 있을지 갑자기 두려워지기 시작했다. 설거지를 하는 내내 내 주변에서 자신만의 추측을 두서없이 얘기하는 엄마에게 당치도 않은 대꾸를 하고 있자니 엄마와 나는 대화가 아닌 각자만의 발설을 하는 것 같았다. 듣는 이를 전혀 신경쓰지 않는, 나에게 하는 말도 아닌, 맥락도 의미도 없고 약간의 감정만 품고 있는, 감탄사 같은 발설. 우리가 나눈 것은, 아니 내뱉은 것은 일회성으로 뚝뚝 끊어지는 각자만의 외침이었다. 마음속에서 어떤 소리가 언어라는 옷을 입고 튀어나오기는 하지만 외마디 비명소리같이 어흑어흑거릴 뿐 그 소리를 내는 사람도 듣는 사람도 도무지 알 수 없는 암호 같아서 해독이 불가능했다.

가장 먼저 찾아간 곳은 이명 치료와 관련 있어 보이는 이비인후과 전문 의원이었다. 엄마가 얼마 전부터 이명 증상을 호소하던 것이 기억나서 혹시 관련 있지 않을까 하는 생각 때문이기도 했고, 대형 병원을 바로 예약하는 것이 여의치 않았기 때문이기도 했다. 자동차 뒷좌석에 앉은 엄마는 스스로 채우지 않은 안전벨트를 수시로 만지작거렸다. 그 모습을 백미러로 간간이 지켜보며 나는 머릿속으로 몇 가지 가능성을 떠올리며 돌발 상황에 대처하는 모습을 상상했다. 창밖으로 미세먼지가 자욱했다. 집을 나서기 전 착용한 마스크를 차 안에서 벗어도 된다고 했지만 엄마는 계속 마스크를 쓴 채로 '미세먼지, 미세먼지, 미세먼지'라고 중얼거리고 있었다.

평일 낮이어서 그런지 병원 안에는 대기하는 사람들이 예상보다 많지는 않았다. 내원 등록을 마치니 진료실 앞 전광판에 엄마 앞의 대기 인원이 5명이라고 표기되었다. 다른 병원들과 마찬가지로 개인 정보 보호 차원에서 진료를 기다리는 사람들의 이름 석 자 중에 가운데 글자를 X표로 나타내서 전체 이름이 다 드러나지 않게 하고 있었다.

'김X열, 이X영, 고X정, 성X한, 전X자……'

가운데 글자를 가리긴 했지만 엄마도 자신의 이름을 금방 분간해 낸 것 같았다. 그런데 전광판에 나열된 이름들을 바라보는 엄마의 얼굴이 심상치 않았다. 엄마는 갑자기 벌떡 일어나서 병원을 나가자고 했다. 낯빛은 초조한 모습으로 사색이 되어 있었다.

"X표를 했어. 이름에 X표를…… 나가야 돼. 여기는 이상해."

"왜 그래 엄마, 왜 그러는데? 이름이 어떻게 잘못됐다는 거야?"

이름 표기가 잘못되었다는 줄로 알아듣고 전광판을 확인해 보았다. 다시 보아도 엄마 이름은 제대로 입력되어 있었다. 엄마는 어리둥절해하는 나를 답답해하며 전광판 앞으로 데려가서 손으로 'X' 자를 가리켰다.

"이것 말이야. 이 X가 뭐냐면…… 이건 내 이름을 없애려고…… 으이구야."

엄마는 말을 제대로 잇지 못하고 주위를 두리번거리며 몸서리쳤다. 한 문장이 되지 못하고 어절로 툭툭 끊어지는 엄마의 설명을 이어서 들어 보면 이름이 없어진다는 것은 곧 자신이 없어진다는 걸 말하는 것이며, 여기서 그런 무서운 일을 하고 있다는 내용 같았다. 내가 엄마의 뜻대로 움직여 주지 않으니 엄마는 외마디 비명을 지르며 대기실을 왔다 갔다 했다. 간호사와 방문자들의 시선이 따갑게 느껴졌다. 자칫하면 제대로 진단도 못 받아 보고 첫 번째 진료부터 불발될 상황이었다. 엄마를 붙들고 조근조근 설명하면서 안심시켜야 했다. 진찰받을 순서를 알려 줘야 기다리는 사람들이 자기 순서가 몇 번째인지 알 수 있고, 그러려면 이름을 보여 줘야 하는데 개인 정보 보호 차원에서 이름 석 자를 다 노출하지 않는 거라고…… 두 자만 나와도 자기 이름인지 아닌지 당사자는 알 테니까 그러는 거라고…… 그러니까 괜찮다고, 괜찮다고……. 엄마는 내가 애써 장황하게 설명하니 잠시 '그런가?' 하는 표정을 지으면서 엉거주춤 자리에 앉았다.

한동안 평정을 찾은 듯한 엄마의 모습에 '내 설명을 이해했나 보다' 라고 생각했다. 그러나, 이해시키면 괜찮아질 수도 있겠구나 하는 안도감이 사라져 버리는 데는 그리 오랜 시간이 걸리지 않았다. 엄마는 전광판에서 다시 자기 이름 가운데 X 자를 발견하고는 좀 전의 행동을 고스란히 반복했다. 단기 기억상실증에라도 걸린 사람처럼 처음부터 다시 시작했다. 나를 전광판 앞으로 끌고 가서 자신이 해석한 X 표시의 의미에 대해 무서운 이야기를 구연하듯 설명하고 비명을 지르면서 발을 동동 굴렀다. 나는 한 번 더 강한 어조로 엄마를 설득했다. 덩달아 목소리도 커져서 흘깃 쳐다보던 주위 사람들이 이제는 아예 대놓고 우리에게 집중하기 시작했다. 그들이 보기에 나의 어투는 부모를 설득하는 자식의 것이 아니라 사람들이 많은 공공장소에서 가까스로 화를 억누르면서 자식을 훈계하는 어미의 소리 같았을 것이다. 나는 억지를 부리는 아이가 된 엄마 때문에 어미처럼 속상해하는 아이 같았다. 그때 우리는 둘 다 각각 심각하고 근엄한 얼굴을 하고 있었지만 실은 한순간에 길을 잃은 아이처럼 어쩔 줄 몰라 했다.

대기실에서 벌어진 소동을 아는지 모르는지 담당 의사는 첫 대면부터 줄곧 엄마의 표정과 행동에서 눈을 떼지 않고 있었다. 나는 이명 치료를 위해 복용했던 약물이 신경계에 급성으로 영향을 줄 수 있는지에 대해 집중적으로 질문했다. 의사는 신경안정제 같은 성분의 약물이 포함되어 있긴 하지만 특별한 상관관계는 없을 거라고 말했다. 대기실에서 보였던 모습과는 달리 엄마는 작정하고 묵비권을 행사하는 사람처럼 의사와 눈도 마주치지 않은 채 입을 굳게 다물고 있었다. 마치 고집스러운 침묵으로 자신의 의사를 강하게 표현하려는 것 같았다. 진의는 알 수 없으나 일단 겉으로 보기에는 '이명 치료약을 드시고 정확히 하루 뒤부터 이상한 증상을 보인다'는 의사를 향한 나의 호소에 절대 협조하지 않겠다는 의지처럼 보였다. 아까 전광판 이름 속의 X 자가 나쁜 의도를 가진 자들의 음모라는 엄마의 말을 내가 믿어 주지 않아서 그러는 건가? 세상에 자기 말을 믿어 줄 사람은 자식을 포함해 아무도 없다고 생각해서인가? 그보다 나를 매개로 의사와 대면하고 있는 이 상황을 또 자신만의 방식으로 다르게 해석하고 있는 것 같았다. 등줄기에서 진땀이 흘렀다.

당분간 이명 치료약을 먹지 말고 지켜보라는, 이미 어제부터 그렇게 하고 있는 당연한 말이 의사의 마지막 당부였다. 이비인후과 진료를 하면서 수많은 환자를 보았지만 이런 경우는 처음이라는 말도 기억났다. 예상은 했었지만 오늘 행보의 허탈한 결론을 정작 마주하고 보니, 잠시 동안 겨를이 없어 느끼지 못했던 피로가 밀려들었다. 피로로 치면 엄마가 더할 텐데 엄마의 얼굴에는 피곤한 기색이 안 보였다. 장거리 이동 후 거의 잠을 자지 못한 상황이면 젊은 사람도 견뎌 내기 힘들 텐데 칠십 노인의 피곤함 따위는 아랑곳하지 않는 저 에너지는 도대체 어디서 오는 걸까.

먹는 둥 마는 둥 했던 아침 식사가 생각나기도 했고, 사람들로 붐빌 점심 식사 시간도 지나, 근처 식당을 찾아 들어갔다. 테이블이 대여섯 개 밖에 없는 작은 식당은 비교적 한산했다. 구석진 창가 쪽에 자리를 잡고 앉으니 직선으로 쏟아지는 햇빛 때문인지 노곤함이 더했다. 아직 쌀쌀한

늦겨울이었지만 햇살은 이미 온화한 봄을 흉내 내고 있었다. 콩나물국밥 두 그릇을 가운데 놓고 사정없이 쏟아지는 햇빛을 받으며 마주하고 있는 엄마와 나는 둘 다 이번 끼니에도 허기를 채울 생각을 잊은 듯 했다. 엄마는 아무리 꿰어 보려 애써도 도무지 연결되지 않는 말들을 이리저리 두서없이 흩뜨리고 있었고, 나는 엄마의 목소리가 높아지지 않기만을 바라며 조마조마하게 듣고 있었다.

"미세먼지, 미세먼지…… 미세먼지…… 도, 도, 도, 도다리쑥국. 도다리, 도다리쑥국."

오후가 되어 미세먼지는 어느 정도 걷혔지만 엄마는 아직도 내가 아침에 말한 미세먼지에 집착하고 있었다. 마스크를 거부하는 엄마에게 미세먼지 때문에 꼭 써야 한다고 하긴 했지만 겁을 주면서 말한 것 같지는 않은데 현재로서는 '미세먼지'가 엄마의 머릿속을 공회전하는 주요 키워드가 되고 있었다. 그런데 도다리쑥국은 또 뭐란 말인가? 쟁여 놓은 냉동 도다리로 쑥국을 끓여 드릴까 하고 잠시 언급했던 기억이 있었지만 쑥이 없기도 하고 힘들기도 해서 큰 의미를 두지 않고 잠시 스쳐 지나가듯 했던 말이었는데 센 발음이 이어지는 '도 다 리 쑥 국'이라는 단어가 엄마 입안에서 알싸한 박하사탕처럼 톡톡 터지듯 반복되니까 공연히 신경이 곤두섰다. 누가 보면 도다리쑥국이 먹고 싶다고 시위하는 엄마와 딸의 실랑이 같이 보일 수도 있겠다 싶으니 웃픈 웃음이 피식 나왔다.

"콩나물국밥이 입에 안 맞아서? 도다리쑥국이 드시고 싶다고? 그런 말이셔? 엄마?"

질문을 받았음에도 엄마는 나와 눈을 맞추지 않았다. 살짝 내 얼굴 쪽을 보는 듯하던 시선은 이내 테이블과 주변부로 이리저리 흩어졌다.

"도다리, 도 다 리 쑥국 도다리……."

기운이 없어서인지 정신이 멍해서인지 나도 속에 없는 말을 하고 있었고, 엄마도 자기 말만 하고 있었다. 엄마와 나의 말은 대화를 가장하고 의사소통 불능을 전제로 한 암호 같은 신호음이었다. 엄마와 딸 사이긴 하지만 평소에도 그다지 서로 얘기를 많이 하는 편은 아니었는데, 이렇게 속절없이 단절된 대화는 생전 처음이었고, 그걸 또 엄마랑 하게 될 줄 누가 알았을까. 그저 잠자코 들어주기만을 바라면서 피드백을 기대하지도, 원하지도 않는 식의 대화도 대화라고 할 수 있을까. 그때그때의 현상을 표현하는, 몸부림 같은 말, 혹은 소리. 수신음을 고려하지 않지만, 그렇다고 표시 내지 않는 것도 불가능한 무작위의 발신음들이 엄마에게서 계속 흘러나오고 있었다. 누구보다도 이해받기를 간절히 원하지만 이해받기 힘들지도 모른다는 두려움과 불안함이, 드러내려는 표현 하나하나를 일일이 가로막는 것 같았다.

들쑥날쑥하게 요동치는 마음들을 일렬로 줄 세워서 정렬시키지 못하고 있는 상황을 인정하기도 힘들 것이고, 또 그것을 드러낸다는 건 더 더욱 어려운 일일 것이다. 나에게서 엄마는 '어떤' 사람이었나. 감정 기복이 적고, 나쁜 말을 잘하지 못하고, 인내심이 강하며 때로는 단호하던 엄마는 더 이상 없었다. 지금 내 앞에서 여태껏 한 번도 보여 주지 않던 모습을 잠깐이 아니라 마치 완전히 변해 버린 사람처럼 보여 주고 있는 이 사람은 내가 아는 엄마가 확실히 아니다. 그렇다고 해서 다른 사람이라고 해야 하는가. 엄마 스스로도 인정하지 않는 자신의 모습을 나는 인정해야 하는 것인가. 지금의 엄마는 엄마가 아니니 원래의 엄마를 회복하도록, 이전의 엄마로 되돌아가도록 하지 않으면 엄마를 영영 찾을 수 없게 되는 것일까. 아니면 그 모든 것이 다 엄마인데, 그동안 스스로 감추어 둔 자신의 모습이 어떤 특이한 계기로 인해 흘러나오는 것인가. 그동안 감추어 둔, 가두어 둔 부분이라면, 다른 사람들도 같은 조건에서는 모두 엄마와 같은 행동을 할 수 있다는 것일까. 그렇다면 어느 쪽이 진심이고 진실일까. 내면 깊숙이 엄격하게 가두어 둔 모습? 아니면, 자의인지 타의인지는 불분명하지만 조율과 타협을 거쳐 드러나는 모습?

엄마에게 물어보고 싶었지만 엄마는 영영 답을 하지 못할 것 같은 사람이 되어 있었다. 아니 그보다, 그런 물음에 대해 자신도 전혀 잘 알지 못해 어쩔 줄 몰라 하는 사람이 되어 있었다.

증상이 보내는 신호

세상에는 매일 경험해 본 적도 없고, 있을 수도 없는 일이 가깝고 먼 곳에서 늘 일어나고 있지만 대부분의 사람들에게 그런 일은 단지 남의 일일 뿐이다. 보이지 않는 철벽을 만들어 그 안에서 아슬아슬하게 피해 다니는 데 익숙해지다 보면 나의 폐부에 실제로 침투하는 '사건'에 대해서만 실감할 수 있다. 주위에서 아무리 많이 관찰해도 실제로 자기가 겪어 봐야 비로소 알게 된다는 말도 있듯이 정작 나의 일이 되기 전까지는 체감하기가 쉽지 않다. 그래서 무슨 일이건 '나에게 일어나지 않았으면' 하는 일이 실제로 일어나지 않으면 원래 내가 의도한 바대로 진행될 터인데, 문제는 그런 일이 나에게도 일어날 확률이 높거나, 혹은 반드시 일어나게 될 경우이다. 나에게도 반드시 일어날 일이긴 하지만, 실제로 그 일이 닥쳐오기 전까지는 가급적 생각하지 않고 살고 싶은 것이다. 오히려 반드시 일어나는 일이기 때문에 더더욱 외면하고 싶어진다. 거기에는 분명히 간극이 있고, 그 간극이 크면 클수록 마치 거짓말이 거짓말을 낳는 연쇄 효과처럼 걷잡을 수 없게 되는 경우도 있다.

내 주변에는 가급적 다른 사람에게 상처를 주는 사람이 없었으면 좋겠고, 이기심 때문에 다른 사람들에게 피해를 주는 사람도 없었으면 좋겠지만 실제로 우리는 가까운 사람으로부터 더 많은 상처와 고통을 받곤 한다. 나의 기준에 맞지 않는 주변의 크고 작은 어긋남들은 힘겹게 그 기준을 실행하고 있는 당사자가 다 감당해야 할 몫이 된다. 나도 그들과 같은 사람인지라 때로는 똑같이 행동하고 싶어지기도 하지만, 그것은 순간적인 생각일 뿐 결코 허용할 수 없다. 그들이 보여 주는 어긋난 모습들은 내가 설정한 인간상과 맞지도 않고, 내가 그들과 똑같은 모습을 보인다면 그들을 비난할 근거 또한 없어지기 때문이다. 그 기준은 반인륜적인 사이코패스나 성격 장애형 인간같이 비교적 넓은 기준도 있겠지만, 특정한 '바른 인간'과 같이 엄격한 기준도 있다. 그래서 많은 사람은, 특히 자신과 가까운 사람에게 자신의 기준에 따른 교정 작업을 끊임없이 시도한다. 하지만 대부분의 경우 실패로 돌아가고 그 결과로 남는 건 끝까지 포기 못하고 매달리다 일그러진 나의 마음과 악화된 관계 정도이다. 내 기준에 맞지 않는 너를 부정하고 싶고, 바로잡고 싶은 마음이 큰 만큼 그러지 못하는 절망감도 커져서 그 사이를 공허한 관계의 간극이 차지하게 된다.

결국 이 모든 것은 자신에게로 돌아온다. 받아들일 수 없는 운명과 주변부, 그것들과 여전히 힘겨운 싸움을 하고 있는 나는 너무 외롭고 괴로운 나머지 내가 설정한, 나의 기준에 맞는 인간형을 스스로 지키는 일조차 버거워진다. '내가 어떻게 살아왔는데, 그 기준을 움직인다면 여태까지의 삶이 산산조각 날 수도 있는데…….' 한 치의 양보도 없는 나는 남들에게 그토록 엄격했던 이유가 결국 자신에게 엄격했기 때문이라는 것을, 스스로에게 먼저 관대해져야 한다는 것을 인정하지 못하고, 내가 만든 괴로움의 원인을 외부로 돌려 무마한다. 그리고, 보다 많은 사람이 자신의 이런 '무마'에 동조해 주기를 바라면서 하소연한다. 그것은 일방적인 가해자와 힘없는 피해자로 구성된 극적인 이야기이기 때문에 비교적 쉽게 공감을 얻기도 한다. 그러나 이는 다른 사람들의 공감을 얻어서 해결될 문제라고 하기에는 너무 지속적이고 반복적이어서 그것이 균열의 씨앗을 품은 증상이라는 것을 사람들은 쉽게 알아차리지 못한다. 스스로와 주변부에게 드러내는 그 증상은 잘 알아차리지 못하게 위장된 호소이다. 왜냐하면 스스로 증상의 원인을 감추고 있기 때문이다.

— 나에게 나를 가두기

'사건이 나에게 침투한다'고 했을 때 나는 물질성을 전제로 하고, 각자가 만든 나라는, 혹은 인간이라는 상(像)은 이 물질성을 더욱 견고히 하는 역할을 한다. 여기서 일정한 상을 지닌 물질은 그것을 유지하는 성질이 와해되면 다른 형식의 물질이 되므로 기본적으로 영원성을 가정한다. 그렇다면 영원한 물질이라는 것이 가능한 일인가? 사람-생명체라는 물질은 예외 없이 일정 시간이 되면 다른 물질이 되며 누구도 그 사실을 부정할 수 없다. 엄밀히 말하자면 물질이라는 의식이 너무 강력한 나머지, 마치 영원성을 담보한 것처럼 보이지만 사실 영원성이라기보다 명확한 한계를 지닌 일시적 지속성만 있을 뿐이다. 유한한 지속성을 가진 거의 대부분의 생명체를 포함한 사물들은 그 지속성의 시간적 강도 차이만 있을 뿐 모두 같은 운명을 지닌다. 그러므로 우리는 유한한 지속성을 가진 성질의 것을 일정 시점에서는 물질로 볼 수도 있지만 좀 더 거시적인, 혹은 미시적인 시각에서 '현상(사건)'으로 보기도 한다.

이는 양자역학에서 말하는 입자와 파동의 이중성과 비슷한 맥락을 띤다. 양자역학은 관찰자의 개입이라는 상호작용에 따라 양자 물질이 입자, 혹은 파동으로 다르게 나타난다는 중첩 현상에 주목한다. 현재 사건을 정확하게 알고 있다면 미래 어느 순간에 어떤 사건이 일어날지 예측할 수 있는 고전역학과는 달리 양자역학은 현재 상태를 정확하게 알고 있다 하더라도 미래의 결과를 분명하게 예측하는 것은 불가능하다는 확률론을 이야기한다. 즉, 이는 결정론적 세계관이 아니라 불확실성을 기반으로 한 확률론적 세계관에 가깝다.

위와 같은 관점에서 본다면 '나'라는 고정된 물질적 존재에 사건이 침투하는 것이 아니라 '나'라는 물질적 현상(사건성)과 또 다른 사건이 상호작용하는 것이라고 할 수 있다. 고정성과 고정성과의 만남에서와는 달리 현상과 현상의 상호작용에서는 수많은 경우의 수가 촉발된다. 예를 들어, '너는 거짓말쟁이를 싫어한다'라는 명제를 놓고 본다면 너와 거짓말쟁이를 고정된 물질성으로 상정했을 때, 어느 날 갑자기 '거짓말쟁이를 싫어하지 않는 너'라는 상황이 발생한다면 이에 대한 반응력이 떨어지게 된다. 그렇지만 '대체로 거짓말쟁이를 싫어한 적이 많았던 너'라는 확률로 생각해 본다면 어느 날 거짓말쟁이를 싫어하지 않는 너를 만나더라도 너와 거짓말쟁이의 여러 가지 상황과 관계에 대한 변수를 고려해서 이해할 수 있다.

이는 자기에 대해서도 마찬가지이다. 만일 나를 '어떤 상황에서도 버럭 화를 내지 않는 사람'이라고 스스로 나름 성공적으로 규정해 왔다면, 아무리 참기 힘든 상황을 맞아도 화를 내는 자신을 쉽게 용납하기가 쉽지 않다. 만일 버럭 화를 내게 되면 그동안 자신이 만들어 왔던 자신의 상(像)을 깨는 것이 되고 이것을 자신의 정체성과 동일시함으로써 그동안 애써 쌓아 올린 안정감이 파괴된다고 느끼기 때문이다. 또한, '버럭 화를 내는 사람'이 사회적 통념상 '좋지 않은 인간형'이라는 판단에 기초한 경우가 많으므로 더더욱 그렇다. 이런 식의 자기 규정 방식에서는 혹시 무의식적으로 화를 내게 되더라도 화를 낸 자신을 인정하기보다 자신을 화나게 만든 외부의 탓을 하기가 쉽다.

사람은 물론 사회적인 도덕규범과 윤리라는 테두리 안에서 살아야 하지만 그런 기초 위에 만들어가는 '인간형'에 관한 규정은 사람마다 다르다. 그것은 가치관일 수도 있고, 개성일 수도 있겠지만 이차적 문제는 자신이 스스로에게 만들어 가는 인간형의 틀과 같은 방식을 다른 사람에게도 동일하게 적용하려 하고, 때론 강요하기도 함으로써 발생하는 것들이다. 여기에 크고 작은 권력의 요소가 개입하게 되면 상황은 더 복잡해진다. 힘없는 나는 이 열악한 상황 속에서 어떻게든 (나, 혹은 사회적 규범이 만든) 자기를 지켜 내야 하며, 그렇지 못한 주변 사람들을 변화시키려다가 번번이 실패로 돌아오는 절망감도 함께 감내해야 한다.

— 나이에 기대하는 것들

특정한 인간형에 대해 스스로에게 부과된 역할은 나이가 들면서 비례하는 사회적 기대와 함께 더 커져 간다. 나이가 많을수록 경험도 더 많을 테니, 상황 대처 능력이 더 강할 것이며, 인내심도 더 많을 것이고, 더 지혜로울 거라는 등의 기대가 중과된다. 그러나 사람들이 처한 환경과 그 속에서의 경험은 다 제각각이어서 나이와 경험과 성숙이 항상 비례하는 것도 아니고, 때로는 그런 요소들이 크게 상관없기도 한다. 또, 같은 경험을 했더라도 환경과 그 환경에 대처하는 사람의 상호작용에 따라 다른 결과가 나타날 수 있으므로 경험의 추상성이 담지한 차이는 저마다 다양하게 발휘된다.

이렇듯 수많은 다양성 속에서도 일반적으로 연령에 따른 막연한 기대는 비례하며 상승한다. 자주 쓰는 말 중에 '나잇값'이라고 불리는 말도 이런 경향성을 나타낸다. 이는 자신보다 나이가 어린 사람들이 겪는 다양한 상황에 대해 조언해 줄 수 있을 만한 나름대로의 답을 갖고 있어야 한다는 강박을 불러일으키기도 한다. 그래서 자신이 겪은 인생의 여러 단계에 대한 나름대로의 결론을 그때그때 일단락하려 하기도 한다. 그리고 자신이 경험한 것들의 조견표에 따라 다른 이들에게 충고를 한다. 자신이 겪어 보지 못한 일은 제외하더라도 자신이 겪은 일과 비슷한 경우는 '내가 겪어 봐서 아는데'라고 하며 확신을 부과한다.

위와 같은 경향은 크게 두 가지 모순을 지닌다. 첫 번째, 노동생산성에서 밀려난 노년에 대해 부정적 이미지를 부여하면서 '젊음 지향적'으로 삶의 방향성을 전환/집중시켜 놓으면서도, 나이듦에 따른 경험적 기대는 그대로 유지하는 노년에 대한 선별적 의무 부과 현상을 들 수 있다. 즉, 사회적 생산 체제와 그에 따른 문화가 바뀌었으니 예전보다 더 뒷전으로 물러나 있되, 다만 그동안 해왔던 나이 든 사람으로서의 사회적 역할은 다하라는 것이다. 둘째, 사회적 변화로 인해 줄어든 노년의 위상에 비해 여전한 의무감은 경험을 통해 보유한 조견표에 강조점을 찍으며 더욱더 자신의 존재감에 대한 목소리를 높이게 만들지만, 빠르게 변화하는 사회 양식 및 다양성 때문에 맞지 않는 경우가 많아져서 소위 '편협한 경험주의적 독단성'에 빠진 사람들이라는 이미지를 생산하기도 한다. 그래서 요즘에는 젊은 사람들에게 해서는 안 될 말 중의 하나로 '라떼(나 때)는 말이야'라는 신조어가 생기고, 이를 무시하는 사람들을 소위 '꼰대'로 치부하기도 한다. 세상이 너무 빠르게, 다르게 변해서 자신의 세대와 지금 세대는 완전히 다른 분위기, 다른 세상이라는 것은 알고 있지만, 그 때문에 더더욱 움츠러든 노년은 어떻게 해서든지 자신의 경험이 헛된 것만은 아니라는 것을 강조하고 싶은지도 모른다.

생애 처음으로 겪는 나이듦에 대한 적응도 해야 하는 데다, 그런 나이듦을 위치 지우는 사회에 대한 대응도 해야 하는 이중고에 처하면서 노년은 더 혼란스러워진다. 그동안의 힘든 여정을 정리하면서 자유롭고 평온하고 싶지만 그것을 방해하는 어긋난 결의 현실성과 복잡함이 삶 속으로 스며든다. 세상은 살면 살수록 더 복잡하고 어려워진다. 그래서 힘이 든다. 더 단순했으면 좋겠고, 내가 그동안 결론이라고 생각했던 인생의 각 단계에서의 매듭이 풀리지 않고 고정된 것이었으면 좋겠다. 그리고 어떤 연유로 인한 것이든 그 매듭이 헐거워지면 가뜩이나 혼란스러운 노년의 삶이 심하게 흔들릴 것 같아 두렵다. 대놓고 드러내고, 또 주변의 사람들이 이해해 주는 사춘기의 질풍노도와는 달리 노년이 겪는 혼란스러움은 사회적 기대와 체면 때문에 밖으로 드러낼 수 없는 경우가 많다. 안으로 어떤 소용돌이를 겪고 있든 상관없이 겉으로는 '다 그런 것 아니겠어?'라는 침착함을 잃지 않아야 한다. 더 자세히 말하자면, 침착함을 잃지 않아야 한다고 내·외부적으로 강요받으면서도, 더 정교하게는 그것이 부과된 강압이라는 사실도 넘어설 수 있어야 한다.

— 시기가 따로 없는 성장통

사전적인 의미의 성장통이란 3~12세 사이의 어린이에게 흔히 나타나는 하지 통증을 말한다. 시기도 정해져 있고 발생하는 부위도 일정한 생물학적 통증이다. 급격한 변화는 통증을 수반한다는 의미에서의 성장통은 생물학적 의미를 넘어 더 광범위하게 사용된다. 세력이나 범위가 확장되면서 겪는 통증이라는 또 다른 의미의 성장통은 실제로는 시기를 특정하지는 않지만 '성장을 겪는 시기'의 통증이라는 암묵적인 의미를 지닌다. 그러나 외압에 의해서든, 내적 고통으로 인해서든 무언가 더 넓어지고, 커지면서 성숙해진다는 의미의 성장통으로 생각해 본다면, 많은 사람이 생각보다 더 오랜 나이까지 성장통을 겪고 있다는 사실을 발견하게 된다. 인간의 성숙과 성장에는 한계가 없기 때문이다. 주변 사람들로부터 '성숙한 인간'이라고 선망받는 사람일수록 스스로 미성숙한 인간이라고 생각하는 경향이 있는 것을 보면 알 수 있듯이 성숙과 성장에는 방향성은 있으나 그 한계는 가늠할 수 없다.

청소년기의 신체적 성장통은 스스로 선택할 수 있는 문제가 아니다. 많이 아프더라도 더 크게 성장하거나, 통증을 견디기 어려우니 성장하지 않는 것 같은 선택의 여지가 없다. 그러나 그 이후 겪게 되는 정신적 성장통은 좀 다른 양상을 띤다. 성인이 된 이후에는 전혀 뜻하지 않은 외부적 고난이나 시련을 겪는 경우가 아닌 이상 사람마다 각각 다른 양상으로 성장을 겪게 되며 그것이 다분히 일방적인, 불가항력적인 요소에 의한 것이라고 보기는 어렵다.

거절당하는 상처가 주는 고통을 피하고자 관계를 확장하기 꺼려할 수도 있고, 실패의 고통과 두려움을 피하려고 새로운 시도를 포기하는 일도 있다. 물론, 그렇다고 속절없이 위와 같은 일을 반복할 수는 없는 노릇이지만 어쨌든 강도와 대응 방식의 차이는 분명히 존재하고 그로 인해 저마다 다른 결과를 낳는다. 고통 앞에 선 사람은 다양한 모습을 보인다. 고통에 대한 간접 경험을 일방적인 부정성으로 받아들이면 어떻게든 피하는 길을 택하기 쉽다. 그리고 고통을 겪더라도 고통 그 자체만 압도적이었던 사람도 이후 그것을 단지 고통이라는 이유로 피하게 된다. 그러나 아픔을 넘어서는 힘을 경험한 사람은 다시 같은 상황에 처했을 때 이겨낼 수 있는 힘과 용기를 조금이라도 얻게 된다.

프랑스 철학자 질 들뢰즈는 폭력이 있고서야 사유가 발생한다고 말했다. 여기서 폭력은 사전적 의미라기보다 '일상의 평온을 흔드는 불가항력적인 상황' 같은 넓은 범위를 포함한다. 예기치 않은 외압에 의한 충격이 있기 전까지 우리는 대개 습관의 형식으로 살아간다. 그러다 '폭력'적 상황을 만나게 되면 그제서야 '무엇이 문제인가?', '어디서부터 잘못됐는가?', '어떻게 해야 하는가?' 같은 생각의 흐름 속으로 들어가게 된다. 세상에는 단선적이고 간단명료한 일보다 실타래같이 복잡하게 얽혀 있는 일이 더 많으므로 폭력의 상황이 더 의외이고, 더 당황스러울수록 생각에 생각을 거듭하게 된다. 그러나 그 사유의 과정 자체가 너무 힘겹고 고통스러운 나머지, 시작도 하기 전에 간단하게 정리하고 마무리 지어 버리려는 마음이 생길 수도 있다. 자책에 빠지거나, 특정한 외부의 대상 탓으로 돌려 버리거나, 막연한 원망으로 일관하거나, 혹은 그대로 덮어 두는 것 같은 방식은 폭력적 상황이라는 고난이 준 기회에 대해 아픔 이외에 아무것도 남기지 않는 결과를 낳는다.

성장의 기회가 될 수도 있고, 그렇지 못할 수도 있는 여러 가지 어려움은 특정한 시기를 따지지 않고 인생사에 끼어든다. 웬만한 일은 다 겪었다고 하는 사람이라고 해서 힘든 상황이 그만 찾아오리라는 법도 없다. 때로는 여전히 해결 못한 채 묻어 둔 힘듦 위에 또 다른 충격이 더해질 수도 있다. 그렇지만 그동안 쌓은 내성의 면역력을 바탕으로 충분히 앓아야 제대로 이겨낼 수 있으리라는 예상은 누구나 할 수 있을 것이다. 나에게, 혹은 참고할 만한 외부에 끊임없이 질문하면서 쉽게 결론을 내리려 하지 않으며 계속해서 또 다른 면을 살피는 통렬한 사유의 노력은, 마치 그동안 살아오면서 만들어 놓은 가치관 전체를 와해시키고 다시 재조립해야 하는 것처럼 어려워 보일 수 있다. 그러나, 이 쉽지 않은 일이 두 번째 실수를 하지 않게 하는 힘을 기를 수 있게 한다. 세상을 보는 하나의 시선만 가진 채 태어난 우리는 자의 반 타의 반 겪게 되는 어려움 속에서 세상을 볼 수 있는 다양한 시선을 습득하게 되고, 이로 인한 다채로운 시각은 삶 자체를 변화시키는 구심점 역할을 한다.

4장

잃어버려야 찾을 수 있는 것들

—자기부정의 자기방어라는 모순

제자리를 맴돌며 별 진전 없이 어지러움만 확인한 하루가 지나갔다. 마치 승리를 기대하지 않고 나선 전장에서 여지없이 참패하고 회군하는 병사 같았다. 자동차 뒷좌석에서 엄마는 한 사람이 내고 있다고 보기에는 너무 기복이 심한 크고 작은 목소리로 아슬아슬한 중얼거림을 이어 가고 있었다. 정체도 의도도 알 수 없는 어떤 세력이 자신과 주변 사람들을 위해하려 한다는 확신의 근거를 하나 더 획득했다는 의기양양한 목소리가 가끔 들려오기도 했다.

상상이라는 가설을 세워서일지언정 누군가가 자신을 해치지 않을까 하는 두려움을 계속 갖는다는 건 자신이 제어할 수 없는 것들로부터 스스로를 방어하려는 자세일 것이다. 바꿔 말하면 어지간한 외압에는 끄떡하지 않을 만한 힘이 자신에게 없다는 생각 때문이기도 하겠다. 쉽게 흔들리는 인간으로서의 본성이 날 것 그대로 노출된 기분. 내 생각, 내 감정, 내 의도가 그대로 다 읽혀서 누군가에게 점령당할 수도 있다는 두려움에 그렇지 않은 척 위장해야 하는 부담까지 더해진다면 어떻게 행동해야 할지 정말 혼란스러울 것이다.

"소리가 들려. '웅' 하는 이명이 한참 동안, 귀에서……. '웅~' 하면서."

이명이 전조 증상이었을까. 이명 뒤에 혹시 환청이 들리는 건 아닐까. 자기 안에서 어떤 행동을 유도하는 다른 나의 목소리를 듣는 건 아닐까. 엄마에게 물어보려다가 그만두었다. 혹시라도 사람의 말소리가 들린다면 그것을 엄마가 아닌 다른 사람의 목소리로 인식하는지, 아니면 독백 같은 자신의 목소리로 여기는지 어떻게 구분할까 싶어서였다.

저녁 무렵에 동생네 식구들이 방문했다. 지금의 엄마에게 손주들은 어떤 의미일까 싶었다. 초등학교에 다니는 첫째 손주는 데면데면 겨우 아는 척을 하는 정도였지만, 엄마가 평소에 어린아이를 유독 좋아했던 터라 아직 세 살밖에 안 된 둘째 딸의 어린 손주를 보면 마음이 좀 누그러지지 않을까 기대해 보았다. 너무 얄팍한 기대였다. 낯을 많이 가리는 조카는 할머니가 이상하다며 큰 소리로 울어댔고, 목소리가 큰 동생은 가뜩이나 속상한데 아이까지 우니까 더 큰 소리로 어르고 달랬다.

"애 우는 소리가 넘어가면 안 돼. 애 우는 소리…… 어쩌냐."

여러 가지 소리가 겹치니까 엄마의 불안증이 더 심해지는 것 같았다. 엄마는 겁에 질린 얼굴로 거실과 주방을 오가며 계속 안 된다, 안 된다고만 했다. 손주에게 다가가 잠시 무서운 표정으로 조용히 하라는 시늉을 하기도 했지만 그럴수록 손녀는 제 엄마 품을 파고들며 더 크게 울어 댔다. 혼내듯 아이를 달래는 엄마, 그럴수록 더 크게 우는 아이, 둘 사이를 오가며 공포에 찬 표정으로 알 수 없는 소리를 되뇌는 할머니, 그런 그들을 보며 어쩔 줄 몰라 하는 나머지 가족들…… 그것은 일종의 기묘한 잔혹극이었다. 주목할 만한, 혹은 기억할 만한 사건이 벌어진 것은 아니지만 온 가족이 서로 한 켠씩 어긋난 채 각자의 난처함을 발산하며 맴돌았다. 간절히 소통을 바라지만 철저히 혼자만의 괴로움을 호소하는 형식으로 끝나 버리는 아수라장에 누군가 종료 버튼을 눌러야 할 것 같아 서둘러 동생네 식구들을 돌려보냈다. 그렇게 나의 한 순간의 안이한 기대는 막을 내렸다. 어린 손녀만 보면 입꼬리가 한참 올라가게 웃으며 즐거워했던 엄마의 모습을 기억하며 약간의 기대를 했지만, 결과적으로 온 가족이 마음만 더 산란하게 되었다. 엄마의 마음은 너무 복잡하고 어려워서 가족이 주는 힘으로 누그러뜨리기에는 역부족이었다. 오히려 자신을 둘러싼 걱정이 가족의 걱정으로 번져서 확장되는 느낌이었다. 가족은 엄마에게 위협이 되지는 않았지만 그렇다고 자신의 생생한 문제를 해결해 줄 수 있는 존재도 아닌 것 같았다. 현재로서는 호소할 수 있는 유일한 대상이기는 하지만 자신이 걱정하는 문제가 동일하게 적용되지 않을까 걱정하면서 호소하는, 양면적인 존재 같았다.

다음 날 엄마와 나는 동생과 함께 이틀 전 미리 진료 예약을 해 둔 종합병원으로 향했다. 동생이 뒷좌석에서 엄마와 대동하니 운전을 맡은 나는 어제보다 훨씬 덜 불편했지만 엄마의 상황은 어제보다 더 안 좋아진 것 같았다. 아침 식사를 거의 하지 못하고 이틀째 거의 잠도 못 잔 엄마는 충혈된 눈으로 차창 밖을 뚫어지게 바라보고 있었다. 미세먼지가 자욱했던 며칠간과는 달리 오늘은 맑은 햇살이 쨍하게 비쳤다. 피로가 쌓였을 것이 분명한데도 말수가 전혀 줄지 않은 엄마는 무슨 생각을 했는지 갑자기 산책을 가야 한다고 했다.

"미세먼지…… 미세먼지…… 산책 가야 돼. 산책. 미영아, 차 세워 봐라."

"엄마, 우리 지금 병원 가잖아. 산책은 나중에, 나중에…… 가자구요."

동생이 옆에서 말려 보았지만 엄마의 갑작스러운 산책에 대한 강박은 오히려 더 거세졌다. 신호도 없는 자동차 전용 도로 한복판에서 엄마는 '산책, 산책' 하며, 마치 반복해서 주문을 외우듯이 말했다. 차 안이 들썩들썩할 지경이었다. 옆에서 엄마를 체포하듯 꼭 붙들고 있는 동생의 자세가 불안해 보인다 생각될 무렵, 갑자기 엄마가 빠른 속도로 내 어깨를 세게 쳤다. 예상치 못한 타격에 움찔한 나는 하마터면 놀라 브레이크를 밟을 뻔했다. 피로에 절어 몸도 제대로 가누기 힘든 상태로 겨우 운전하던 내 머리 위 어디쯤에선가 모락모락 뜨거운 김이 새어 나오는 것 같았다. 나는 거칠게 차를 몰아 큰길을 빠져나온 후 급하게 브레이크를 밟고 차를 세웠다. 호흡은 이미 빨라져 있었고, 눈에서 눈물이 고이는 것 같기도 했다.

"엄마! 차 세웠어. 내려서 산책 가셔. 병원이고 뭐고 다 그만두고 얼른 가시라고! 산책 가야 한다며!!!"

몸이 앞뒤로 휘청할 정도의 급제동과 엉겁결에 내지른 내 커다란 고함 소리에 엄마는 '아이구야' 하며 사시나무 떨듯이 부들부들 몸을 떨었다. 놀란 동생은 말문이 막혔는지 입을 딱 벌리고 한참을 아무 말도 못했다.

"아픈 사람한테 뭐 하는 짓이야! 엄마가 지금 정상이야? 언니까지 왜 그래!"

동생의 목소리가 들려오기 훨씬 전, 갓길에 차를 세울 때부터 이미 나는 잘못된 행동의 길로 접어들었다는 것을 알고 있었다. 출구를 찾지 못한 채 한 무더기로 엉켜 있는 내 감정을 어찌할 줄 몰라서, 마치 뜨거운 물건을 손에 들고 한참 동안 이 손 저 손으로 옮기며 내려놓지도 못하고 있다가 결국 참지 못하고 섣부르게 내동댕이친 사람처럼 후회가 밀려왔다. 손에 들고 있던 따뜻한 난로가 갑자기 뜨거운 화로가 될 줄 전혀 몰랐고, 무엇보다 그것을 안전하게 내려놓을 곳이 보이지 않았다. 나는 누구에게 화를 내고 있는 것인가. 화를 낼 수 있는 대상이 없는 상황에 대고 화를 낼 수는 없는 노릇이어서 결국은 왜 자기에게 화를 내는지 모르는 엄마한테 화를 내고 말았다. 버럭 화를 내며 무언가 터져 나온 듯했지만 기분은 더 안 좋아졌다.

나는 엄마와 동생에게 아무런 대꾸도 하지 않고, 남아 있는 힘을 추슬러서 운전대를 잡았다. 다시 병원을 향해 가는 동안 엄마는 충격을 가다듬는 신음 소리 외엔 별다른 말 없이 조용했다. 동생도 엄마 팔만 꼭 붙든 채 아무 말이 없었다. 땅 밑까지 푹 가라앉아 버린 분위기 위로 침묵이라는 평온함이 잠시 감도는 듯했다. 병원에 거의 도착할 무렵에야 엄마의 '아이구야' 소리가 조금씩 진정되었다.

한차례 소동이 있었지만 제시간에 맞춰 병원에 도착했다. 평일 이른 오전인데도 4층짜리 주차장 건물과 지하 주차장에는 자동차가 끝도 없이 가득 차 있었다. 이전까지만 해도 병원을 가득 메운 차들을 보면서 세상에는 이렇게 아픈 사람들이 많구나 정도 느꼈었는데, 이제는 그 아픈 이들을 돌보는 사람들도 많겠구나 하는 생각에까지 이르렀다. 아픈 사람과 그 아픈 사람을 치료하는 사람, 직접 돌보는 사람, 직접 돌보지는 않지만 가까운 곳에서 지켜봐야 하는 사람까지……. 아픔은 많은 사람이 속해 있는 일상다반사인데 병원은 언제나 낯설었다. 그곳은 마치 아프다는 이유로 열외가 된 사람들과 그 주위 사람들이 모여 있는 섬 같았다.

거대한 복합 쇼핑몰같이 생긴 병원 대합실에 엄마를 잠시 동생에게 맡기고 어제 이비인후과에서 받아온 진료 의뢰서를 제출하며 접수했다. 진료실 앞 대기석 벤치는 이미 만원이었다. 예약한 시간이 훨씬 지났는데도 대기자가 두세 명 정도 더 있었다. 동생에게 엄마를 모시고 대기자 명단 전광판이 보이지 않는 곳에서 기다리라고 하고 나는 진료실 앞에 서서 차례를 지켜보았다. 그러면서 엄마와 동생이 앉아 있는 쪽을 흘긋흘긋 쳐다보며 상황을 살폈다. 어제 갔던 병원보다 훨씬 사람도 많고 번잡해서 이상행동을 하지 않을까 걱정했는데 엄마는 의외로 엄마 쪽을 향해 열심히 무슨 말인가를 하는 동생 옆에서 바닥 쪽을 바라보며 미동 없이 앉아 있었다. 그렇다고 동생의 이야기를 듣고 있는 것 같지는 않았고, 주변 사람들이 마치 여러 겹의 병풍인 양 일체의 반응을 하지 않으며 무언가에 몰두하는 것 같아 보였다. 호명이 되어 진료실에 들어섰을 때도 엄마는 초점 없는 눈으로 의사를 똑바로 쳐다보지도 않고 앉아 있기만 했다. 옆에서 요 며칠간의 일들을 열심히 설명하고 있는 대상이 자신이 아니라는 식의 반응이었다. 증상을 보이는 사람은 엄마인데 그 증상을 설명해야 하는 사람은 나였다. 당사자가 한마디도 거들지 않아서인지, 아니면 설명하고 있는 증상이 엄마에게 전혀 안 보여서인지 의사는 엄마와 나를 번갈아가면서 쳐다보았다. 순차적으로 신경과 검사를 받은 후 이상이 없으면 정신과 검사 진료를 받게 된다고 했다. 검사를 받는 가장 빠른 방법은 응급실을 통하는 것이라며 대기하라는 말을 듣고 진료 대기실보다 더 빈자리가 없는 응급 센터를 비집고 들어갔다.

응급실에 모인 사람들의 표정은 진료실 앞에서보다 훨씬 어두워 보였다. 고통, 두려움, 걱정 등이 더 많이 비쳤고, 때로는 체념한 듯한 얼굴도 보였다. 생각보다 좁지 않은 공간을 가득 메운 사람들이 내는 갖가지 소리로 귓가가 웅웅 울렸다. 이명이 있는 엄마는 더 괴로울 터였다. 듣기로는 최장 예닐곱 시간까지 무작정 대기하며 기다려야 한다기에 어떻게든 앉아 보려고 빈자리를 찾아 두리번거렸다. 나는 엄마와 동생을 겨우 앉히고, 아니 그곳에 잠시 내버려두고 응급 센터를 빠져나왔다.

다리가 욱신거리는 것도 잊은 채 길 잃은 사람처럼 병원 구석구석을 몇 번씩 돌아다녔다. 병원 안에는 식당, 빵집, 카페, 심지어 우체국까지 있어서 외출 없이 장기 거주해도 문제없을 정도로 각종 편의 시설들이 갖추어져 있었다. 가끔 몇몇 개의 빈 의자가 눈에 보였지만 마음이 닿지 않아 그냥 지나쳤다. 시간이 지날수록 지쳐서 점점 무거워지는 몸을 이끌고 다니는데도 응급 센터로 발길이 돌려지지 않았다. 무거운 몸보다 더 무거운 마음은 달아날 수 있는 곳이 어디에도 없다는 걸 잘 알고 있기 때문인지 그 사이 몇 번을 돌고 돌아 다 외울 것 같은 공간을 이리저리 휘젓고 다녔다. 차례가 되었다고 동생에게 전화가 올 때까지 무작정 걸어 다니며 기다릴까, 급한 전화가 와서 한참 동안 통화하다 늦었다고 둘러댈까 하는 생각이, 언짢은 마음 구석구석에 끼어들었다. 돌아가야 한다는 것을 잘 알면서도 마치 돌아갈 곳이 없는 사람처럼 막바지까지 시간을 끌고 싶은 비겁한 마음이 불안함과 의기소침함 사이로 이토록 강렬하게 솟아오를 줄 전혀 알지 못했다. 사람들이 가득 찬, 이 커다란 공간 한가운데서 나를 일순간 놓아버리고 길 잃은 아이처럼 엉엉 울고 싶었다. 살면서 겪는 크고 작은 어려움들은 모두 감당할 만한 것들이기 때문에 만나는 것이라고 하던데, 감당할 만한지 그렇지 못한지는 결국 시간이 지나 봐야 알 수 있는 것이고, 막상 벼락같은 고난을 마주하게 되면 영락없이 원생 그대로의 생명체로 회귀하는 것 같았다.

엄마도 같은 심정이었을까. 엄마의 막다른 골목이 무엇이었는지 정확히 알지 못하지만 누구나 그런 것처럼 엄마도 헤어 나올 수 없을 것 같은 어려움이 있었겠지. 그만둘 수도 없고, 그렇다고 도맡기도 힘든 상황 앞에서 주저앉아 엉엉 울고 싶은 마음도 있었겠지 싶었다. 그러나 시간이 흐를수록, 나이가 들수록 더더욱 맡겨진 상황을 피할 수 없다는 걸 잘 알기에 본마음과 상관없이 어떻게든 마음을 다잡고 강해질 수밖에, 그 선택의 여지가 없는 길을 후들거리는 다리를 붙들고 휘적휘적 걸어갈 수밖에 없었을 것이다. 강해진다는 건 얼마나 견고한 착각인가. 누가 결심만으로 강해질 수 있을까. 강함이란, 위장과 속임수와 왜곡의 강을 건너고 나서야 얻는 기념품 같은 것 아닌가. '어머니는 강하다' 같은 배지를 붙여 주며 강함의 추앙으로 포장된 굴레를 쓰고, 인내하고, 자책하고, 비교당하다 보면 어느 순간 스스로 정말 강해진 것 같은 착각이 들 수도 있을 것이다.

힘들어하는 엄마를 더 힘들게 하고 싶지 않아서 일찍부터 알게 모르게 자립심을 길러 왔던 나는 이제 엄마가 보기에 전적으로 자신을 기대도 좋을 만한 존재가 된 것인가. 매사에 이성적이고 때로 모질기까지 한 큰딸의 오랜 강한 척을 진정한 강함으로 오해할 만큼, 엄마의 자식에 대한 관심 범위 안에 나는 들어 있지 않았다. 자신의 인생에 치어 자식을 자세히 들여다볼 여력이 없었던 엄마를 원망하지 않았고, 크게 아쉬워하지도 않았는데 어쩌다 나는 젊은 시절 엄마가 황망히 길을 잃고 어쩔 줄 몰라 하던 바로 그곳 한복판에 와 있었다.

얼마의 시간이 흘렀는지 몰랐다. 들쑥날쑥한 시간이 가늠할 수 없을 정도로 때론 느리게, 때론 너무 빠르게 지나갔다. 오후가 된 지 한참인데도 여전히 북적이는 응급 센터에 도착했을 때, 옆에 붙어서 듣지도 않는 표정이 역력한 엄마에게 무슨 말인가를 열심히 하던 동생은 어디 갔다 왔냐는 말없이 오히려 조카를 데리러 가야 할 시간이라며 미안한 표정을 지었다.

"그래, 가야지. 얼른 가라. 엄마는 내가 맡을게."

별일 아니라는 듯이 불쑥 담담하게 나오는 나의 말에서 짙은 낯섦이 느껴졌다. 어차피 내 몫이었다. 왜 내가 맡아야 되냐고 누군가를 탓할 수 있으면 좀 나으려나. 탓할 누군가도 뾰족이 없고, 있다 해도 나아지지 않을 것이다. 어차피 내게 주어질 나의 몫이었다. 동생은 서둘러 자리를 떴고, 나는 동생이 앉았던 자리에 앉아 아무 말 없이 엄마를 쳐다봤다. 엄마의 눈에는 초점이 보이지 않았다. 이틀 동안 잠을 거의 못 잤는데 졸음기도 없어 보였다. 알아듣지도, 기억하지도 못하는 의미 없는 말은 아예 그만두었다. 엄마는 지금 자신이 정말 자신인지 확신이 서지 않아서 믿지 못하는 자신과, 믿어야 하는 자신이 치열하게 싸우고 있는 중이니 내가 끼어들 틈이 없을 터였다. 엄마도 스스로가 잘 보이지 않겠지만 나도 엄마가 안 보이기는 마찬가지였다. 30센티미터 이내의 가까운 거리에 엄마가 있었지만 엄마가 보이지 않았다. 초점 없는 눈으로 알아들을 수 없는 말을 계속 중얼거리고 있는 엄마는 40년 넘게 내가 알고 있던 엄마와 겉모습만 빼고 연속성이 전혀 없었다. 너무나 갑작스럽게, 마치 길을 가다 깊고 깊은 싱크홀에 빠진 것처럼 엄마가 사라져 버렸다.

엄마는 지금 어디에 있는 걸까. 얼마나 먼 길을 지나 돌아올까. 돌아올 수는 있을까.

— 흔들리는 노년의 좌표

사회적 좌표에 영향을 주는 여러 가지 변수 중에서 가장 비중 있는 것 중의 하나가 바로 연령이다. 둘 이상의 사람이 모이거나 집단을 형성하게 되면 나이를 확인하고 위계를 정하고 동년배일 경우 유대감을 표시하기도 한다. 사회적 위치 변화의 시간적 틀이라는 '나이'를 공통의 기준으로 삼아 그 틀을 사회 조직과 규범의 한 축으로 구성하는 것이다. 그리고 그 사회적 지표로 인해 연령 구분과 역할 구분이 정해진다. 연령 구분 중 가장 중요한 마디는 법적 효력까지 영향을 미치는 미성년/성년이다. 미성년의 경우는 성장 단계와 학령에 따라 마디가 나뉘며 각 성장 단계별로 보육과 학습의 기회가 주어진다. 사회적·법적 책임과 의무에서 비교적 자유로운 미성년기를 지나 성년기로 접어들면 나이대별로 본격적인 사회적 역할이 부여된다. 20세 이후는 생애주기마다 각각의 역할이 주어지는데 이는 소속 집단의 종류와 그에 따른 위치별로 나뉜다. 예를 들면, 성년 이후에도 아직 학생 신분을 유지하고 있는 경우와 곧바로 직업 전선에 뛰어든 경우가 각각 다르고 취업 후에도 결혼 여부, 자녀 유무에 따라 다른 역할을 수행한다.

연령대별 구분으로는 성년기를 크게 청년기, 중(장)년기, 노년기로 나누는데 중년은 보통 41세(혹은 46세), 노년은 65세부터로 정하고 있다. 여기서 노년기의 경우 경제개발 5개년 계획을 수립한 1962년에 도입된 기준이 현재까지 유지되고 있다. 정부의 이러한 정책은 노인들에게 주어지는 각종 복지 지출에 대한 기준 연령으로 사용되고 있는데 예를 들면, 현재 65세가 되면 기초연금, 장기요양보험 등의 혜택을 받을 수 있다. 그러나, 출생률 감소와 그에 따른 급속한 고령화, 의료 수준 향상 등으로 인해 노년기 기준에 대한 인식이 조금씩 변화하기 시작했다.

실제로 2015년 한국보건사회연구원의 조사에 따르면 65세 이상을 대상으로 '적정한 노인 연령'을 질문한 결과 78.3%가 '70세 이상'이라고 답했다. 그리고 2021년 한 구인 구직 매칭 플랫폼의 조사에 따르면 '법정 정년(만 60세) 이후 근로 의향'을 조사한 결과 85.2%가 '정년 이후에도 일하기를 원한다'고 밝혔다. 연령대별로는 50대 이상(94.8%), 40대(89.4%), 30대(85.5%), 20대(77.6%) 순으로 연령이 높을

수록 정년 이후 일하고 싶다는 비율이 높았다. 평균 만 72.5세까지 일하고 싶어하는 것으로 조사돼 현재 법정 정년 수준보다 12.5년 가량 더 일하기 원하는 것으로 나타난 것이다. 다만 정년 후에도 현재 직무를 유지할 것이라고 생각하는 비율은 46.4%로 절반에도 미치지 못했다. 이러한 상황 때문에 정부에서도 현재 만 65세인 경로우대 기준을 70세 안팎으로 조정해 복지·고용·금융·교통·교육·문화 등 고령자 혜택의 기준점을 마련하겠다는 방침을 검토 중이다.

이처럼 저성장 시대 노동시장의 수요를 감안하면 늘어난 노년층과 노인 연령 기준 연장 같은 현상은 노년의 좌표를 더욱 흔들리게 만든다. 노년층은 한층 두터워지지만 경제활동의 기회는 점점 줄어든 채로 오랜 시간 노년기에 머물러 있어야 한다. 수명이 연장될수록 생애주기 마디도 수정되어야 하고 그에 따른 제반 정책도 변화해야 할 것이다. 하지만 고도 산업 성장의 시대가 끝나고 완연한 저성장 시대로 접어들면서 시장 환경뿐 아니라 생태계 환경의 불확실성이 높아져 노인 복지 문제에만 집중할 수는 없는 상황이다.

고도성장 시대의 주역으로 부모와 자식 세대에게 헌신하면서 성실하게 살아왔고, 또 계속 그렇게 살기만 하면 별 탈 없는 노년을 맞이할 것이라고 막연하게 기대했지만 그 기대와는 무관하게 세상은 너무 빠르고 급속하게 바뀌었다. 이전 세대에서 보고 듣고 배우며 믿어 온 것들이 다음 세대에는 전혀 통하지 않는 상식이 되기도 한다. 노년뿐 아니라 다른 세대도 마찬가지겠지만 어쩌면 우리는 확실하고 고정적인 좌표를 찍어서 그 위치에 안착하려는 노력 자체가 무색해지는 세상에 살고 있는지도 모른다. 불확실성이 일상이 된 변화의 흐름 속에서는 고정성, 안정성에 몰두하기보다 유연성을 확장하려는 마음가짐이 더 중요하다. '이것은 A이다'에서 머무르는 것이 아니라, 이것은 A일 수도 있고, B일 수도 있고, C일 수도 있다'라는 인식으로 마음을 조금씩 넓혀 가다 보면 움직이는 세상과 그에 맞춰 각도를 재조절하는 새로운 시각을 생성할 수 있다. 그것은 항상 변화가 가리키는 손가락 끝을 좇아 재빠르게 움직이는 것을 의미하지는 않는다. 외부 환경에 대한 시각의 변화와 함께 자신에 대한 의식의 변화가 동반되어야 한다. 성숙해진다는 것은 일정한 틀을 만들어 간다기보다 이제까지 구축해 놓은 틀을 가지고 환경과 지속적으로 접합하고 소통하며 또 다른 형태의 윤곽을 만드는 것이다. 즉, 변화들의 교차점과 가장자리에 서식하는 무수한 다양성의 그룹에 합류하는 일일 것이다.

사회가 정해 놓은 인간상

우리는 '~답다'라는 말에 익숙하다. '~답다'는 어떤 개체나 무리가 익히 알려져 있는 특성에 맞는 행동을 했을 때 쓰기도 하고, 관습적인 행동의 지침과 당위의 표현으로 사용되기도 한다. 예를 들면, 학생은 학생다워야 하고, 군인은 군인다워야 하며, 공직자는 공직자다워야 한다는 식이다. 추상성과 모호함을 담고 있어서 해석의 여지도 분분하지만 일정한 사회적 준거의 틀이 정해진다는 점에서 공통점이 있다. 층위도 매우 다양해서 직업, 직위, 나이, 성별, 국적, 종교 등 각 소속에 따른 마음가짐과 역할이 주어진다. 어떻게 보면 순수한 개채성보다 우위에 있고, 더 나아가 개체성 그 자체가 되기도 한다. 때로는 그러한 준거 틀이 자부심과 신념의 밑바탕이 되기도 하지만, 또 다른 경우는 헤어 나올 수 없는 굴레가 되기도 한다. 그것은 벗어나고 싶지만 벗어나서는 안 된다는, 혹은 벗어날 수 없다는 생각, 혹은 여건으로 인해 실제로 벗어남을 시도해도 편하지 못한 이중 구속의 굴레이다.

마음속에서 일어나는 이러한 갈등 상황을 겪기보다 오히려 그때그때 주어진 대로 묵묵히 견디는 것이 더 속 편하다고 생각할 수도 있다. 아이 때는 부모님 말씀에 순종하고, 학생 때는 학생의 본분을 다하고, 직장에서는 맡은 바 임무에 충실하고, 결혼을 해서는 배우자와 부모의 역할에 또 충실한 것을 우리는 이상적인 삶이라 부르기도 한다. 다만 그 모든 과정에서 주어진 것들이 마음과 항상 일치한다면 말이다. 그러나, 그런 일은 좀처럼 일어나지 않는다. 아이에게는 부모님의 허락 밖 세상이 좋아 보일 때가 있고, 학생이라고 배움이 항상 즐겁지는 않으며, 생계만 걸려 있지 않다면 일자리는 그만두고 싶어지기 일쑤고, 오랫동안 전혀 다른 환경 속에서 살아

온 사람과 같이 사는 것은 부딪침의 연속이다. 더군다나 나 이외의 인생을 평생 책임지는 것은 너무나 버겁고 두려운 일이다. 도무지 난제투성인 인생에서 해답을 찾을 수 있는 교본이라도 있으면 기꺼이 참조하고 싶어진다. 그래서 '남들도 다 그렇게 사는데'라는 상비약으로 위안을 얻기도 하고 인내의 고통을 달래기도 한다.

그러다, 어느 정도 세월이 흘러 쓰디쓴 인내 후 얻은 열매가 전혀 달지 않을 때에야 비로소 무언가 잘못되었음을 직감한다. 누군가에게는 그 열매가 돈일 수도 있고, 자식의 성공일 수도 있고, 가까운 사람과의 관계일 수도 있고, 건강일 수도 있다. 각 시기에 맞춰서 크고 작은 소속 집단이 정해 준 역할에 묵묵히 충실했을 뿐인데 남은 것이 빈곤, 외로움, 질병이라면 그 원인의 명확성과 상관없이 원망과 억울함이 밀려올 것이다.

독일의 철학자 한나 아렌트는 그의 저서 『예루살렘의 아이히만』에서 '상투어'로 인해 사유는 현실과 만나지 못한다고 했다. 자신의 (언어)세계에 갇혀 외부 세계로부터의 변화를 읽어낼 수 없고 표현과 사유의 불능에 이른다는 것이다. 그는 질문을 달리해도 동일한 대답이 나온다면 사유가 작동하지 않는다고 주장한다. 여기서 사유란 지식의 습득, 논리적 접근법, 주어진 문제 해결 능력을 말하는 것이 아니다. 그보다 사고 틀의 독단성을 지양하며, 지시어·상투어에 갇히지 않으려는 모든 노력을 뜻한다. 그렇게 되면 다른 사람의 입장이나, 사회가 정해 준 인간상이 아닌 나의 다른 입장에서 생각할 수 있는 능력이 생기며, '상식', '상투어'가 포함하는 위해 요소를 감지해 낼 수 있다는 것이다.

예를 들면, '어머니'라고 하면 우리는 무조건적 희생과 자식에 대한 무한한 사랑과 자식을 훈육하는 지혜로움 등을 떠올린다. 요리를 비롯한 모든 집안일에 능숙하며 때로는 남편을 대신해, 혹은 함께 생계를 책임지는 역할까지 맡는다. 또한, 행여 자식이 조금이라도 잘못되면 우선적인 비난의 대상이 되어 죄책감에 시달리기도 한다. 어머니라는 상투어에 갇히면 한 인간이기 전에 무조건 어머니가 되어야 한다.

우리는 자기주장이 강하며, 자신이 원하는 것을 위해 가족들에게 양보를 구하고, 때론 자식보다 자신의 욕망을 우선순위로 두고, 먼저 자신이 행복해야 자식도 행복할 수 있다고 생각하는 다양한 어머니의 모습을 '어머니'라는 이미지에 갇혀 잘 상상하지 못한다. 이러한 고정적인 어머니의 역할과 인간으로서의 욕망 사이에서 발생하는 충돌은 '자식을 위해서'라는 명목으로 한 모든 노력이 오히려 자식의 입장에서 생각하지 못한, 자식을 위한 것이 아닌 결과가 되는 상황을 낳기도 한다.

사유는 반드시 기표적인 언어라는 기호로만 작동되는 것은 아니다. 자신의 언어를 가지지 못한, 즉 공적인 표현에 능숙하지 못한 사람들에게도 사유가 발생하는 것이 그것을 증명한다. 그런 차원에서 보자면 사유는 궁극적으로 감각되는 것이라고 할 수 있고, 그러한 '감각되는 사유'는 논리적 설득을 넘어서는 영향력을 발휘한다. 아이러니하게도 많은 사람이 일방적으로 추구하는, 견고해 보이지만 실은 위태로운, 고정성과 안정성의 틀 안에서는 사유의 감각이 깨어나기가 쉽지 않다. 누구나 마음속에 갖고 있는 몇 가지의 '평생 그런 줄로만 알고 살았어'를 경우에 따라서는 깨뜨릴 수도 있어야 비로소 자유와 여유를 얻는다. 그리고 그렇게 얻은 자유와 여유는 애초에 지녔던 막연한 두려움과는 비교할 수 없는 평안함을 안겨 주기도 한다.

길을 잃어야 보이는 것들

철학자 브라이언 마수미는 우리가 자신을 발견하는 곳은 항상 길을 잃은 곳이라고 말했다. 길을 잃었을 때 자신을 찾으려고 여러 가지 감각이 동원되는 것처럼, 우리는 항상 경험의 주름(변화의 사건) 속에서 스스로를 발견한다는 것이다. 그의 말처럼 변화를 겪지 않으면 스스로를 발견할 기회를 얻기 힘들다. 또는, 변화를 겪었으나 변화에 동화되지 않아도 마찬가지이다. 경험의 주름은 자연스럽게 주어지기도 하고 우연히 맞닥뜨려지기도 한다. 성장과 노화같이 신체가 변화하는 경우나 주변에서 흔히 보는 생애주기의 변화는 통상적인 경험인 데 반해, 어느 날 예기치 않게 찾아온 불행이나, 행운의 사건 혹은 방향 전환의 기회 등은 우연적인 마주침이다. 그리고, 그러한 과정 속에서 맺는 수많은 관계망 속에도 변화의 싹이 서식한다. 따지고 보면 사람이 살아가면서 변화할 수 있는 여지는 너무도 많다. 어렸을 때 내향적인 성격이었던 사람이 여러 가지 활동을 통해 점점 외향적으로 변할 수도 있고, 자기표현에 직설적이고 적극적이었던 사람이 많은 사람을 대하다 보면 두루뭉술한 성격으로 변할 수도 있다.

때로는, 변화의 속도가 느려서 알아채지 못할 수도 있고, 조금씩 변화한 자신을 크게 괘념하지 않을 수도 있지만 우리는 알게 모르게 계속해서 변화한다. 그 변화는 외부 환경에 대한 반응과 상호작용의 증거이자, 결과다. 여기서 변화는 부분적인 와해와 생성의 작용인데, 만일 와해를 두려워하거나 거부한다면 변화가 일어나기 쉽지 않게 되거나 오히려 부작용을 낳을 수도 있다. 그러한 두려움으로 인해 안전이 담보되지 않은 곳에는 눈길을 두지 않거나, 외부 환경을 적대시하며 자신을 꽁꽁 동여매기도 한다. 그렇게까지 해서 지키려 했던 자신은 과연 온전하게 보존될 수 있는 것일까. '지킨다' 혹은 '보존한다'는 말의 이면에는 결코 성공할 수 없는 차단과 고립이 있고, 그로 인해 발생하는 분열이 있다.

마수미가 말한 '길을 잃은 상황'은 스스로 선택한 경로일 수도 있겠지만 대부분 외압에 의해 주어진 와해의 경험이다. 생전 처음 겪는, 혹은 이전에 겪었으나 여전히 생경한, 나침반 하나 없이 사막 한가운데 던져진 듯한 느낌으로 이제까지의 경험과 감각을 총동원해서 길을 찾아야 하는 것이다. 온갖 이정표와 안내자가 빼곡한 곳에서는 그것들만 좇아 목적지에 다다르면 되지만, 사막 한가운데에서는 오로지 자신이 판단의 지표가 되어야 한다. 고통스러울 수 있는 사유가 일어나고, 모든 감각이 서로를 감싸고 서로로부터 풀려나오며 그동안 쌓아온 경험과 지식, 상상력이 총동원되어 집중된다. '던져짐' 혹은 '마주침'이라는 사건이 자기 발생적 주체를 생성하는 것이다. 그것은 우리가 흔히 표현하는 '힘든 일을 겪고 나서 성숙해졌다'라는 말과 상통하는 바가 있다.

그렇지만 성숙을 위해서, 자신과 더 나아가 주변부를 발견하기 위해서, 힘듦을 자원하기란 쉽지 않은 일이다. 어쩌다 보니 우리는 편함이나 편리함을 행복과 같은 선상에 놓고, 반대로 힘듦, 불편함을 불행으로 간주하게 되었다. 불편하더라도 시행착오를 겪으며 스스로 헤쳐 나가는 방법보다 누군가 혹은 무언가의 안내에 따라 좇아가기만 하면 되는 방법을 선호한다. '다 알아서 해주는', 심지어 나도 잘 모르는 나의 취향까지 다 알아서 찾아 주는 시대이다. 내가 좋아하는, 원하는 것이 정말 무엇인지 굳이 알아내려 애쓸 필요도 없다. 그것도 어려우면 주변에서 가장 많이 회자되는 의견에 편승하면 될 일이다. 고민하고, 찾아보고, 돌아보는 일은 몇몇 전문가라고 불리는 사람들의 몫이고, 나머지 사람들은 그저 주어진 대로 받아들이면 된다. 길을 잃을 수 없는 구조에서는 자신을 찾으러 갈 이유가 더더욱 없어진다. 어쩌다 채 제거되지 않은 난관의 돌부리에 걸려 넘어지면 단지 운이 나빠서 그랬던 일이라 생각하고, 왜 그 돌부리가 거기 있었으며 무엇 때문에 걸려 넘어졌는지 생각하지 않는다. 어떤 사람에게는 그런 힘듦을 감수하느니 다시 같은 돌부리에 걸려 넘어질 수 있음을 받아들이는 편이 낫다. 그러면 힘든 일을 겪고 나서도 그 과정을 통해 얻는 것들보다 힘듦 그 자체만 짙게 각인된다. 힘듦은 최대의 적이자 기피 대상 1호가 되는 것이다.

누군가의, 혹은 무언가의 수고로움과 힘듦과 불편함 때문에 나의 편함이 유지되는데도 그것을 깨닫기는 쉽지 않다. 그러므로 나에게 주어진 편함을 제공해 주던 바로 그 누군가의, 무언가의 힘듦이 다시 내게 되돌아오는 경고의 기회를 놓쳐서는 안 된다. 내가 누리는 것을 포함해 모든 것을 '나'라는 테두리에 넣어 놓고 안위하거나, 반대로 '결핍된 나'라는 테두리를 설정하고 괴로워하는 오류를 바로 볼 수 있는 결정적인 기회일 수 있기 때문이다. 환경에 따라 다르긴 해도 시간이 흐르고 나이가 들수록 이러한 기회를 더 많이 갖게 되지만, 비례해서 그 기회를 잘 살리지는 못하는 것 같다. 많은 기회를 다 놓쳐 버리거나 정말 기회가 없었다면, 두려움과 힘듦을 이겨내지 못했으니 자신은 더더욱 분리·보존되어야 할 존재로 남는다. 그래서 시간이 지나고 나이가 들수록 여유롭고 포용적인 경향이나 완고하고 폐쇄적인 경향으로 드러나게 된다.

5장

나는 나를 모른다

— 억눌린 정서, 왜곡된 기억

—

얼마의 시간이 흘렀을까. 빼곡하게 모여 앉은 응급실 환자들 속에서 기약 없이 차례를 기다리는 중간중간, 엄마는 이따금씩 지그시 눈을 감기도 했다. 그렇지만, 고개를 떨구며 졸거나 하는 피곤한 기색은 전혀 보이지 않았다. 가끔씩 자리에서 벌떡 일어나 여기가 어디고, 자신이 왜 여기에 와 있냐고 물었고, 그때마다 식사를 거의 못했음에도 여전한 기력의 엄마를 억지로 앉혀서 똑같은 말을 반복하며 자세히 설명했다. 그러면 엄마는 그런 설명은 처음 듣는다는 듯한 표정을 짓다가 이내 수긍했다. 그렇게 한참을 초조함과 지루함, 그리고 배고픔과 싸우다 늦은 오후가 다 되어서야 엄마의 이름이 호명되는 것을 들을 수 있었다.

신경과에서는 먼저 CT와 MRI 촬영을 진행했다. 뇌의 구조적 병변을 검사하기 위해서인데 엄마같이 전조 증상이 거의 없다가 급성으로 발병한 경우에도 이런 검사들이 큰 의미가 있을까 싶었다. 더군다나 뇌종양이나 뇌졸중 같은 증상이 전혀 없었기 때문에 CT나 MRI를 통해 무언가를 밝혀낼 수 있으리란 기대는 크게 하지 않았다. 아니나 다를까 MRI 소견상 치매는 아닌 것 같다는 결과를 들었다. 혈관성 치매라고 하기에는 어디가 마비된 증상도 없었고, 오히려 표정이 흐릿하기는커녕 너무 강렬하고 또렷했다. 엄마의 얼굴에는 시시각각 변하는 자기 감정이 그대로 드러나고 있었다. 언어는 도돌이표같이 몇 번씩 같은 곳을 돌고 돌았지만 표정만은 한순간도 같지 않았다. 마치 안면 근육 곳곳이 저마다 각기 할 말이 있다는 듯 고유성을 주장하며 조금씩 다르게 움직이고 있었다. 전체 통일성이 흐트러져 버린 채 한순간의 표정으로 동시에 몇 가지 감정을 드러내는 적이 많았다. 그것이 지금 엄마의 마음 그대로일 터였다. 기쁠 때는 아무런 틈 없이 그저 기쁘기만 하고 슬플 때는 한 치의 여유도 없이 슬프기만 하지는 않을 텐데 도대체 어떤 판정관이 각기 다른 감정의 우열을 가려 이렇다 저렇다 한 가지로 말할 수 있을까. 오랫동안 그리워한 사람을 만났을 때의 기쁨은 오랫동안 떨어져 있었던 시간의 슬픔과 얽혀 있고, 살아 있다는 생생한 환희는 삶이 죽음 앞에 영원할 수 없다는 슬픔과 맞닿아 있지 않은가. 서로 상반되는, 혹은 별로 연관성 없는 다양한 감정이 출렁이는 엄마의 표정은 뻔히 들여다보이지만 그래서 더 알 수 없는 미로 같았다.

CT와 MRI 촬영을 마치고 도착한 곳은 뇌척수액 검사실이었다. 등 중앙 척추 부근에 부분 마취를 하고 바늘을 깊게 찔러 넣어 척수액을 뽑아내는 검사로 알츠하이머와 같은 치매를 비롯해 인간광우병 검사까지 가능하다고 했다. 약 30분가량 미동 없이 가만히 모로 누워 있어야 하는데 엄마의 경우 의료진의 말을 따르지 않을 가능성이 높아서 수면 마취를 해야 한다고 했다. 다만 수면 마취에서 깨어날 때 지금 보이는 정신적 증상이 더 악화될 수도 있다고 했다. 증상만으로는 알 수 없는 병이 많고, 흔한 증상도 아니어서 해야 할 검사 항목도 많은가 보았지만, 검사하는 과정에서 증상이 더 악화될 수도 있다니. 며칠 동안 엄마가 보인 극도의 긴장 상태를 알고 있는 나는 뇌척수액을 추출하는 동안에 혹시 마취가 일찍 풀려서 깨어나지 않을까 걱정이 들었다. 꼼짝하지 않고 통증을 참으며 한참 동안 있어야 한다는 설득을 어떻게 해야 하나. 등에 바늘을 꽂고 있는 상태에서 마취가 풀려 예측 불허의 반응을 보이는 엄마를 상상하면 끔찍했다. 의료진으로부터 보호자의 도움이 절대적으로 필요하다는 말까지 들었다. 엄마보다 훨씬 왜소한 체격인 나는 나이는 더 젊어도 완력으로 엄마를 이길 수 없을 것 같았다. 더군다나 엄마는 평소보다 훨씬 모자란 잠과 식사량에 아랑곳하지 않고 지침 없이 움직이는 미지의 에너지를 내뿜고 있지 않은가.

간이 커튼이 쳐진 병상에 오른 엄마에게 방금 전해 들은 내용에 대해 병이 나으려면 반드시 거쳐야 하는 검사여서 거역할 수 없는 일이라는 투로 최대한 차근차근 설명했다. 등에 긴 바늘을 꽂고 30분 정도 천천히 나오는 뇌척수액을 뽑아야 하니까 아프더라도 절대로 움직이면 안 된다고, 혹시 몰라 수면 마취를 하니까 깨더라도 놀라지 말고 움직이지 말라고, 아직 말귀를 잘 못 알아듣는 아이를 타이르듯이 신신당부했다. 마취약이 몸 안으로 흘러들고, 엄마가 사뭇 조용해지는 동안 아슬아슬한 고요의 시간이 흘러갔다. 그 사이 간호사는 등뼈 중간쯤 알 수 없는 어느 곳에 바늘을 꽂고 돌아갔다. 5분, 10분이 흘렀지만 나오는 듯 나오지 않는 듯 하는 미량의 척수액은 주사기 안으로 흘러드는 건지 아닌 건지 확인하기 어려울 정도였다. 깜빡 졸음으로 꾸벅거리는 사이 금세 30분이 지나갔는지 간호사가 들어와 꽂아 둔 주사기를 회수해 갔다. 주사기를 뽑을 때 한 번 움찔한 엄마는 아직 남아 있는 마취제 때문인지 더 이상 움직이지 않았다. 엄마가 이렇게 비교적 오랫동안 움직이지 않고 있는 모습을 보는 것이 며칠 만에 처음이었다. 잠깐 눈을 감았다 뜨는 것 외에는 끊임없이 서성이거나, 두리번거리거나, 말하거나 하며 쉬지 않았다. 마음이란 본디 그렇게 쉬지 않고 들끓는 것인가 싶었다. 그런 들끓는 마음을 가눈다는 것이 얼마나 큰 억압인가도 싶었다. 어찌 보면 평온을 유지한다는 건 고도의 위장술이거나 아니면 들끓는 마음만큼 강렬한 에너지를 발휘해야 하는 일일 수도 있겠다는 생각에 이를 무렵, 엄마가 조금씩 움직이기 시작했다.

마취에서 깨어날 때 다소간 통증을 느낄 수 있다는 의료진의 말이 기억나서 벽 쪽을 바라보며 등을 보이고 누워 있다가 반대편으로 몸을 움직이는 엄마에게 등이 많이 아프냐는 말을 물어보려 얼굴을 들여다보았다.

거기엔 예상과는 달리 요 며칠 사이에 볼 수 없었던 또 다른 새로운 눈빛이 있었다. 세상 그 어떤 상대도 다 녹여낼 듯한 눈빛은 제 자식도 알아보지 못할 정도로 강렬했다. 순식간에 무언가에 압도당한 듯한, 그 압도당한 무언가를 위한, 물불 안 가리는 전사가 된 듯한 또 하나의 존재가 출현한 것 같았다.

"날 죽이려는 거지, 다 날 죽일라고. 이런 나쁜…… 내가 모를 줄 알고!"

커다란 고함과 함께 엄마는 내 목에 둘러져 있던 긴 스카프를 어마어마한 힘으로 잡아당겼다. 반사적으로 뒷걸음치던 나는 죄어 오는 스카프의 힘을 느낄 수 있었다. 숨이 막혀서 목소리가 나오지 않고 두 팔을 버둥거리며 엄마 쪽으로 끌려갔다. 어떻게든 힘을 주어 엄마 손에서 스카프를 빼내 보려 애썼지만 그럴수록 엄마는 더 힘껏 잡고 놓아주지 않았다. 목이 죄어 와서 '엄마'라는 말 한마디도 나오지 않았다. 힘으로 맞서지 않고 다른 방법을 찾아볼 수도 있었을 텐데 이대로 죽을 수도 있겠다는 당황스러움이 머릿속을 하얗게 만들어서 반사적으로 버티는 것 말고는 아무것도 할 수 없었다. 그때, 지나가던 간호사가 커튼을 열어젖히고 황급히 엄마를 제지하려 했다. 혼자 힘으로는 벅찼는지 또 다른 간호사를 부르는 소리가 들렸다. 제대로 보지는 못했지만 스카프가 약간씩 느슨해졌고, 그 틈을 타 엄마 손에서 숨줄을 놓은 나는 캑캑거리며 그대로 주저앉았다. 바닥에서 가쁜 숨을 몰아쉬느라 간호사가 괜찮냐고 물어보는 소리마저

다 듣지 못했다. 그리고, 조금 뒤 엄마에게 진정제를 투여했다는 말을 들은 것 같기도 했다.

얼마간의 시간이 흘러갔는지 알 수 없었다. 순간적인 까마득함과 어지러움의 시간 속에서 허우적대다가 빠져나온 기분이었다. 강한 수면제 탓인지 엄마는 꿈쩍 않고 있었다. 눈을 감고 있었지만 곤히 잠든 표정이 아니라, 외압에 의해 억지로 눈이 감겨진 사람의 표정 같았다. 잠꼬대를 하거나 꿈을 꾸는 것도 아닌데, 깊이 잠든 사람의 모습 중에서 가장 평온하지 못해 보였다. 일시적인 현상이면 좋으련만, 이제는 자식도 알아보지 못하는 엄마의 잠든 모습이 을씨년스럽기만 했다. 엄마가 잠에서 깨어나면 방금 같은 혼란이 다시 시작될까? 아니면 좀 나아져서 사람을 알아는 볼까? 폭풍 같은 불안 속에서 만들어진, 언제 끝날지 모를 아슬아슬한 휴지기가 더 강한 불안으로 다가왔다.

엄마가 어떤 의도를 갖고, 화가 나서, 살기 싫어서, 혹은 미워서 자식을 죽이려 한 것은 아니지만, 자신을 죽이려 한다는 오해 때문에, 그 오해의 대상이 자식이라는 것을 알아보지 못해서 벌어진 일이지만, 어쨌든 나는…… 엄마 손에 죽을 뻔했어. 자식을 수십 년 키우다 보면, 세상을 칠십 년 넘게 살다 보면 이런 일이 벌어질 수도 있다는 걸 미리 알고 있었어야 했을까. 자신의 뜻과 전혀 상관없는 일들을 자신의 손으로 벌일 수도 있다는 것을 우리는 늘 가늠하면서 살았어야 했을까. 그랬어야 하는 건가. 엄마. 우리가 무엇을 크게 잘못하고 살아서 이런 일들을 겪는 걸까. 살면서 자신의 뜻대로 이루어지지 않은 많은 일을 어떻게 가슴에 일일이다 품고 살 수 있겠어. 떠나보낼 건 떠나보내고, 포기할 건 포기해야지. 결코 잡히지 않는다는 걸 알면서도 무엇을 그토록 붙들고 놔주지 않는 거야. 엄마.

엄마가 붙들고 싶어한 것이 무엇인지 정확히 모르지만, 그것이 자식은 아니라는 것만은 명백했다. 엄마는 늘 그랬다. 특유의 무뚝뚝함 때문이 아니어도 자식들에게 별다른 애착을 보이지 않았고, 그 자식들은 엄마가 그저 사는 게 힘들어서 그랬을 뿐이라고 일찌감치 본인들 유리한 방식으로 생각했다. 그 편이 부모에 대해 약자인 자식으로서 훨씬 상처를 덜 받는다는 걸 본능적으로 안 것이다. 일종의 생존 본능이었다. 오히려 다행인 건지, 아니면 무척 서운한 일인지 분간하고 싶지 않았지만, 엄마에게 자식은 힘이었을까, 짐이었을까 궁금해졌다. 어느 쪽에 더 가까웠을까. 사실 이 궁금증은 너무 오래된 것이었지만 엄마 자신도 명확히 알지 못하는 것 같아서 그냥 오래된 채로 머물러 있었다. 모르긴 해도 엄마에게는 그 문제가 그다지 중요하지 않아 보였다.

아무리 급작스러운 정신적 혼돈을 겪더라도, 오늘이 며칠인지, 방금 전에 무슨 일이 있었는지, 심지어 자기 이름까지 잊어버려도, 자식은, 자기 자식만은 알아볼 수 있을 거라고 근거 없이 믿고 있었다. 그런 믿음이 얼마나 맹목적인지 미처 깨닫지 못한 것에 스스로 놀라고 있었다. 누군가의 자식으로 태어난 인간이 부모와 사회에 의해 만들어지는 것이듯, 부모도 시행착오를 거쳐 만들어지는 것이라는 걸 왜 크게 괘념하지 않으면서 살았을까. 자식이 자신의 부모를 보면서 부모됨을 배우는 것은 지극히 피상적이라, 실제로 부모가 되고 나서야 겨우 부모가 되는 길로 접어들 수 있다. 모든 부모는 마치 태어날 때부터, 뼛속부터 부모인 것처럼 여기며 자식은 성장하지만, 시간이 지나 스스로 부모가 되어 보면 그것은 착각에 불과했다는 것을 알게 된다. 자식을 대상으로 한 많은 시행착오, 젊은 부모에서 늙은 부모가 되어 가는 과정 속에서의 변화, 부단한 노력과 기대만으로는 얻을 수 없는 결과, 때로 큰 노력 없이 얻어진 행운 같은 것이 모든 부모에게 있고, 나의 부모도 예외가 아니라는 것을 왜 이렇게 쉽게 잊었을까.

준비되지 않으면 가족도, 자식도 만들지 말아야 한다고 생각하고 지내 온 시간 때문에, 늦은 결혼과 함께 늦은 출산을 한, 나름 그동안의 경험으로 최선을 다해 자식을 키우고 있다고 믿으며 살아가던 나에게, 엄마가 이렇게 기상천외한 방식으로 부모 됨에 관해 질문을 던질 줄 전혀 상상하지 못했다.

엄마의 미간이 움찔했다. 깨어나려나 보았다. 엄마가 눈을 뜨면 제일 먼저 보는 사람이 나일 텐데, 아까처럼 또 알아보지 못하고 자신을 해치려는 사람으로 여기면 어쩌나. 차라리 엄마가 깨어나기 전에 지금 당장 눈에 띄지 않는 곳으로 숨어 버릴까도 생각했다. 촉박한 시간 속에서, 자식을 어떻게 대할지 모르는 부모를 마주하기 싫은 두려움으로 머리가 어지러울 지경이었다. 그 사이 엄마는 잠에서 깨어난 사람이 아니라 갑자기 놀란 사람처럼 눈을 번쩍하고 한 번에 떴다. 나는 덜컹 가슴이 내려앉았다. 엄마는 아무것도 모르겠다는 표정으로 주위를 둘러보았다. 사방은 커튼으로 막혀 있고 커튼 밖에서는 간간이 신음소리가 들려왔다. 그리고 그 커튼 안에는 나와 엄마 둘뿐이었다.

"엄마, 괜찮아?"

겨우 입을 떼어 한마디 했다. 내 말을 들었는지 못 들었는지 아님 안 들었는지, 여전히 주위를 두리번거리던 엄마의 시선이 팔에 꽂혀 있는 바늘에서 멈추었다.

"이게 뭐야, 팔에 왜 이런 게!"

미처 손쓸 시간도 없이 엄마는 자신의 팔에 꽂혀 있던 바늘을 반창고와 함께 세차게 떼 버렸다.

"하악! 아무도 안 계세요? 여, 여기 좀……."

급히 커튼을 열어젖히고 지나가는 의료진을 찾은 나는 갑자기 밀려드는 오만 가지 생각에 손이 부르르 떨렸다. 오전까지만 해도 이 정도는 아니었는데, 그 뇌척수액 검사라는 걸 꼭 했어야 했나. 일시적인 현상이 아니라 이 상태가 계속되면 어쩌나. 무언가를 열심히 찾는 듯 엄마는 아무와도 눈을 맞추고 있지 않았다. 누군가를 알아볼 생각조차 하지 않는 것 같았다. 엄마의 세계에 이미 자식은 없었다.

간호사와 조무사가 급히 와서 엄마의 팔 상태를 살폈다. 나는 들으려고 하지 않는 사람에게 열심히 주의를 주고 설명하면서 마음을 가라앉히려 했다. 그러다, 아무 말도 하지 않고 커튼 자락처럼 서 있었다. 아무리 열을 내어 설명해도 크게 소용이 없으리라는 것과 지금으로선 내가 엄마에게 의료진들과 전혀 다르지 않은 존재라는 것을 느꼈기 때문이었다. 엄마에게 내가 자식이 아닌 상황에서도 나에게 엄마는 어김없이 엄마인데, 상호작용하지 않는 이 갑작스러운 단절에 스스로 풀이 죽었다.

그렇게 신경과에서의 검사가 끝나고, 다음으로 정신과 진료를 받는다고 했다. 절차상 처음부터 정신과 진료를 받을 수는 없다고 해서 신경과 검사들을 다 거친 것인데. 검사 도중에 증상이 더 악화되어 버려서 정신과에서는 처음 병원을 방문했을 때의 증상을 보지 못한 꼴이 되었다. 검사 후 결과에 따라 다인실 일반 병동에 입원할 예정이었는데 현재 상태로는 다른 환자들에게 피해를 줄 수 있는 증상을 보여서 불가하다고 했다. 정신과에서 정식 진료도 받지 못한 상황에서 들어갈 자리가 없어 기약 없이 대기해야 한다는 폐쇄병동에 관한 얘기만 오가며 방치되는 모양새였다.

갑자기 화가 치밀었다. 정신적 이상 증세를 보이는 경우 반드시 거쳐야 한다는 온갖 검사를 하던 중에, 검사 전까지만 해도 통원 치료가 가능한 정도의 사람을 손 쓸 수 없는 상황으로까지 만들어 놓고, 이제 와서 자리가 없어서 더 이상 치료가 불가능하다고 애물단지 취급을 하는 것 같았다. 폐쇄병동에 자리가 있다 해도 환자에게 이 약 저 약 써 보며 증상을 완화시키는 약물의 종류를 찾는 것일 텐데 수용 가능한, 치료 가능한 범주를 벗어난 환자는 이런 취급을 받는구나 싶었다.

엄마는 간이 침상에서 딸자식도 알아보지 못한 채 큰 소리로 알아들을 수 없는 자신만의 언어를 구사하며 앉았다 일어났다를 반복하고 있었다. 하루가 다 지나 벌써 저녁이 다 되어 가고 있었다. 병원에 도움을 청하러 왔지만 크게 성공하지 못한 채 엄마를 홀로 떠안은 나는 이제 누구에게도 도움을 구할 수 없는 신세가 되었다. 남편, 아버지, 동생에게 연락해서 그들이 이곳에 모두 달려온다 한들 정작 크게 도움이 될 만한 일은 없었다. 지금으로서는 전화로 상황을 자세히 설명할 시간도, 그럴 만한 마음의 여유도 없었다.

주변 사람들을 깜짝 놀라게 할 만한 크기로 단말마의 비명을 지르는 엄마의 목소리가 이따금씩 들려왔다. 그럴 때마다 나도 주위 신경 쓰지 않고, 한 번이라도 목청껏 울부짖고 싶어졌다. 그렇게 하면 좀 나아질까. 가끔 뜻 모를 소리로 비명이라도 질러 보면 순간적이나마 기분이 괜찮아질까? 엄마에게 묻고 싶었지만 답을 들을 리 만무했다.

— 이기적인 기억과 집착

우리는 무엇을 가장 잘 기억하는가. 꼭 필요한 것, 기억해 두면 유용한 것, 미래의 성과에 영향을 주는 것들을 주로 기억하려고 한다. 그러나 기억은 이성의 작용만은 아니라서 인상 깊은 것, 감성에 영향을 많이 준 것, 마음을 크게 움직인 것은 굳이 애쓰지 않아도 기억에 오래 남는다. 기억은 정확하지 않고, 아니 정확할 수 없고, 왜곡되기 일쑤지만 우리는 그것을 마치 편집 없이 동영상으로 촬영한 것처럼 객관적이라고 쉽게 믿는다. 감정과 한 타래가 되어 오래도록 살아남은 기억은 역시 감정과 지속적으로 상호작용하면서 자가 증식한다. 좋았던 기억은 더 부풀려져서 그리움으로 번져 가기도 하고, 상처받은 기억은 그 사건과 대상에 대한 감정이 점점 커지기도 한다. 기억은 사건에 대한 흔적과 관련이 있어서 얼핏 일의적인 것처럼 보이는 사건은 사실 서로 얽힌 채 과거, 현재, 미래로 넘나든다. 그래서 과거의 사건인 기억은 항상 현재, 미래와 맞물릴 수밖에 없다. 어떤 기억을 갖고 살아가느냐가 그 사람의 현재를 결정하고 미래를 좌우하기 때문에 때로는 기억을 시의적절하게 정리해야 할 필요도 있다. 어차피 기억은 부족한 대로 정리되었다고 여기고 있는 사건이다. 여전히 혼란스럽고 미궁인 기억은 잘 안착하지 못하고 흩어져 버리기 쉽다. 그래서 기억에는 해석이 따라붙는다. 그때, 내가 혹은 그가 왜 그런 말과 행동을 했는지 설명서와 꼬리표를 달아 두어야 하는 것이다. 여기서 각색이 자연스럽게 이루어지고, 어떤 기억에는 이후의 시간에 미칠 고통의 가능성 때문에 왜곡이 첨가되기도 한다.

그래서 기억은 객관적일 수 없다. 기억의 방향성이 마음에 달려 있기 때문이다. 가능한 한 자신을 보호하고, 자신의 고통을 줄이고, 굳이 애쓰지 않아도 되는 방향으로 기억이 만들어지기 쉽다. 싫어하는 마음 때문에 불쾌함이 더해진 기억은 시간이 지나도 여전히 싫어하는 내 마음과 맞닿아 있다. 반대로 시간이 흘러 싫어했던 마음이 서서히 사라지면 그 기억의 강도가 약해진다.

기억이 많으면 많을수록 기억에 집착하는 마음도 많아지는 걸까. 그렇다면 여러 가지 복잡다단한 감정의 무게에 짓눌려 노년이 무척 힘들어질 것이다. 나이가 들어 기억이 희미해지는 이유가 바로 여기에 있지 않을까. 살아가면서 무수한 사건을 겪는데 그때마다의 기억과 감정이 차곡차곡 쌓인다면 시간이 지날수록 견디기 힘든 삶이 될 것이다. 슬프고 고통스러운 기억뿐 아니라 기쁘고 즐거운 기억도 마찬가지이다. 너무 좋았던 기억과 감정은 앞으로 다시 찾아오지 않을 가능성이 크다는 이유로 집착의 원인을 제공하기도 한다.

이렇게 이리저리 마음에 휘둘리는 이기적인 기억 때문에 다른 사람과의 관계에서 발생한 사건도 자기에게 유리한 방식으로 저장되기 쉽다. 내가 했던 나쁜 말과 행동은 생략되거나 흐려지고, 상대방이 상처 준 말과 행동은 고스란히 기억된다. 피해자로서의 기억이 가해자로서의 기억을 넘어서는 경우가 많다. 왜냐하면 가해자로서의 기억이 많으면 많을수록 그만큼 힘든 과정이 많아지기 때문이다. 원인을 찾아야 하고, 해결 방법을 찾아보는 것까지는 두 기억이 동일한데, 가해자로서의 기억에는 반성이 수반된다. 의도하지 않아서 전혀 눈치채지 못했거나, 상황이 안 좋았기 때문이었거나, 자제할 수 없어서였거나, (여전히) 잘못된 생각과 신념 때문이거나 등등 가해자로서의 반성에 면죄부를 줄 것 같은 요인은 많지만 사실 그것은 핑계에 더 가깝다. 이는 좋게 말하면 자기 보호이지만 또 다른 반복된 가해의 가능성을 높이고, 자신을 위장하고 속인다는 면에서 자신과 주변부에 해를 끼칠 수 있다.

가해자에게는 반성이 필요하지만, 반성이 필요 없는 피해자가 가질 수 있는 좋지 않은 마음이 있는데 이것이 바로 자책이다. 자책은 피해자, 혹은 가해자가 아닌 자신을 스스로 가해한다는 점에서 자기반성의 정도를 넘어선다. 이렇듯 모자라거나 지나치지 않는 자기반성의 길은 쉽지 않아 보인다.

기억이 저장되는 메커니즘을 살펴보면 나 자신을 이해하는 일이 다른 사람을 이해하는 일만큼 어렵다는 것을 알 수 있다. 그렇지만 사람들은 대부분 스스로를 잘 알고 있다고 생각한다. 마음은 시시각각 변하기 쉬워서 끊임없이 살펴보지 않으면 놓치기 쉬운데도, 자신의 마음과 생각이 고정되어 있다고 믿게 만드는 요인 중 하나가 바로 기억의 저장 방식이다. 무수한 기억과 그것들의 일관성이 '자기'라는 정체성을 만들어 준다고 여기기 때문이다. 그래서 기억은 일정한 방식으로 파 놓은 생각의 고랑에 담기기 쉽다.

빼곡한 설명까지 첨가한 한 장의 스냅 사진으로 기억을 저장했더라도 사실 모든 기억에는 '관계'와 '배경'이라는 속사정이 있다. 더군다나 많은 사람이 관련된 사건에는 N개의 기억이 중첩되어 있다. 그리고 함께한 사람에게는 소실되거나 왜곡된 기억이 다른 사람에게만 남아 있는 경우, 다양한 기억의 초점이 한 사람에게 집중될 수밖에 없다. 기억은 이렇듯 복잡다단하고, 의도적이든 의도적이지 않든 취사선택 된다.

타자현상학에서는 우리가 기존에 본 것을 얼마나 틀리게 기억하는지, 즉 기억이 환상을 잉태하여 기르는 어머니가 되는 방식을 폭로하기도 한다. 뇌가 암시를 받아들일 때, 뇌는 믿음이나 기대를 형성하지, 스스로 자기가 볼 그림을 그리지 않는다. 이렇듯 불완전하고 불명확하고, 조작되기 쉬운 기억에 많은 사람들이 매달려 산다. 생생한 기억 때문에 아파하기도 하고, 불리한 기억은 잊어버리거나 정당화하기도 한다. 역사적으로 반드시 기록되어야 할 기억이 있는 반면, 불완전성을 인정하고 집착하지 않아야 할 기억도 있다. 기억은 현재를 총체적으로 규정한다는 의미가 있기도 하지만 현재를 온전히 살지 못하게 하는 위험도 있다. 중요한 것은 기억 그 자체보다 그 기억에 대한 집착이고, 그로 인한 현재 삶의 부진이다. 현재가 과거에 끌려다니면 앞으로 나아가기 힘들기 때문이다.

노인이 아니더라도 나이가 들수록 옛날이야기를 반복하는 사람들이 있다. 앞으로 벌어질 일들의 새로움을 '막힌 길'이라고 상정하고 자꾸만 과거의 기억에서 뭔가를 끄집어내려고 하지만 그런 '과거 더듬기'로는 더 이상 새로움이 보이지 않을 때가 많다. 이미 정리를 끝낸 파일들의 색인 속에서 원하는 것만 골라 꺼내 보는 기억에는 새로움이 있을 리 없다. 아무리 안정적으로 보이는 삶을 살았어도 우리가 지나온 길들은 무수한 혼란 그 자체였고, 그런 혼란의 갈림길 속에서 아슬아슬하게 선택된 길이었다. 그렇게 흔들리는 것들에 집착하는 것은 그것이 고정적이라는 생각을 기반으로 하고 있고, 그 생각과 관련된 감정이 동조하며 집착을 완성한다. 집착의 대상은 과거에만 있지 않다. 대개 바람과 목표의 외관을 하는 아직 오지 않은 것에 대한 집착은 자신의 마음에 맞게 어떤 사람이 변하기를 바라는 집착, 불가능한 소망에 관한 과도한 집착, 과정 등 다른 것들이 무시된 목적에 관한 집착 등으로 나타난다.

— 마음이 흐르는 경로

말과 행동을 매우 조심스러워하는 사람이 있다. 어떤 표현을 해야 상대방이 가능한 한 정확하게 이해할 수 있을지, 관심 없는 화제를 꺼내서 불편하게 하지 않을지, 잘못 전달되어 오해를 불러일으키지는 않을지, 혹시 그 오해가 상대방의 감정을 상하게 하지는 않을지에 대한 고민으로 소재와 단어, 몸짓 같은 표현을 선별하느라 머리가 너무 복잡하고, 말수는 극히 적은 사람들이 있다. 외부 자극에 민감할수록 진지하고 조심스러울 수밖에 없는데, 자신을 둘러싼 주위 환경에 민감하다는 것은 그만큼 타자 감수성이 뛰어나다는 것을 의미한다. 얼핏 경계심으로 비칠 수도 있는 이들의 민감성은 미세한 차이를 감지해 내고 그에 따른 복잡한 감정과 정서가 다양하게 촉발되는 경향을 보인다. 유아기의 아이들을 관찰해 보면, 자신이 한 행동에 대해 부모를 비롯한 주위 사람들이 어떻게 반응하는가에 따라 외부 반응도를 조절해 가며 적응하는 것을 알 수 있다. 부모 입장에서는 호기심 가득한 눈으로 수많은 외부 감각의 정보를 흡수하며 당황해하고 있는 아이가 좀 더 많은 행동을 하기 원할 것이고, 아이는 그러한 기대를 살피며 부응하는 행동을 하게 된다. 그 부응도가 사회가 정한 기준을 넘어서면 외향적인 성격으로 분류되고, 그에 못 미치면 내향적인 성격으로 분류된다.

주지하는 바와 같이 내/외향성의 기준선이 분화되는 것에는 사회적 역할과 그에 따른 성격 지향성이라는 차별적 요소가 포함되어 있다. 더불어 또 하나의 문제는 각 장단점을 갖고 있는 성향이 단순 구분되는 데 있지 않고, 그 구분에 따른 평가가 지속적으로 이루어지는 데에 있다. 높은 외부의 반응성에 따른 내향적인 성격은 자기표현과 자신감, 사회성이 결여된 성격으로 치부되어 외향적인 성격으로 개선하도록 독려된다. 외부 반응성의 민감도와 내/외향성은 반드시 비례하지는 않는데도, '주위 사람, 혹은 주변 환경에 크게 신경 쓰지 말고, 더 강하게 자신을 표출하라'는 식의 일방적인 사회의 독려는 민감한 외부 반응성의 감도를 인위적으로 조절하게 만드는 요인이 된다.

외향성 중심의 사회에서는 표정, 몸짓, 분위기 같은 비언어적 기호계보다 문자, 음성언어 같은 언어적 기호계가 우위를 점한다. 말을 하지 않아도 느껴지는 표정이나 눈빛으로의 표현이 아무리 압도적이어도 칼 같은 말 한마디에 판정패 당할 때가 많다. 말 잘하는 사람이 똑똑해 보이고, 설득력 있어 보인다. 여기저기서 끌어오는 지식과 예시와 비유가 휘황찬란할수록 능력 있고 사회성 높은 사람으로 간주된다. 그래서 상대방의 비언어적 표현에 무뎌해지고, 대신 충분한 의사소통 수단처럼 보이나 그렇지 못할 때가 더 많은, '문자 그대로'에 목숨을 거는 일이 잦아진다. 수많은 용어가 난무하고 문맥들이 얽혀 있는 언어적 표현을 잘 헤아려서 듣는 것은 무척 어려운 일이라, 언어적 표현이 가장 적확한 표현이라는 생각으로 언어가 품고 있는 이미지를 단순화시켜 인식하면 소통에 오히려 방해가 되기도 한다. 보다 원활하고 빠른 소통을 위해 의미화·고정화했던 의사소통 기제에 대한 습관으로 인해 오히려 더 풍부한 소통의 단서와 요소를 무시하고 사장시킨 것은 아닌지, 그로 인해 좀 더 세심하게 타인을 살피는 타자 감수성이 저절로 무뎌진 것은 아닌지 살펴보아야 한다.

타인과의 소통에 어려움을 겪는 사람은 자신과의 소통도 원활하지 않은 경향이 있다. 의식은 자신의 목적을 달성하기 위해 자기 감정을 비롯한 욕망들을 숨기기도 하고, 넘치는 감정들은 자신의 정당성을 확보하고자 의식에게 합리화의 주술을 걸기도 한다. 어느 한구석에서 폭발하는 감정의 원인이 전혀 의식하지 못한 다른 곳에 있는 줄 알지 못하는 것도, 오래 묵혀 둔 감정이 한참 뒤에 다른 계기로 인해 드러나는 것도, 자신의 마음을 제때에 살피지 못한 결과로 나타난다.

나의 마음이든 다른 사람의 마음이든 마음은 언제나 자신만의 신호를 보내고 있다. 종잡기 어렵고 복잡다단하며, 시시각각 변한다는 이유로 그것을 곡해하거나 외면하는 것은 미봉책에 그칠 가능성이 높고, 잘못 해석한 신호의 과제가 자신도 모르게 눈덩이처럼 불어나 있기도 한다. 즉시적인 사건으로 인해서든, 미뤄 둔 사연으로 인해서든 어떤 생각과 감정이 그득하게 밀려오는 날 누군가가 당신의 마음이 지금 어떠냐고 물어 오면 '내 마음 나도 몰라'라고 대답해 버리고는 밀려오는 생각과 그로 인한 감정을 차단해 버리고 싶어진다. 믿을 만한 사람이나 아니면, 최대한 많은 사람에게 물어보거나, 주변 사람들이 어떻게 하는지 대충 훑어보고 결론을 내고 싶어지기도 한다. 마음은 자신을 봐달라고 사정하는데, 그 마음이 알 수 없는 표정을 짓고 있다는 이유로, 시선은 엉뚱한 다른 곳만 바라보고 있다. 자신의 마음을 이렇게 홀대했으니 다른 사람의 마음이 쉬이 읽힐 리 없다. 항상 자신 있게 자신을 드러내고 표현하라고 하면서 드러내는 것의 진위 여부나 진실성은 크게 따지지 않는다. 진정성을 가장 잘 드러내는 것은 큰 목소리나 많은 말보다 때로는 순간적인 표정이나 눈빛 하나가 될 수도 있다.

자신에게 솔직하기는 생각보다 어려운 일이다. 때로는 자신에게 미안해하기도 하고, 고마워하기도 하고, 자신을 기특해하기도 하고, 꾸중하기도 해야 하는데 솔직하지 못하면 이런 것들을 공평하게 하는 게 힘들다. 그래서 자기가 품어 안아야 할 것들을 엉뚱한 외부에 가서 쏟기도 하고, 품지 않아야 할 것들을 끌어안기도 한다. 자신의 잘한 부분은 확대하고 잘못한 부분은 축소하기도 하고, 그 반대로 하기도 한다. 어쨌거나 모두 자신에 대해 고르지 못한 처사이다. 이렇게 편중된 처사는 타인에게 그대로 이어진다. 경우에 따라 다양한 양상으로 드러날 수 있는데, 자신은 극도로 비판받기 싫어하면서 다른 사람을 습관적으로 비판하는 것이 가장 좋지 않은 예이다.

타자 감수성의 부족은 자신 이외의 주변부를 모두 대상으로 설정하는 것을 기초로 삼는다. 생생한 화면을 통해 접하지만 먼 나라 이야기라서 도무지 실감이 안 나는 경우부터 오랫동안 같이 지내면서도 항상 보이지 않는 벽이 느껴지는 관계에 이르기까지 '나'에 대한 독자성, 고정성, 나아가 영원성이라는 착각은 필연적으로 외부와 단절된 인식을 낳고 관련한 감성을 무디게 한다.

— 사건은 해석일 뿐

언제부터인가 '내로남불'이라는 말이 신박한 조합어가 아니라 쉽게 접하는 일상어가 되었다. 이중적인, 혹은 위선적인 행태와 통하는 이 말은 정치인들이나 유명인들이 남들에게 비판해 온 일들을 자행할 때 붐을 일으키며 사람들 입에 오르내리기도 한다.

'내가 하면 로맨스, 남이 하면 불륜'이라는 인식에서 각각의 사건은 모두 연관성을 가지지 않는 별개의 사건이 된다. 아무리 유사성이 높고, 공통점이 많아도 내가 겪은 사건과 남이 겪은 사건, 혹은 이전의 사건과 현재 사건에서 연관성이 성립하지 않는다는 생각이다. 이것은 사건의 독자성에 관한 문제가 아니라, 사건의 집합으로서의 역사를 말하는 것이고, 그런 사건의 집합으로서의 인간 간의 관계에 관한 문제이다. 사건이 복잡다단할수록 일의적인 사건을 보는 시각과, 각각의 사건이 다른 사건들과 맺는 관계에 관한 시각이 서로 얽히게 된다. 그런데 양자는 결코 떼어 놓고 생각할 수 있는 사안이 아니다. 하나의 사건은 그 자체로 유일무이하지만 주변을 둘러싼 많은 사건을 배경으로 생성될 수밖에 없기 때문이다. 그리고, 그렇게 생성된 사건들은 시간과 공간의 차이를 두고 서로 직간접적으로 영향을 주고받는다.

때로는 기억도 까마득한 옛 사건이 현재 발생한 사건과 관계를 맺으며 소환되기도 하고, 가본 적도 없는 먼 지역에서 발생한 사건이 이곳에서 일어난 사건과 강렬하게 관련을 맺기도 한다. 더욱이 가까운 곳에서 시간 차가 크지 않고 빈번하게 일어나는 사건들은 그 연관성이 더 높을 수밖에 없다.

이러한 사건의 다면적·다층적 성격은 사건을 단면적으로 정의하고 기억하려는 속성과 어긋나는 결을 이루며 괴리를 발생시킨다. 발생한 사건의 실제는 기록물과 기억이 대체하게 되는데 기록물이 없을 경우, 사건과 연관된 사람들의 기억 속에서만 존재하게 된다. 이때, 각자의 이기적이고 편파적인, 혹은 불충분한 기억은 사건을 실제에 가깝게 기억하고 정의할 가능성이 반드시 높지만은 않다. 오히려 그 반대의 경우가 비일비재할 것이다. 이렇듯 하나의 사건은 각색된 다양한 사건으로 무한 증식한다.

정치철학자 브라이언 마수미가 말했듯이 '각각 체험된 추상의 사건은 자존(uncaused)하며, 그것의 발효는 경험적 자기 연소'이다. 즉, 사건은 여러 개의 얼굴을 가진 생물이고, 항상 실제와 따로 존재하는 가상인데, 우리의 기억 속에서 그것은 생생한 감정이 덧입혀진 하나의 절대적 실체이다. 사건을 절대화하는 기억에 집착하는 것은 자신의 존재에 대한 절대성을 확보하기 위한 기초 작업이 된다.

나이가 들수록 기억이 희미해지고, 뚜렷했던 기억에 대한 확신도 떨어지면서 자연스럽게 기억의 절대성과 멀어지게 된다. 그것은 색이 입혀지지 않은 흑백 사진이 주는 여운과도 같다. 기억은 또렷하게 각인되는 것이 아니라 희미하게 스며든다. 절대적이고 독자적인 선명함이 아니라 다른 기억, 혹은 다른 조명, 다른 윤곽, 배경들과 어우러지는 하나의 '스침'이 된다. 너무나 자연스러움에도 불구하고, 때로 명증성에 대한 후퇴는 불안과 초조, 혹은 애닳음을 불러일으키기도 한다. 기억을 받아들일 준비가 되지 않은 것이다. 그래서 더 빈번하고 고집스럽게 기억에 매달린다. 매달린다는 것은 이미 선별을 함축하고 있으므로 쉽게 왜곡과 편향으로 이어진다. 매달리고 싶은 기억에만 매달리면서 스스로 자연스러움의 물살을 거스르는 고통을 겪고는 그 고통의 이유를 다른 곳에서 찾느라 바쁜 나날을 보낸다.

집착하지 말아야 할 것들은 눈앞에 보이는 현재, 혹은 이루어질 수 없는 미래뿐만이 아니라 과거에 관한 것들도 마찬가지이다. 되돌아갈 수 없는 과거의 어느 한때에 속해 있던 바로 그 사람들은 설령 그가 나 자신이라 할지라도 그 '한때' 이후로 어디에도 존재하지 않는다. 이때, 연속성은 상황과 관계 속에서만 찾을 수 있다. 네 경우와 내 경우, 혹은 나의 어느 한때의 경우와 또 다른 한때의 경우는 분명히 다르지만 상황과 관계 속에서의 연관성까지 없어지지는 않는다. 최종적으로 남는 것은 관계에 있다.

많은 경우에 관계는 사람과 사람 사이에서 이루어진다고 생각하는데 그러다 보니 자신 안에 얽혀 있는 복잡하고 무수한 관계는 등한시한다. 충돌하고 갈등하고, 혹은 이해하고 위로하는 것은 외부에서만 일어나는 일이 아니다. 전혀 다른 마음이 서로 싸우기도 하고, 시간 차를 둔 마음들끼리 미워하기도 하며, 더 오랜 시간이 흘러 화해하기도 한다. 반드시 일치하는 것은 아니지만 그래도 내부에서 겪은 관계의 경험은 외부에서 역량을 발휘하기도 한다. 예를 들면, 미안한 마음이 들수록 오히려 역정을 내는 사람은 자신에게 사과해 본 적이 없을 확률이 높다. 사과는 잘못을 받아들이고 그 표현을 바로 하는 것인데, 늘 합리화로 얼버무리고 지나갔던 나에게 사과해 본 적 없는 사람이 그것을 다른 사람에게 하는 것이 쉬울 리 없다.

마음 안에서 일어나는 갖가지 다른 마음들의 복잡성과 분리 불가능성을 깊게 경험하면 사건 속에서의 나와 너, 혹은 그는 별개의 독자적인 존재가 아니며, 많은 문제가 단독적으로 발생한다기보다 관계 사이에서 발생한다는 점을 알게 된다. 간주관성, 혹은 들뢰즈와 가타리가 표현한 '사이주체성(Inter-subjectivity)'은 너와 나 사이에서의 구획과 구분이 명확한 것이 아니라, '나일 수도 너일 수도 있는 우리 중 어느 누군가'를 의미한다. 이는 의식적이고 의지적인 주체가 의미와 가치를 부여하면 기능과 역할은 저절로 생긴다는 근대적인 "의미화=가치화=표상화=기능화"라는 자동주의 질서의 개념과 거리가 있다. 그보다 사이주체성은 나와 너, 너와 나 사이의 공통성을 기반으로 생성되는 자발적이고, 자율적인 주체성을 의미한다.

살면서 크고 작은 문제에 봉착했을 때 끊임없이 외부나 자신을 탓하는 사람은 이 관계성의 문제를 특정한 '의식적이고 의지적인 주체(타인, 외부 환경 혹은 자신)의 문제로 돌리는 경우가 많다. 다른 이를 탓하는 사람은 계속해서 다른 이를 네 뜻에 맞게 바꾸려고 하고, 실패할 경우 못마땅해한다. 내 탓을 하는 사람은 자신을 다른 사람의 마음에 들게 바꿔 보려 하고, 실패하고, 좌절하기를 반복한다. 어느 쪽이든 완결이나 완전한 만족은 없다. 하나가 성공하면 다음 단계가 반드시 기다리고 있기 때문이다. 나에 대해서든, 외부에 대해서든 처음에 크게 보였던 불만이 해소되고 나면 다음에 다른 불만이 다시 크게 보인다. 그때의 나는 분명히 지금의 내가 아닌데, 그 둘을 동일하게 묶는 것은 습관과 기억이다. 각각 얽혀 있는 관계망과 유형에서 공통점을 찾을 수는 있으나 분명히 다른 사건과 존재이다.

6장

가깝고도 오랜 외로움

—스스로를 가두는 감옥

—

엄마는 병원 한구석에 사실상 방치되어 있었다. 더 이상 간호사도 오가지 않았다. 하루를 꼬박 걸려 온갖 검사를 한 결과가, 일반 입원실에는 들어갈 수 없고 폐쇄병동에는 자리가 없다는 이유로 다른 병원을 찾아가든가 집에 돌아가 주는 게 상책인 잉여 환자 신세였다. 막막함과 분노가 뭉근하게 사무쳐 올랐다. 병원에 오기 전보다 증상이 더 나빠진 엄마를 데리고 이대로 돌아갈 수는 없는 노릇이었다. 그렇다고 달리 할 수 있는 일도 없었지만 무엇보다도 집으로 돌아가는 일이 가장 할 수 없는 일이었다.

주위를 둘러보다 복도 한쪽에 휠체어가 접혀 있는 것을 발견했다. 처음 사용해 보는 휠체어를 억지로 펴서 제대로 몸을 가누지 못하는 엄마를 간이침대에서 내려 그곳에 앉혔다. 그러고는 휠체어를 밀며 중정을 따라 둥그렇게 난 병동 복도를 향해 천천히 움직였다. 엄마는 유모차에 앉아서 떼쓰는 아이처럼 발을 차며 소리를 질렀다. 강약고저만 있을 뿐 아무도 알아들을 수 없는 환자만의 말, 아니 신호음이 높고 커다란 병동의 중정 위로 난 하늘을 향해 울려 퍼졌다. 이 순간만큼은 엄마가 더 크게 소리내기 바랐다. 복도를 지나던 환자와 보호자, 간호사들이 힐끔힐끔 쳐다보는 시선이 느껴졌다. 환자에게 자리를 내어 주지 않는 병원에 대해 시위를 하고 있는 모양새였지만 그렇게까지 계획적으로 의도한 바는 아니었고, 그럴 정신도 없었다.

어쨌든 환자를 받아 줄 수 없는 병원과 병원을 떠날 수 없는 환자, 보호자가 대치하고 있었다. 그렇게 나는 환자를 대동하여 일종의 시위 아닌 시위를 했다. 의도하지 않았어도 환자는 다른 환자와 의료진에게 방해가 되지 않을 때만 환자로 남을 수 있다. 병원의 질서와 시스템에 부합하는 환자만 치료받을 수 있는 것이다. 화난 표정을 감추려 일부러 태연한 척했지만 사실 입원 환자들만의 공간인 병동에서 아직 침대 하나를 확보하지 못한 사람들인지 아닌지 구분하지 못하게 하고 싶은 마음 때문에 태연한 척했다. 엄마는 이미 환자복을 입고, 휠체어까지 타고 있었으므로 치료 중 정신이상이 온 환자처럼 생각하게 해야 입원 병동을 더 오래, 덜 부자연스럽게 누비며 돌아다닐 수 있을 것 같았다.

지나다 보니 휠체어를 타고 이동하는 다른 환자와 보호자가 보였다. 며느리처럼 보이는 여리여리한 여자가 미는 휠체어에 시아버지처럼 보이는 노인이 타고 있었다. 노인은 약간 기울어진 고개를 일정하게 유지하면서 시선이 한군데에 고정되어 있었는데, 입에서는 연신 불만을 쏟아내는 욕설이 흘러나왔다. 며느리처럼 보이는 여인은 주변의 시선을 의식하면서도 익숙한 듯한 굳은 표정을 하고 있었다. 자신의 행동이 어떤 의미인지 의식하지 못하고, 기억도 하지 못한다면 그것은 잘못이라고 볼 수는 없겠지만 어쨌든 주위 사람들에게는 고통일 수밖에 없을 것이다.

아무것도 탓하지 않고 고통을 견뎌내는 것이 가능할까. 몸과 마음이 그 지경이 될 때까지 스스로를 방치한 환자를 탓하고 싶을 테고, 그런 환자를 나 대신 돌볼 수도 있을 것 같은 주위 사람을 탓하고 싶을 테고, 아니면 부족한 복지 제도를 탓하고 싶을 테고, 그것도 아니면 믿든 믿지 않든 신을 탓하고 싶어질 것 같았다. 그렇다고 고통이 덜어지지는 않겠지만 최소한 그 고통 때문에 자신이 부서지는 것만은 막을 수 있지 않을까 싶었다. 위태로운 자신을 지켜내기 위해 질기고 단단한 원망이 필요했던 것일까.

크고 작은 소리로 소란을 피우는 엄마를 휠체어에 태우고 돌아다니는 길에 해는 이미 다 기울었고, 어둠이 찾아왔지만 시간의 흐름을 가늠할 여유는 없었다. 밤을 지새워도 좋을 무작정한 산책이라고 생각하기로 했다. 달리 할 수 있는 것도 없었다. 머릿속은 복잡하고 다리는 휘청거렸고 휠체어를 미는 팔에는 힘이 빠졌다. 엄마의 무게가 묵직하게 온몸으로 전해졌다. 있는 힘껏 손잡이를 밀면서 조금씩 앞으로 이동하고 있었지만 금방이라도 바닥에 풀썩 주저앉고 싶은 심정. 그것이 바로 자신에게 주어진 누군가의 무게인가 싶었다. 엄마의 젊은 시절이 다하도록 나도 엄마에게 그런 무게였을까? 힘들고 막막하고 자신 없어도 놓아 버리거나 포기할 수 없는 자식이라는 무게. 두 다리가 천근이어도 계속 앞으로 가라고 등 떠미는 그 무게는 엄마를 누르는 고통이었을까 아니면 어떻게든 엄마를 살게 한 힘이었을까. 무겁고 때론 벅차서 많이 힘들지만, 힘들어도 힘든 줄 모르게 하는 기쁨의 무게가 아닌 것만은 확실한 것 같았다. 때로는 너무 무거워서 도망쳐 버리고 싶을 정도지만, 아이러니하게도 그것을 감당할 만한 다른 힘을 주기도 하는 것이 자식 아닌가. 고통을 눈 녹듯이 사라져 버리게 하고, 아픈 기억도 좋은 기억으로 덧칠하게 만드는 가슴 미어지는 기쁨의 존재가 아닌가. 비록 엄마가 한 번도 표현한 적은 없었지만, 나는 엄마에게 그런 기쁨의 존재인 줄 알고 살았고, 한 번도 의심하지 않았는데, 그 믿음이 흔들리고 있었다. 엄마가 짓고 있었던 기쁨인지 고통인지 알 수 없는 수십 년 동안의 무표정을 덮어놓고 좋은 쪽으로 믿어버린 나의 지나친 기대인 것 같았다. 엄마는 너무 많은 진실을 자식에게 노출하고 있었다.

유난히 넓게 느껴지는 병동의 원형 복도를 몇 바퀴나 돌았을까. 한 간호사가 나와 엄마 쪽을 바라보며 걸어오는 게 눈에 들어왔다. 이제 그만 소란을 멈추고, 돌아가 달라는 말을 하려는 것일까. 산책을 그만둬야 할 시간이 온 것인가. 예상과는 달리, 그는 신경과 간호사실 한 켠에 임시로 병상을 마련할 테니 당분간 그곳에서 치료를 받으라는 말을 전했다. 보호자가 24시간 곁에 있어야 한다는 얘기도 빠뜨리지 않았다. 어지럼

증을 일으킬 듯이 웅웅거리는 간호사의 말 중에서 '당분간', '보호자', '24시간' 같은 단어가 귓가에 남았다. 짧은 제안과 함께 빠르게 돌아서 앞장서 가는 간호사를 놓칠세라 곧바로 휠체어를 밀면서 따라갔다. 어쨌든 산책은 끝났다.

창이 하나도 없는 어두운 공간의 한쪽 벽에는 병원 비품을 쌓아 둔 선반이 빽빽하게 들어차 있었다. 바로 옆 측면 벽을 따라 엄마가 사용한 흔적이 남아 있는 침대가 놓여 있었다. 신경과 간호사실 옆에 마련된 병원 용품을 보관하는 창고 같았다. 간호사는 휠체어에서 침대로 다시 옮겨진 엄마에게 정신과에서 처방한 약물을 투여한다고 했다. 이전에 꽂아 둔 바늘을 엄마가 강제로 잡아 빼 버려서 바늘을 다시 꽂아야 하는데 필사적으로 저항하는 엄마를 가누기 위해 여러 명이 동원되어야 했다. 여의치 않은 일이었다. 덩치 큰 남자 간호조무사를 비롯해 여러 명이 엄마를 에워싸자 엄마는 자신도 알 수 없는 원천의 모든 힘을 끌어모아 더욱 거세게 저항했다. 주사를 맞아야 병이 나으니까 바늘을 꽂아야 한다는 나의 간절한 설득의 말은 엄마를 진정시키는 데 전혀 소용이 없었다. 어느 정도 예상했던 바이지만 결국 침대의 네 귀퉁이에 엄마의 사지가 결박될 때까지 할 수 있는 일이라고는 전혀 소용없는, 영향을 하나도 미칠 수 없는 설득의 말, 그것뿐이었다.

혈관을 타고 엄마의 몸속으로 들어간 진정제가 영향을 발휘하기까지 한참의 시간이 흘렀다. 사지가 묶인 채 몸부림치는 엄마의 저항은 그 뒤로도 한동안 계속되었다. 조금씩 힘을 잃고 눈을 감기 시작하는 엄마를 보면서 넋이 나간 듯이 어깨를 늘어뜨리고 앉아 있는 나에게 한 간호사가 와서 정신과 폐쇄병동에서는 더러 있는 일이라고 말해 주었다. 위로의 말(?)인 것 같기도 했다. '그렇겠죠'라고 속으로 대꾸했다. 모든 과정을 다 지켜봤기에 결박만은 하지 말아 달라고 말할 수 없었다. 모르긴 해도 보호자 면회가 하루 한 번밖에 허용되지 않는다는 폐쇄병동에서는 이보다 더한 일이 있을 것도 같았다. 자신이 하는 행동의 의미에 대해 객관적으로 의식하지 못하는 환자에게는 어떤 이유 때문에 특정한 처치를 해야 하는지 설명할 필요도 없을 것이다. 다양한 약물과 물리력이 동원될 것이고 대부분은 그것을 정확히 기억조차 하지 못할 것이다. 그저 엄마가 그랬던 것처럼 자신을 해치려는 것 같은 불안과 공포에 최대한 저항한 기억만 남을 것 같았다. 그 폐쇄병동이라는 곳을 보내지 못해서 창고인지 간호사실인지 모를 이 어둑한 곳에 엄마를 죄인처럼 묶어 두고 있었다. 어떤 것을 아쉬워하고 무엇을 다행으로 여겨야 할지 도무지 혼란스러웠다. 어느 쪽도 아무것도 아닌 것 같았다. 마치 살아 있음을 다행으로 여기지 못하고, 죽은 것을 불행으로 여기지 않는, 그렇다고 그 반대도 마찬가지인 이상한 선을 밟고 서 있는 것 같았다.

엄마는 한참 만에 겨우 잠이 들었다. 입가에 경직된 힘이 들어가 있고 가끔 눈꺼풀이 파르르 떨리는 걸로 봐서 깊은 잠은 아니었다. 억지로 잠을 주입하는 것에 대해 자면서도 저항하는 듯했다.

한때, 잠은 짧은 죽음이라고 생각했던 적이 있었다. 아무것도 보이지 않고 느낄 수 없는 암전의 세계로 원하지 않아도 들어가야 하는 것이 마치 하루도 빠짐없이 죽음을 연습하라고 주어지는 시간 같았다. 자는 도중에는 자신이 잔다는 것을 알지 못하고, 그 잠이 곧 끝나리라는 것도 알지 못한다. 잠에서 깨어나고 나서야 잠을 잤다는 것을 알 수 있고, 가끔은 꿈도 기억해 낼 수 있다. 다만 꿈을 꾸고 있다면, 자신이 잠을 자고 있는 것은 알 수 없어도 살아 있다는 느낌은 갖게 된다. 꿈은 일종의 짧은 죽음인 잠에 대한 저항 같았다. 그러나 그 모든 것은 꿈에서 깨어나야만 알 수 있다. 꿈을 꾸고 있을 때는 그것이 꿈인지 알지 못하고 꿈에서 깨어나서야 비로소 꿈이었다는 것을 알게 되듯이, 지금 살아서 움직이고 있다고 믿는 것이 꿈이 아니라 진짜라는 것은 어떻게 알 수 있는지에 대해 고민했었다. 항상 그 순간에는 그 순간의 정체를 알지 못하고 시간이 흐르고 한참 뒤에야 어렴풋이 예전 그때의 진실을 깨닫게 될 때가 있다. 반대로 생각해 보면 지금 생생하게 느끼고 있다고 믿는 것들도 어찌 보면 지나온 과거들의 축약일 뿐, 현재 그 자체는 아니라고 생각했다. 늘 현재를 산다고 착각하지만 현재의 실체와 진실은 알 수 없는 채로 차곡차곡 과거라는 이름을 붙여 쌓아 두는 것 같았다.

잠들기 전부터 밀려오는 잠에 대한 두려움 때문에 수면 시간이 줄어들자, 몇 년 동안 꿈을 꾸지 못했고, 정확히는 기억나는 꿈이 하나도 없었고, 내일을 기약할 새도 없이 곧바로 곯아떨어지기 일쑤였다. 그야말로 죽음 같은 잠을 잤다. 두려워한 것을 애써 피해 보려다 더 깊게 들어간 셈이었다. 그 후로는 두려움과 그로 인한 도피의 발버둥이 왠지 덧없게 느껴졌다.

엄마의 얼굴을 들여다보니, 자면서도 깨어 있을 때와 똑같은 감정 상태인 것 같았다. 눈을 감고 움직이지만 않고 있을 뿐. 자는 것 같지 않아 보였다. 엄마는 비록 짧게 끝나긴 해도, 잠이라는 외피를 입은 죽음에 저항하고 있는 것일까. 아니면 마치 죽음처럼 꼼짝 않고 있는 잠이 짧게 끝난다는 것을 믿지 않는 것일까.

엄마에게서 시선을 뗄 수 있는 시간이 비교적 오랜만에 찾아오자, 아무것도 들어 있지 않은 뱃속에서 요란스럽게 허기의 신호를 보내왔다. 사실 그 이전부터 보냈겠지만 이제야 알아챘다. 몸이 보내는 신호는 대체로 정확하다. 마음과 생각이 그것을 속이거나 무시할 뿐. 지하 식당은 다 닫혔을 시간이었지만 편의점은 아직 열고 있을 것 같았다. 빵이라도 사 먹을 생각에 10분이면 되겠지 하며 엄마를 두고 나왔다. 엘리베이터를 타고 지하층까지 내려가는 길이 멀고 길게 느껴졌다. 다행히 매점은 아직 문을 닫지 않고 있었다. 이전까지는 먹을 생각이 전혀 없다가 진열대에 가득한 먹거리를 보니 뱃속이 더 꼬르륵 소리를 내며 요동쳤다. 그리고는 평소에 잘 먹지 않는 빵과 컵라면을 두고 잠시 고민했다. 컵라면을 다 먹을 때까지 엄마가 기다려 줄까 생각할 새도 없이 재빨리 계산을 하고 뜨거운 물을 부었다. 조마조마한 시간이 1분 정도 흘렀을 때 갑자기 전화벨이 울렸다. 등록되지 않은 번호였지만 어디서 온 전화인지 짐작할 수 있었다.

"보호자분, 어디 계세요. 어머니가 깨어나셨어요. 빨리 오셔야 될 거 같은데요. 자리를 비우면 안 되는데……."

마치 자기 할 일을 팽개치고 있는 사람을 차분하게 종용하는 듯한 말투여서 급한 상황인지 아닌지 구분하기 어려웠다. 컵라면 덮개 사이로 뜨거운 김이 모락모락 피어나고 있었다. 늦은 밤이 되어서야 겨우 생긴 첫 끼니의 시간도 안 주는구나. 엄마는. 덮개를 뜯어내고 채 불지도 않은 면발을 젓가락으로 들어올렸다. 꾸덕꾸덕한 라면을 두 입 정도 입에 넣다 말고 자리에서 벌떡 일어났다. 남은 것은 통째로 쓰레기통에 버려졌다.

엄마는 자신의 사지가 묶여 있는 것을 처음 본 것처럼 놀라 하며 거칠게 팔다리를 움직이고 있었다. 얼굴에는 혼돈과 공포가 가득 차 있었다.

"이것 좀 풀어 봐라. 나를 왜 이리 묶어 놨노, 얼른 풀어 봐라. 엉?"

나를 알아보기는 한 건가 싶다가도 초점 없는 눈빛을 보면 아닌 것 같기도 했다.

"주사를 맞아야 하는데 엄마가 안 맞는다고 난리난리쳐서 할 수 없이 그랬잖아. 기억 안 나? 엄마?"

'엄마'라는 단어를 일부러 힘주어 말했다. '엄마, 내가 누군지는 알지?'라고 물으려다 그만두었다.

"이것 좀 풀어 봐라. 어서!"

애원하는 건지 화를 내는 건지 알 수 없는 말투와 표정이었다. 이제 정말 정신이 든 건가. 길진 않지만 문장을 구사하고, 뚜렷하게 자기 의사를 표현하고 있지 않은가. 그런 사람을 묶어 놓는다는 게 말이 안 되는 것 같았다. 그것보다는 엄마를 더 이상 묶어 두고 싶지 않은 마음이 더 컸다. 그보다는 사실, 더 이상 결박된 엄마를 보고 싶지가 않았다. 엄마는 아무리 발버둥쳐도 두 팔과 다리에 단단히 고정된 밴드가 풀리지 않는다는 것을, 도저히 자기 힘으로는 안 된다는 것을 인정하지 않고, 믿지 않았다. 있는 힘껏 가진 기운을 다 빼면서도 포기하지 않았다. 또다시 진정제를 투여하지 않는 이상 지쳐서 쓰러질 때까지 계속 움직일 것이었다.

"풀어 달라고 얘기해 볼게. 이제 그만 좀 해. 엄마."

나는 의자에서 일어나서 벌겋게 부어오른 엄마의 팔목을 잡고 지그시 눌렀다. 눈물 한 방울이 엄마의 환자복 위에 떨어졌다. 그러자, 엄마는 더 이상 팔다리에 세게 힘을 주지 않았다. 대신 두 눈을 꼭 감은 채 주문을 외우듯이 무슨 말인가를 중얼거렸다. 알아들을 수 없는 그 소리는 욕설 같기도 했고, 옹알이 같기도 했고, 기도 같기도 했다.

'기도하는 거라면 내 기도도 함께 해줘, 엄마. 내가 엄마를 찾고 싶은 것만큼이나 엄마도 엄마를 찾고 싶은 거 맞는 거지? 엄마가 엄마인 줄 알려면 내가 필요할 텐데…… 나는 이렇게 엄마 곁에 있는데…… 엄마를 엄마이게 하려고…… 그런데 엄마에겐 내가 자식이 아닌가 봐. 자식이 눈에 들어오면 엄마가 엄마인지 알게 될 텐데…… 나는 엄마를 엄마이게 하지 못하는 자식인가 봐. 나에게 엄마는 엄마가 맞는데…… 그래서 나는 엄마로 인해 내가 나인 줄 알고 사는데…… 엄마는 혼자서 그 많은 세월 동안…… 자식도 있는 엄마인데 왜 그렇게 혼자서…… 엄마는 엄마이면서도 엄마가 되지 못하고 혼자서…… 왜 그렇게 외로워했어. 엄마.'

나의 중얼거림을 알아듣기라도 한 듯이 엄마는 팔다리에서 완전히 힘을 빼고 눈을 감았다.

위험한 정체성

우리는 자신의 조건을 미리 정해 놓고 그것을 '나'로 규정할 때가 많다. 그 조건은 손가락 안에 들 정도로 간단하지 않다. 평생 동안 바뀌지 않는 조건도 있고 경우에 따라서 바뀌는 조건들도 있다. 서로 상충되는 조건들 때문에 곤란할 때도 있고, 때로는 주어진 조건에 적응하지 못하기도 한다. 인종, 국가, 지역, 집안, 학교, 소속 집단, 직업, 성(性), 종교, 가족 관계, 신체 조건, 소득 수준, 능력 등 스스로 선택한 조건도 있고 그렇지 않은 것들도 있다. 정체성의 요소로 설정된 많은 조건은 대체로 서로 복잡하게 얽혀 있고, 다중적일 때가 많다. 즉, 특정 시점이나 사건 속에서 하나의 정체성과 그것을 조건 지우는 상황이 부각될 때가 많은 것이다.

한 사람이 특정 국적을 가졌거나, 특정한 외양을 하고 있더라도 매일, 한순간도 쉬지 않고 자신의 그러한 면을 인식하면서 살 수는 없다. 예를 들면 어떤 사람이 생전 처음 가 보는 나라를 들뜬 마음으로 여행하다가 길거리에서 어느 카페에 들어가려고 문을 연 순간, 갑자기 문 앞에서 출입을 차단당했다고 생각해 보자. 그 여행지 국가에서는 외국인이라 하더라도 종교적 관습상 여성이 출입할 수 없는 카페가 있다는 것을 알지 못했던 것이다. 충격에 빠진 여행자는 그때야 비로소, 그곳에 들르기 전까지는 전혀 인식하지 못했던 자신이 속한 국가와 자신의 성별을 인식(당)하게 된다.

물론, 계급제도가 철저했던 시절에는 생활 전반에 걸쳐 자신의 계급을 인식할 수밖에 없는 상황에 놓이기도 한다. 그것은 의지에 반하는 더 철저한 조건이기도 하다. 그 경우에는 정체성의 조건이라기보다 오히려 자신의 힘으로 극복할 수 없는, 외압에 의한 폭력에 가깝다.

미리 주어져서 자신이 선택할 수 없었던 요소들과 새로이 발굴한 요소들 모두 스스로 받아들일 때에야 비로소 정체성의 윤곽이 만들어진다. 외부의 강요는 정체성 성립에 영향을 미치는 비중 있는 요인이 될 수 있지만 전부가 될 수는 없다. 그리고, 사회적 역할과 그에 따른 이미지를 정체성과 동일시하는 경우도 있는데, 그 사회적 역할이라는 것은 대개 이미 주어진 경우가 많다. 사람들은 오랜 시간을 거쳐, 혹은 많은 사람이 같은 방식을 따르면서 틀 지워진 특정 이미지에 자신을 끼워 맞추고 그것을 정체성과 동일시하기도 한다. 그렇게 하면 '나'라는 불확실성과 불안정성을 어느 정도 상쇄하는 효과를 누릴 수도 있겠지만, 이는 그 정체성의 이미지에 무조건적으로 복속할 때만 얻어지는 안정감이다.

정체성의 테두리 안에 스스로를 한정 짓는다면 설정된 정체성의 범위 밖을 욕망하는 자신과 끊임없이 갈등하며 때로는 죄책감을, 때로는 분열감을 느끼게 될 수도 있다. 그때 필요한 것은 확고한 정체성에 대한 위기감이 아니라 정체성의 변용과 재정립이다. 정체성의 엄격한 테두리는 사방으로 뻗어나갈 가능성이 있는 '나'라는 갖가지 모습의 흘러넘침을 가두거나 담아내기에 불충분할 때가 많다. 정체성은 스스로 선택해서 능동적으로 받아들이며 변용을 두려워하지 않을 때 비로소 힘을 발휘할 수 있다. 외부가 정체성을 강요할 수 없고, 정체성의 모범이나 표본이 있을 수도 없다. 예를 들어 '모성'이나 '학생' 같은 사회적 역할에 대한 기대와 수행도 가장 기본적인 윤리적 차원의 범위 밖에서는 사람마다 다르게 형성될 수 있는데, 우리는 사회가 규정해 놓은 역할과 그에 따른 심리적 복무까지 확장해서 일정 부분 선을 그어 놓기도 한다. 그로 인해 저마다 각기 다를 수 있는 선에 대한 논쟁과 그 선을 벗어난 사람에 대한 비판과 자책이 난무하기도 한다.

사회적 역할에 대한 것뿐만 아니라 자신이 선망하고 기준점으로 삼은 인간형을 엄격하게 상정하는 경우도 마찬가지이다. 무릇 인간이라면 어떠어떠해야 한다는 기준이 너무 엄격해도, 그렇다고 너무 느슨해도 문제가 발생할 수 있다. 그리고 그 잣대를 다른 사람에게 똑같이 들이댈 때도 서로 엇갈린 기준선으로 인해 충돌이 발생할 수 있고, 나와 다른 사람에게 각각 다른 이중 잣대를 댈 때도 마찬가지이다. '어째서 저 사람은 내 맘 같지 않을까'라는 못마땅함은 누구도 내 맘 같을 수는 없다는 인정을 필요로 하지 않는다. 또, 나는 못해도 너는 해야 한다는 주장의 억지스러움은 갖가지 합리화 여건들을 죄다 끌어들인다.

관습적·환경적·종교적 인간형을 그대로 따르는 것이 이상적일 수도 없고, 그렇다고 그 모든 것에서부터 완전히 자유로운 독립 개체가 될 수도 없다. 정체성은 완성이 아니라 생성에 가깝다. 설계도에 따른 성형물을 완성하고 멈추는 것이 아니라, 새로운 시도에 따라 계속해서 고치고 보완하는 것에 가깝다. 그리고 그 생성은 초기에는 어느 정도의 모사를 기반으로 하고 있어도, 가면 갈수록 기존에 만들어진 것에 단순히 더해지는 것이 아니라 또 다른 새로운 것과의 조합을 만들어 내게 된다. '고유의 색 조합 효과'라는 생성으로 만들어진 것은 개성이라고 불리기도 하고, 특이성이라고 일컬어지기도 한다. 이런 의미에서 정체성은 하나의 정체성이 일률 적용되는 개념이 아니다. 그리고 그것을 수정·보완하는 생성 작용의 강도는 성숙의 정도에 영향을 미친다.

정체성 자체는 자유로운 생성의 과정이지만 정체성을 빌미로 한 틀을 강화하려는 작용은 부자연스럽고 위험하기까지 하다. 평생 스스로를 옥죌 수도 있고, 주변 사람들을 힘들게 할 수도 있다. 정체성의 확립이라는 표현을 쓰기도 하는데, 여기서 확립의 위험성은 한번 확립된 정체성의 고정성에 관한 문제이고, 거기에 신념이 부여될 때 나타나기도 한다. 때로는 '나는 ○○○으로서 최선을 다했을 뿐이다'라는 신념이 많은 과오와 상처를 남기기도 한다.

정체성의 강도는 확고한 고정성에 있는 것이 아니라 어떤 상호작용에서도 발휘될 수 있는 유연성에 있다. 새로운 질문을 허용하지 않으면 유연해질 수가 없다. 주변 사람들에게 인정받고 스스로도 만족하는 '좋은 사람'이 되려고 늘 온화한 미소를 띠고 친절한 말투를 할 수는 없다. '좋은 사람'은 주변 사람들에게 인정받고 그로 인해 스스로도 만족하는 것에서 출발하지 않는다. 그보다 '좋은 사람이란 무엇인가?', '왜 좋은 사람이 되어야 하는가?' 같은 질문에서 시작하고 그 질문을 계속 유지하면서 생성된다. 답을 찾는 과정에서 발생하는 새로운 질문, 그리고 또 그 답을 찾으려는 끊임없는 과정이다. 그것은 어느 날 만난 온화한 미소와 친절한 말투를 한 노인의 '나이가 들었어도 계속 배우게 된다'는 단순하지만 깊은 울림을 주는 한마디에 담겨 있기도 하다.

원래 그런 것은 없다

누군가 자신을 설명하는 말 도중에, 혹은 어떤 대화 중에 '나는 원래 이런 사람이다'라는 식의 말을 하면 답답함이나 위압을 느낄 때가 많다. '나는 애초에 그렇게 생겨 먹었다', '한 번도 그렇지 않은 적이 없었다' 같은 '원래 그래' 시리즈는 상대방에 대하여 자신의 고정성을 선언하는 의지의 표현이다. 나는 확고부동하고 일말의 여지도 없으니 네가 알아서 적응하거나 대응하라는 뜻을 포함하고 있거나, 아니면 전혀 변화의 의지가 없다는 고백을 의미하기도 한다. 여기서 '원래 그래'는 어떤 개인적 특징의 선천성을 뜻하는 말이 아니다. 타고난 신체적인 특징을 말할 때는 원래 그렇다는 말보다, 어릴 때부터 그랬다, 그렇게 태어났다, 부모님이 물려주셨다 같은 말을 주로 쓴다. 과거를 연원으로 한 말을 포함하면서 늘 현재형으로 쓰이는 '원래 그래'가 가리키는 곳은 오히려 미래 쪽이다. 즉, '나는 앞으로도 계속 그럴 것이다'라는 뜻이다. 이런 뉘앙스는 경우에 따라서 상대방에게 폭력적으로 들릴 수도 있다. 사람에 대한 것이 아니더라도 '이 조직은 원래 그렇다'라든가 '이 집안은 원래 그렇다'같이 원래 그런 것이 집단을 가리킬 때도 마찬가지이다.

생각해 보면 세상에 원래 그런 것은 별로 없다. 자연 현상은 다양한 환경 요인의 마주침이라는 우발성에 의해 대전환을 맞이하기도 하고, 종의 탄생이나 멸종도 원래 예정되어 있는 것은 없었다. 다만 현재 모습이나 속성을 가지게 된 기간이 얼마나 오래되었느냐 그렇지 않느냐의 문제이다. 그래서 '원래'는 다분히 한시적일 수밖에 없고, 미래를 예측할 수 있는 성격의 것이 아니며, 모든 존재와 현상을 표현하는 데 부족함이 많다. 그럼에도 너무나 많은 '원래'들이 난무한다. '나는 원래'를 비롯해 '그 사람은 원래', '이런 경우에는 원래' 등의 수많은 '원래'가 알게 모르게 당위를 만들어 내고, 미래를 규정하고, 가능성을 배제시킨다.

미래를 예측하는 근거로 과거의 데이터를 활용한다 해도 그것은 유추일 뿐이다. 미래를 예측할 수 있는 자료로서 활용된 과거는 그것이 부정적인 방향으로 흘러갈 것이 분명하다면 다른 계획을 세워 방향을 바꿀 수도 있다. 이런 작업에서도 '원래'는 미래의 향방을 결정하는 요인이 되지 않는다. 세상에 변하지 않는 것은 모든 것이 변한다는 사실뿐이라는 말도 있듯이 속도의 차이만 있을 뿐 뭐든 변하게 마련인데 이런 세상에서 '원래'는 될 수 있으면 변하고 싶지 않은 마음이 반영된 지극히 주관적인 표현이다. 변하고 싶지 않다는 것은 지속성, 영구성에 대한 희망인데, 여기서 영구성에 대한 희구에는 소멸에 대한 두려움이 포함되어 있다. 이전에도 살아 있었고, 지금도 살아 있으니 앞으로도 가능하면 그 살아 있음이 계속되기를 바라는 마음. 혹시 나의 소멸을 맞이해야 하는 날이 오더라도 나와 연결된 다른 소중한 것은 어떻게든 계속 살아 있기를 바라는 막연한 마음에서 비롯된다.

그러한 영원성에 대한 희망에 불길한 전조를 드리우는 용의자로 지정되기 쉬운 것이 바로 변화이다. 변화를 소멸의 전조로 여기는 것이다. 시각의 변화, 사고의 변화, 가치관의 변화, 신념의 변화, 외모의 변화 등이 성숙과 풍요로움의 원천이 되려면 자신을 포함한 주변부 모두의 유한성을 자각하는 관문을 통과해야 하는데, 두려움 때문에 문 앞에서 서성거리다 돌아서버리면 영영 다른 길로 접어들어 더 이상 문을 찾지 않을 수도 있다.

그런 사람들에게는 아이러니하게도 자신이 아니라 자기를 뺀 나머지의 변화를 바란다. 자신이 불변한다고 믿는 것들에 맞춰 다른 이들이 변화하기 바라는 것이다. 그것은 '차이'가 아니라 옳고 그름의 문제가 된다. 사실에 근거하지 않는 '옳음'에 대한 불변성에 신념이 더해지면 굳건함이 완고함으로 배가될 수밖에 없다.

자기 자신을 포함하여 세상에 확실한 건 없고, 확고부동한 것도 없고, 절대 변하지 않는 것도 없다는 것을 인정하려면 유한성과 소멸을 받아들이는 용기가 필요하다. 세상의 유한성과 소멸뿐만 아니라 자기 자신에 대해서도 마찬가지라는 대목이 중요하다. 타인의 죽음을 통해 자신의 유한성을 자각하는 것이 아니라 오히려 타인의 죽음으로 자신의 실존을 안도하는 것은 삼라만상이 다 변해도 자신만은 변하지 않기를 바라는 믿음과 갈망의 반증과 같다. 그것은 마치 물을 너무 두려워해서 얕은 물에도 가라앉는 것과 비숫하다. 영구적으로 물은 물이고 나는 나라는 믿음 때문에, 대부분 이 물로 되어 있는 몸을 하고서도 뻣뻣하고 딱딱한 몸을 만들어 완고한 자기주장을 하는 것이다. 물에 대한 자기주장을 내려놓고 힘을 빼면 특정한 영법을 모르더라도 물 위에서 유영할 수 있다. 물과 자신을 구분하고 있는 피부막은 그것이 유한함에도 물과 자신을 확실히 구분 짓는 절대적 무한성의 근거가 된다고 생각한다.

깃발을 꽂고 성을 만들어 담을 쌓을수록 자신의 목을 스스로 죄는 형국처럼 자유롭지 못하고 불안하기만 하다. 더욱 높이 성을 쌓고 더욱 단단한 담을 만들어야 할 것 같은 생각이 든다. 더 나아가 그곳에다 '자신의 완성'이라는 명패를 붙이기도 한다. 원래부터 이 자리가 자신의 자리임을 표시하고 싶은 것이다. 그러나, 화려하고 그럴싸한 외관의 명패는 비바람이 불면 금방이라도 떨어져 나뒹굴 것처럼 헐겁게 걸려 있다.

'언제'인지는 전혀 기억나지 않지만 나는 '원래'부터 존재한 것 같다. 탄생을 기억하지 못하는 것은 탄생의 고통을 잊게 하는 것과 동시에 죽음의 순간을 상상하지 못하게 하는 것을 수반한다. 그래서 탄생을 알지 못하듯 죽음도 알 수가 없다는 식이다. 무수한 탄생과 죽음 중 하나가 아니라, 지금 이토록 생생한 나는 마치 이 세상이 시작됨과 동시에 있었던 것 같다. 따라서, 세계가 종식되는 날까지 영원히 운명을 같이 할 것 같다. 불가능을 꿈꾸기 위해서는 지속적인 자기 최면이 필요하다.

나는 그런 사람이 아니다

'그 사람은…… 내 자식은…… 나는…… 그런 일을 할 사람이 아니다. 그런 사람이 아니다' 같은 말을 흔히 쓴다. 사회적 지위가 높고 덕망 있다고 알려진 사람이 성추행을 일삼다 어느 날 들통이 난다거나, 부모 말에 한 번도 거역한 적 없고 늘 고분고분한 자식이 일탈행위를 하고 발각되는 경우, 머릿속에 그려 놓은 그 사람에 대한 상에 부합하지 않으므로 진위 여부를 가리기 전에 일단 믿지 않으려 든다. 겉으로 드러난 것, 나에게 보여 준 것이 다가 아니라는 것을 생각하지 못하는 것이다.

그 사람과 오랫동안 가까이 지냈다고 하더라도 그 사람을 잘 안다고 생각하는 것은 추론일 뿐이고 그 추론에 믿음을 더하는 것은 자기 자신이다. 믿음이 깨어지는 경우 충격을 받는 이유는 그 사람이 나의 믿음과 부합하지 않아서이기도 하지만 나의 믿음이 손상을 입었기 때문이기도 하다. 믿음을 더하지 않았다면 추론을 수정하면 그만인데, 믿음은 수정이 안 되고 일단 깨어져야 한다. 마음에 금이 가는 것을 감수하기란 쉽지 않다.

여러 가지 다른 배치에 따라서 다른 성향이 나타날 수 있다. 반상회에서 만난 사람, 고객으로 만난 사람, 친구로 만난 사람들에게 모두 같은 모습을 보여 주기는 힘들다. 각 배치마다 나의 모습 중 일부가 출현하는데, 그것은 고도로 계획된 작업이라기보다 각 배치마다 자연스럽게 이루어지는 경우가 많다. 결국 배치가 사람을 만들고 그렇게 만들어진 사람의 성향은 유동적이고 잠재적이라고 할 수 있다. 어떤 모임에서는 말 한마디 없는 사람도 다른 만남의 자리에서는 활발한 달변가가 되기도 한다. 평소에는 조용하다 자기가 좋아하거나 아는 것이 많은 분야가 화제에 오르면 갑자기 말이 많아질 수도 있다. 아니면, 어떤 분야에 대한 하소연을 할 때만 말이 많아지는 경우도 있다. 공적인 자리에서 말을 많이 하는 사람이 집에 오면 조용해지는 경우도 있다. 어렸을 때는 조용한 성격이었다가 다양한 사람들을 접하면서 말수가 많아진 사람도 있다. 결국 한 사람의 외향/내향 성향만 보더라도 일정한 관찰자가 본 확률적 성향으로 판단하게 되는 경우가 많다.

약간의 권력이 주어지면 자신도 모르게 그 권력을 다 활용하는 일반적인 경우만 보더라도 자신에게 주어진 권력을 일부러 내어놓고 포기하는 사람은 드물 것이다. 따라서 성향이란 어떻게 보면 의외의 행동에서 나타나게 된다. 상사의 갑질에 고충을 심하게 겪었어도 부하에게는 너그러울 수 있는 사람처럼 때로는 배치와 상관없는, 혹은 배치를 거스르는 행동에서 특이성이 출현하게 된다.

반대의 경우도 있다. 특이성을 만들기 위해 배치를 바꾸는 것이다. 오랜 직장 생활로 번아웃의 지경에 이른 사람이 회사를 그만두고 생경한 외지를 여행하는 것이나, 수십 년 동안 한 가지 목표만을 위해 달려 온 사람이 그 목표에 의문을 품고 전혀 다른 공간을 찾아 나서는 것처럼 배치의 전환 자체가 특이성을 생성하기도 한다.

그러나, 윤리적 일탈이 아닌 개성으로서의 특이성이 발현되려면 많은 위험을 감수해야 하는 것처럼 느낄 때가 많다. 될 수 있으면 남들 눈에 띄지 않게, 튀지 않게 하려고 외모도 행동거지도 생각도 그저 '보통'으로 조절한다. 그 '보통'의 기준선이 엄격할수록 더 많은 강박적인 조심성이 필요하고, 여유가 있을수록 운신의 폭이 넓어진다. '나는 남에게 빚지고 사는 사람이 아니다', '남에게 듣기 싫은 소리를 하는 사람이 아니다', '먼저 다가가는 사람이 아니다' 등등 자신에게도 허락하지 않고, 남들이 하는 것도 마땅치 않은 명제 속에는 사실 자신의 욕망이 숨어 있다. 그리고 그렇게 설정한 명제의 기준선이 엄격할수록 자괴감에 빠질 수 있다. 경우에 따라서는 상황이 어려우면 다른 사람에게 빚을 질 수도 있고, 어쩔 수 없이 싫은 소리를 해야 할 수도 있고, 내키지 않아도 먼저 다가가야 할 때도 있다. 그 모든 것을 할 수 있는 내가 단지 하기 싫다는 이유로 나라는 인간의 기준선을 설정하면 경계 밖을 벗어난 상황을 더욱 용납하기 힘들게 된다.

누구나 정도의 차이만 있지 상황에 따라서 규정 이상의 많은 것을 할 수 있다. 단지 하기 싫어서 최대한 미루는 것이고 끝까지 미룰 수 있다면 좋을 뿐이다. 하기 싫은 일은 수십 년을 해도 수박 겉핥기식이라 실력이 늘지 않는다. 무의식중에라도 그 일은 내가 해야 할 일이 아니라고 생각하는 것이다. 그리고, 누구나 나를 위시로 한 주변 상황의 판도를 바꿀 수도 있다. 단지 다른 사람이 정해 놓은 기준선에 거의 일치하는 나의 기준선을 수정하는 것에 대한 위험 부담이 있을 뿐이다. 즉, 그 위험 부담을 감수하고 싶지 않을 뿐이다.

그렇다면 스스로에게 쳐놓은 가두리 안에서 평생 기거하는 삶은 행복할까. 그 가두리가 엄격할수록 더 안정감 있을까. 그렇게 설정한 가두리 틀 안에서 성형된 내가 진짜 나일까. 이러나저러나 '나'라는 게 있기나 한 걸까. 생각할수록 내가 불분명하고 불확정하다면 도대체 어디서 내가 드러나는 것일까. 오래 전에 잠시 들었던 듯한, 너무 오래 묵혀 둔 질문을 무엇으로 고이 덮어 놓았을까. 정말로 감쪽같이 잘 덮어진 게 맞을까. 질문을 무시하는 방법으로 애먼 해결책과 핑계를 들이대지는 않았을까. 자신을 살펴보는 일은 막연해 보이지만 의외로 쉬울 수도 있다. 누구나 한 번쯤 들었을 법한 소중한 질문들이 시간이 흐르면서 어떤 모습으로 지내고 있는지 살펴보는 일과 비슷하다.

7장

혹시 나 때문은 아닌지

—단절과 자책을 넘어

—

엄마는 마치 나의 말을 듣기라도 한 것처럼 이제 작은 목소리로 무슨 말인가를 중얼거릴 뿐, 더 이상 큰 몸놀림 없이 비교적 조용해졌다. 나는 내가 흘린 눈물이 엄마에게 전해졌을 거라고, 엄마가 피부로 내 눈물을 알아챘을 거라고 막무가내로 생각했다. 그렇게 생각해야 혼을 쏙 빼 놓는, 어지럼병 같은 사건 속에서 정신을 가다듬을 수 있을 것 같았다.

엄마는 이제 중얼거림도 멈춘 채 예의 그 설핏한 수면 속으로 접어들고 있었다. 의료진 중 아무도 투여한 약물에 대한 반응 정도를 말해 주지는 않았지만, 아까보다 조금 깊은 잠을 자는 것 같은 엄마의 모습을 보니 진정제가 조금씩 효과를 보이는 것 같았다. 하루가 일 년 같다는 것이 바로 이런 경우를 두고 하는 말인 줄 그제야 알게 되었다. 휴대폰에는 여러 차례 무시했던 부재중 전화가 와 있었다. 아버지와 동생, 남편, 딸……. 늦은 밤이었지만 결코 잠들 수 없는 사람들에게 일일이 전화를 걸어 상황을 알려야 했다. 무슨 말을 하고 무슨 말을 뺄까……. 기력이 다 떨어지기 전에 최대한 간단하고 짧게 설명할 말을 줄이려는 머릿속 노력이 더 버거웠다.

'신경과에서 할 수 있는 검사를 다 했지만, 이상을 발견하지 못해서 정신과로 넘겨졌는데, 정신과에서는 일반 병실에 입원할 수 없는 상태라 폐쇄병동에 들어가야 하는데 자리가 없어서 간호사실 옆에서 임시로 정신과 의사가 처방한 약물을 투여받고 있다'라는 설명을 겨우겨우 이어서 전했다. 아버지는 내일 아침 첫차를 타고 바로 올라오겠다고 했고, 동생은 내일 근무를 마치고 병원에 오겠다고 했다. 남편에게는 병원에 오지 말고 아이를 잘 돌보고 있으라고 전했으나 대답하는 걸로 봐서 말을 들을 것 같지 않았다. 전화로 전하는 말은 표정을 볼 수 없으니 말투와 억양, 뉘앙스까지 살펴서 미루어 짐작하는 수밖에 없었다. 내용도 조금씩 다를 수 있고, 같은 내용이라도 상황에 따라 다른 뜻을 전하기도 하기 때문이었다.

그런데 엄마에게 안부 전화를 할 때는 늘 한결같았다. 한결같이 비슷한 내용에 비슷한 말투였다. 마치 같은 말을 살짝씩만 바꿔서 계속 반복하는 것 같았다. 내용의 절반은 아버지에 대한 불만을 토로하는 하소연이었고, 나머지 절반은 먹는 것에 관한 것이었다. 아버지에 대한 불만은 새로운 사건이 있을 때마다 이전 사건을 밀어내고 계속해서 이어졌다. 일정 기간 동안 새로운 사건이 없으면 이미 말했던 내용을 처음 말하는 것처럼 전하기도 했다. 먹는 것에 관한 이야기는 어느 시장에 가서, 혹은 어느 밭에서 어떤 재료를 구해서 어떻게 다듬고 조리해서, 얼마 동안 어떻게 먹었는지 마치 그림을 그리듯이 지나치다 싶을 정도로 자세하게 설명했다. 혹은 어떤 식당에서 외식을 했을 때는 시간과 같이 간 사람, 그 식당의 분위기, 밥 먹으면서 했던 대화 내용까지 세세히 묘사하듯 전했다.

나는 두 내용 다 마뜩잖아했다. 그런 내용들을 꼼꼼하게 전달하느라 정작 딸에게서 온 전화에 딸과 사위, 손주는 어떻게 지내는지 묻지 않을 때가 많았고, 물을 때도 '별일 없지?'라는 짧고 급한 말로 간단하게 넘어가기 일쑤였다. 가끔 '그러니까 엄마는 먹는 것과 아버지와의 관계가 인생의 전부인 거구만'이라는 말이 목구멍까지 올라오기도 했다. 만성 위무력증으로 먹는 것에 흥미를 못 느끼는, 음식을 보면 맛보다 소화가 잘되는지를 먼저 생각해야 하는 자식에게 그렇게까지 매번 먹는 얘기를 해야 하나 싶기도 했다. 말하자면 엄마는 나에게 일방적으로 본인이 하고 싶은 말만 계속해 왔던 셈이었다. 그러다 일이 년 전쯤, 십수 년 동안 같은 말만 하는 엄마에게 이제 그만하시라고, 아버지와의 문제는 이제 좀 알아서 하시라고 단호하게 잘라 말한 적이 있었다.

내 생일이었던 어느 날, 작은 생일상을 차려 놓고 소박한 파티를 하려고 준비하고 있었는데 엄마에게서 전화가 와서 반가운 마음으로 받은 적이 있었다. 그런데 엄마는 그날이 큰딸의 생일인 것도 기억하지 못했고, 다른 용건에만 온통 마음을 두고 있었다. 사고 싶은 물건을 아버지가 사지 못하게 해서 속상하다며 네가 아버지한테 잘 말해 주면 안 되냐고 울먹거렸다. 섭섭함을 무릅쓰고 아버지에게 부탁했는데 아버지는 네가 참견할 문제가 아니라며 단호하게 응수했다. 맞는 말이었다. 엉망이 된 기분과 분위기에 생일 파티는 시작도 못하고 끝나 버렸다. 그 이후의 사연은 잘 모르지만 결국 엄마는 원하는 물건을 장만했고 전화할 때마다 그 물건을 들여놓는 데 많은 어려움을 준 아버지에 대한 불만을 되풀이해 말했다. 불만이 있으면 당사자한테 직접 말을 해야지 왜 애먼 사람을 붙들고 그러냐고, 이제 나한테 그만하시고 당사자끼리 해결하시라고, 나는 중간에서 할 수 있는 일이 없다고 화를 꾹꾹 누르면서 최대한 건조한 어투로 엄마의 말을 끊었다.

그 후로 엄마의 하소연은 동생에게로 옮겨졌다. 맞벌이하면서 늦게 낳은 아이를 키우느라 심신이 피곤한 동생은 퇴근하고 집에 오면 전화를 잘 받지 못할 때가 많았다. 어쩌다 통화가 되면 엄마의 하소연이 너무 길게 이어져 꾸벅꾸벅 졸면서 들을 때도 있다고 했다. 나의 결심은 의도와는 전혀 다른 곳으로 흘러갔고, 약간의 죄책감을 남기기도 했다. 하소연할 데 없는 엄마의 답답한 마음을 받아주지 못하고 출구 하나를 막아 버린 게 아닌가 하는 불편함이 껄끄럽게 남아 있었다. 한바탕 감정을 섞어 가며 미주알고주알 다 말해 버리고 나면 조금이라도 답답함이 덜어져야 하는데 엄마에게서는 그런 모습이 안 보였다. 같은 내용을 매번 반복해서 듣다 보니 엄마의 답답함이 해소되는 것 같은 기분은 말할 당시뿐이라는 걸 알게 되었다. 그래서 소모스럽게 에둘러 하소연하지 말고 당사자에게 직접 따져서 죽이 되든 밥이 되든 끝장을 보시라고 말해 버렸다.

짐작한 바이지만 '당사자에게 직접 말하기'가 쉽게 됐으면 엉뚱한 곳에 하소연할 필요도 없었을 터였다. 엄마는 정반대로 말을 하지 않는 것으로 대응했다. 감정이 앞서서 말도 잘 나오지 않고, 말을 하게 되면 감정 때문에 좋은 말이 나오지 않을 것 같기도 하고, 최종적으로 이해를 받을 것 같지도 않아서 아예 입을 다무는 편이 낫다고 했다. 무척이나 오래되고 일관된 대응 방식이었다. 이제는 애써 말을 하려고 해도 잘되지 않는다고 했다. 답답증 때문에 아무리 속을 끓여도, 난제가 너무 많아 정면 돌파하지 않겠다는 마음이, 몸과 혀를 얼어붙게 한 것 같았다. 눈치도 없고, 자신이 한 일을 기억도 잘 못하는 아버지는 때때로 영문을 모른 채 엄마의 급변하는 태도를 살필 때가 많다고 했던 것도 같았다. 영문을 전혀 모르지는 않았을 테고, 설마 이제까지 늘 해왔던, 지난 몇십 년간 크게 문제없었던, 그 '별 큰일도 아닌' 일 때문에 기분이 나빠서 입을 닫은 걸까 의아했을 수는 있을 것 같았다.

소통이 잘되지 않으면 같은 일을 동시에 겪고도 각각 전혀 다른 경험의 기억을 저장하는 신기한 일이 벌어진다. 분명히 한 가지 사건에 대해 이야기하는 것 같은데 엄마의 말과 아버지의 말에 일치하는 구석이 하나도 없어서 어리둥절할 때가 더러 있었다. 현장에 없었던 제3자로서는 누구의 말을 들어야 하는지 알 수가 없어서 난감했던 기억이 한두 번이 아니었다. 한 가지 사건을 두고 펼쳐지는 두 가지 시선은 사건 자체를 전혀 다른 두 사건으로 만들어 버렸다. 그럴 때면 사건은 사실이 아니라 해석 같았다. 연장해서 생각해 보면 사실은 많은 부분이 해석으로 점철될 수도 있을 터였다. 해석의 부분까지 다 사실이라고 믿어 버리고, 그 믿음을 고조시키는 감정이 추가되면서 한 사건에 관한 이미지가 비로소 완성된다. 사건 자체는 크게 힘을 발휘하지 못하지만, 이렇듯 여러 가지 요소가 얽히고설킨 통합물인 사건의 이미지는 시간을 뛰어넘어 관여하고 지배하면서 힘을 발휘한다. 때로는 자신이 만든 피조물인 이 사건의 이미지에 스스로 예속당하기도 한다.

자신과 얽힌 문제를 스스로 해결할 수 없다고 단정한 사람의 낙심은 어떤 우여곡절을 겪을까. 엄마는 소통을 포기하면서 입을 닫아 버렸다. 입을 닫았지만 표정이나 행동까지는 어찌할 수 없는 노릇 같았다. 기억 속의 엄마는 가끔 친구나 이웃에게는 예외의 모습도 보였지만 평소 가족들에게 무표정으로 꼭 필요한 말만 하는 대체로 말수 없는 사람이었다. 잘 생각해 보면 엄마는 그렇게 내향적이거나 과묵하지만은 않았다. 새로운 이웃을 사귈 때, 손님 접대를 할 때는 활기차게 분위기를 이끌어 가며 발언을 주도하다시피 했다. 말하자면 엄마는 특정 대상에 대해 자신의 언어를 애써 안으로 삼킨 것이었다. 삼켜진 언어와 그 안에 담긴 감정은 가끔 봇물처럼 나에게로 쏟아져 나왔다. 하지만 묵혀 둔 시간과 양이 너무 많았던 건지, 아니면 제대로 된 출구가 아니어서 그랬는지 엄마의 하소연은 조금도 수그러지지 않고 길게 반복되기만 했다. 해결 불가라는 막다른 골목에서 해결되지 못한 채로 서성이는 안타까움 자체였다.

근무 조가 바뀐 간호사들이 비품을 가지러 밤낮을 가리지 않고 들락

날락했다. 진정제가 어느 정도 효과가 있는 것 같으니 손목과 발목의 밴드를 풀어달라고 요청했다. 낯익은 간호사가 들어와서 결박한 밴드를 차례로 풀어내면서 환자 옆에 꼭 붙어 있어야 한다고 강한 눈빛으로 다시 한 번 강조했다. 침상 밑에서 보호자용 간이침대를 꺼내서 누워 보았지만 좀처럼 잠이 오지 않았다. 어둑어둑한 사위를 뚫고 엄마의 코 고는 소리와 옹알이 같은 잠꼬대가 아슬아슬하게 이어졌다. 요 며칠간 일어난 일들이 너무 갑작스럽고 경황없어서 그동안 미처 느끼지 못했던 생경함이 한꺼번에 물밀듯이 밀려왔다. 낯선 공기, 낯선 조명, 낯선 소음의 무게가 바닥과 가까운 간이침대 위로 묵직하게 내려앉았다. 하지만 이 모든 생경함을 넘어서는 낯선 엄마의 모습에 비길 바는 아니었다. 분명히 엄마의 외양을 하고 있는데, 카메라 앞에서 돌변하는 배우처럼 갑자기 엄마가 아닌 행동을 하고 있었다. 눈빛과 표정과 행동 하나하나 다 이전까지 한 번도 보지 못했고, 이해도 할 수 없고, 예측도 되지 않는 것들이었다. 엄마를 잃어버린 것도 같고, 무언가에 뺏긴 것도 같았다.

그러다, 엄마가 이렇게 된 것이 내 잘못 때문인지도 모른다는 생각에 이르렀다. 갑자기 숨이 막혀 와서 가쁜 숨을 몰아쉬었다. 엄마가 안고 있는 문제를 해결하는 데 도움은 되지 못할망정 유일한 숨구멍을 막아 버린 게 아닌가 하는 생각이 들었다. 한 방향으로 경로가 정해지자 죄책감을 품은 생각은 걷잡을 수 없이 빠른 속도를 냈다. 가쁜 숨을 내쉬어 가며 따라잡으려 해봤지만 역부족이었다. 그러니까 결국, 엄마를 이렇게 만든 건…… 여러 가지 이유가 있겠지만…… 무엇보다도…… 내가 아닐까. 괴롭고 뻔하고 답 없고 소진되었지만 그래도 끝까지 엄마의 이야기를 들어 줬어야 했던 게 아닌가. 엄마의 발병이 마치 가족을 향한, 나를 향한 원망의 발로 같았다. 언어를 안으로 삼켜 버린 엄마는 언어를 제외한 모든 방식으로 자신을 표현하고 있는 것 아닌가.

가끔 엄마는 무슨 말을 하려다 말고 끄응 하며 한숨으로 마무리하며 자리를 뜨는 경우가 있었다. 생각해 보니 시간이 지날수록 그런 행동을 더 자주 볼 수 있었다. 주로 아버지와의 대화나 언쟁에서 '말해 무엇 하나. 말해도 소용없지'라고 되뇌듯이 돌아서는 경우가 많았다. 그때, 엄마는 언어가 아닌 표정과 행동으로 너무 많은 것을 말하고 있었는데, 나를 포함한 가족들이 그것을 제대로 이해하지 못한 것이 아닌가 하는 생각이 들었다. 그것은 일종의 작은 절망일 터였다. 절망이란 것은 아무리 작아도 스스로 껴안기도 두렵고, 그렇다고 어디다 쟁여 놓기도 힘들고, 마음먹고 한바탕 풀어 놓는데도 결국 다시 회수해야 하는 특성이 있다. 절망의 강도는 개인차가 있지만 일단 생성되면 절망적 상황이 변하기 전까지 제거되기 힘들다. 절망은 삭혀지지 않는다. 그래서 어떻게든 절망을 안겨 준 상황을 조금이라도 움직여 보려고 발버둥을 친다. 그렇다면 발버둥을 포기한 자의 절망은 어떻게 될까.

피로로 몸은 바닥을 뚫고 내려앉을 것만 같은데 복잡한 머릿속과 공간의 어수선함 때문에 좀처럼 잠이 오지 않았다. 내일은 어떻게든 잠깐이라도 간병인을 찾아봐야겠다는 생각을 하던 차에 설핏 잠이 들었던 것도 같다.

"미영아, 미영아, 여기 어디냐. 일어나 봐라."

세상에서 부를 수 있는 사람은 이 이름밖에 없다는 듯한, 불안하게 흔들리면서도 절박한 목소리가 나를 깨웠다. 요 며칠 귀에 인이 박이도록 들었던 '미영아'는 이름이 불리는 사람이 어떻든 전혀 상관없이 오로지 부르는 사람을 위한 부름이었다. 마치 나는 엄마에게 부름을 받으려고 있는 존재 같았다. 궁금할 때, 답답할 때, 아플 때, 불안할 때마다 답을 줄 수 있는 사람으로서가 아니라 단지 부를 수 있는 사람으로서 필요한 존재 같았다.

"엄마, 정신이 좀 드셔? 어제 일 기억 안 나?"

"어제? 무슨……."

엄마는 절대로 알 수 없는 질문을 받은 사람처럼 의아해했다. 어제 있었던 일들을 간략하게 얘기하자, 아니나 다를까 전혀 믿을 수 없다는 표정을 하고 하나도 믿지 않는 눈치였다. 엄마가 왜 나를 자꾸 부르는지, 왜 나에게 물어보는 건지 알 수 없었다. 어차피 아무 말도 믿지 않고, 어떤 희망의 말도 철벽을 치며 튕겨 낼 거면서. 그러면서 궁금증은 계속 이어졌다.

"왜 내가 이러고 있냐. 여기는 어디냐…… 병원에 온 것까지는 기억이 나는데……."

엄마는 방금 전 다 들은 내용을 다시 묻고 있었다. 그때, 나는 엄마가 자신의 궁금증에 대해 누군가의 이해할 만한 답을 원하는 게 아니라는 것을 알았다. 엄마의 질문은 일종의 독백과도 같았다. '여기가 어딘지, 내가 왜 이러고 있는지 모르겠다. 정말 기억이 하나도 안 난다. 그리고, 기억나지 않는 것은 영원한 미궁일 수밖에 없다. 내 기억만이 진실이다'라는 말을 질문의 형식을 빌려 하고 있었다. 나는 그제야 엄마의 끊임없는 물음을 이해할 수 있었다. 답을 찾으려 하지 않는 질문은 한탄과 넋두리일 것이다. 자신도 잘 모르겠으니 다른 사람이 알 수도 없는 노릇이라 어느 곳에도 귀를 기울이지 않는다. 사방이 벽으로 막혀 있고, 자신조차 자신을 가두는 데 일조한다. 입구를 만들어 놓고 출구를 폐쇄해 버린 셈이다.

엄마가 나에게 하소연할 때마다 이렇게 저렇게 해 보라고 여러 차례 방법을 얘기했던 것도 같았다. 그럴 때마다 돌아오는 것은 '그게 그렇게 말같이 잘 되는 일이냐'는 핀잔과 한숨이었다. 대사를 외우듯이 꼼꼼한 응수 방법으로 대비하고 있어도 막상 그 상황이 되면 입이 떨어지지 않는다고 했다. 방법의 적확성이나 입심 같은 것을 넘어서는 거듭된 좌절은 결국 무기력을 체화시키는 것일까. 엄마에게 상처를 주고 마음고생을 시킨 사람들에 대한 엄마의 주장은 한결같았다. '사람'이면 그렇게 말하거나 행동해서는 안 된다는 거였다. 표현만 다를 뿐이지 대체로 비슷한 뉘앙스였다. '사람이 돼 가지구 어찌 그러냐', '으…… 그건 사람이 할 짓이 아니지', '사람 된 도리를 해야 하는 것 아니냐' 같은 말이었다. 엄마가 말하는 ‘사람’은 엄마를 포함한 모든 사람이 지켜야 할 표본 같은 것으로 짐작할 수 있었지만, 자식인 나로서도 엄마가 말하는 그 ‘사람’이라는 말의 뜻을 잘 이해할 수 없었다. 더군다나 엄마는 자식에게 가르침을 주려고 사람이 해야 할 도리에 대해 구체적으로 얘기한 적도 없었다.

“미영아, 이명 때문에 왔는데…… 병원에…….”

엄마는 예의 그 혼돈스러운 눈빛을 두리번거리며 환자복과 사방이 막힌 실내를 번갈아 쳐다보았다. 내 이름을 여러 번 불렀지만 한 번도 나와 눈을 마주치지 않았다.

“엄마, 기억 안 나도 괜찮아. 내가 기억하고 있으니까 괜찮아. 아파서 기억 안 나는 거야. 힘든데 좀 쉬셔.”

엄마는 내 말을 듣지 못했다는 듯이 별 반응이 없었지만 불안한 눈빛은 약간 풀어지는 것 같았다. 그 눈빛에서 발견한, 미약한 희망 때문에라도 듣지 않아도 대답해야 하고, 번번이 부정해도 계속 설명해야 했다. 벽에 부딪히는 것같이 숨이 턱턱 막히는 대화지만 계속해서 이어가야 조금이라도 안정의 기미를 발견할 수 있었다. 너무 미세해서 자세히 들여다보지 않으면 잘 알 수 없을 만큼 아주 조금씩.

—분열증과 마음의 호소

깊은 산속에서, 혹은 항해 중에 위급 상황을 만나 길을 잃으면 조난 신호를 보내듯이, 마음이 짓눌릴 때도 언어적·비언어적 신호를 보내며 호소한다. 암호같이 불분명한 신호를 보내기도 하지만 언어를 통한 세밀한 호소를 하기도 한다. 구조를 요청하지 않는 호소도 있다. 언어적으로 자기 마음 안에서 일어나는 감정을 있는 그대로 사건과 함께 직설하지만 듣는 사람의 입장에서는 그 표현 안에 깃든 편향을 잘 알지 못한다. 대부분 중심을 잡지 못하고 한쪽으로 기울어져 있거나 갈피를 잡지 못하고 수시로 시소처럼 움직이기도 한다. 균형이 깨진 마음은 어떤 식으로든 고통스럽다. 그리고 그 마음 안에는 서로 상반되는 감정이 동시에 자리를 잡고 충돌하면서 모순을 일으킨다. 미워하지만 버릴 수 없고, 애정하지만 안을 수 없다. 어느 한쪽을 선택한다 해도 결코 성공적이지 못할 것 같아서 해결할 수 없는 문제라고 생각해 버린다.

자신의 주변을 둘러싼, 사람을 비롯한 모든 환경이 자신이 원하는 대로 변하지 않으면 해결 불가능하다는 결론을 전제한 호소는 그 호소의 대상이 누구든 상관없이 공허한 메아리처럼 흩어져 버리기 쉽다. 수신음을 기다리지 않는 발신음인 것이다. 심지어 공감을 위해 건네는 말을 이해하지 못하기도 한다. 세상 누구도 지금 자신이 겪는 고통을 알 수도 없고, 느낄 수도 없다면서. 내면의 불확실성과 예측 불가능성을 감추고자 딱딱한 외피를 만들고 이상적 자아의 상을 추구하면서 마음의 웅얼거림을 덮어 버리고 싶어 한다. 수용할 수 없는 것이라 단정하고 도망하지만 정작 두려움은 사라지지 않고, 도망하는 자아와 불안정한 자아가 불협화음을 낸다.

외부에서 구조의 손길을 찾지 않는 호소는 어쩌면 반쪽짜리 솔직함인지도 모른다. 계기나 발판, 동기 등의 재료들은 외부에서 찾을 수 있을지 몰라도 결정적인 변화의 동력을 자기 안으로 끌어올 수 있는 사람은 자신밖에 없다는 것을 무의식적으로 알고 있기 때문일 수도 있다. 주변의 도움이 제대로 역할을 하려면 도움받을 준비가 되어야 하는 것 또한 알고 있기 때문일 수도 있다. 그러다 불확실성을 감춘다는 명목으로 꾸준히 쌓아 올린 철벽이 너무 완고해지면 스스로 만든 깊은 벙커에서 헤어나오기 힘들 수도 있다. 머리로는 다 맞는 말인 걸 아는데 애처로운 마음은 받아들일 여분의 공간을 찾지 못한 채 발만 동동 구른다. 치우친 자아의 조각들이 이곳저곳에 눌어붙어서 완고하고 끈질기게 자기주장을 하느라 한 시도 평안할 날이 없다.

이렇듯 '갇힌 호소'는 한바탕 쏟아 놓고 나면 후련해지는 여타의 호소들과 달리 아무리 반복해도 일시적일 뿐 답답함이 가시지 않는다. 호소 속의 인물은 기승전결이 있는 이야기의 굴곡을 겪는 인물이 아니라 언제나 같은 처지에 있는 일관된 이야기의 전형적 캐릭터로 묘사된다. 그리고 모든 궁금증은 다 외부로 향해 있고, 대개는 질문이 아니라 의문에서 멈춘다. 질문은 답을 찾으려는 의도를 포함하고 있지만 의문은, 때로 이미 내린 결론의 반어적 표현이기도 하다. '네가 나에게 뭘 해줄 수 있을 것 같아?'가 '네가 나에게 뭘 해줄 수 있지?'라는 순수한 물음이 아니라, '너는 나에게 아무것도 해줄 수 없다'를 의미한다면 '네가 나에게 뭐라도 해줬으면 좋겠어'로 진행되기가 쉽지 않다. 자신의 가능성을 의심하면서 흔들림이 시작된 이유로 인해 다른 사람의 가능성을 온전히 믿기가 어려운 것이다.

사실 모든 의심과 의문은 시각적으로 획득할 수 있는 정보인 외부 세계에 대한 의심이라기보다 자기 존재의 명증성에 대한 의심으로 출발했다고 할 수 있다. 내가 아는 나는 보고 듣고 감각하는 내가 맞는지, 감각이 존재에 대한 명확성을 얼마나 높일 수 있는지, 만일 잘못 감각한다면 감각하는 나는 명확하지 않은 나일 수 있고, 쉽게 부서질 수 있는 것 아닌지에 대한 의심으로 나아간다. 정확히는 자신의 존재에 대한 의심으로까지 나아가지 않기 위한 반대급부의 몸부림이다. 근원적으로는 결코 명확하거나 안정적이지 않지만 개념 안에서 명확성을 상정하고, 그렇게 상정된 자신을 보존하기 위해서 문제의 원인을 외부로 돌린다. 상정된 나는 어떻게든 보존되고 유지되어야 하고, 그것은 거역할 수 없는 생존의 명령과도 같다. 지켜야 할 것이 명확할수록 의심의 촉수가 발달하는 것처럼 외부 현상은 언제든지 자신을 흩뜨릴 수 있는 위협 요소가 된다.

해답을 찾지 않는 호소는 마치 아무도 모르는 위험한 진실을 혼자 목격한 사람이 그 진실이 알려질까 두려워 과도하게 진실과 더 반대로 행동하는 경우와도 비슷하다. 진실을 암시하고는 있지만 결코 그것만으로는 진실을 알 수 없는 이상한 발신음으로 오히려 진실을 호도하고 분산시킨다. 그러면서 자신도 그 진실을 받아들이지 않게 되는 데까지 이르고자 하는 목적을 감추고 있다. 게다가 이 모든 것이 모순적일 수밖에 없다는 직감까지 끌어안아야 한다. 아무도 모르게 세상의 어두운 짐을 혼자 짊어질 수밖에 없는 것처럼 벅차고 힘든 일이다.

__순수한 감정은 없다

아픔은 폭력에서 오는 고통이다. 여기서 폭력은 물리적 폭력만을 말하는 것이 아니라 조절 불가능한 유무형의 강제력 전체를 아우른다. 물론 어떤 목적을 위해 고통을 겪고자 의도적으로 가하는 폭력은 일정 부분 조절이 가능할 수도 있다. 이런 예외적인 경우를 제외하고는 아픔으로 고통받는 일이 생기면 일단 원인부터 찾게 된다. 갑자기 병에 걸렸다거나 부지불식 간에 상처가 생겼다거나 하는 신체의 아픔뿐 아니라 마음의 아픔도 마찬가지이다. 원인을 찾는 이유는 어떻게든 치유를 하기 위해서이고, 이후에 같은 아픔을 겪지 않기 위한 대비책으로서의 역할을 하기 때문일 것이다.

그러나, 원인을 잘못 파악한 조치는 효과적이지 못할 뿐 아니라, 때로는 위해적이다. 지속적으로 누군가를 괴롭히면서 '외부의' 폭력을 휘두르는 사람은 분명 고통에 대한 외부적 원인이다. 그러나 모든 폭력에는 여러 가지 변수가 작용한다. 폭력의 의도성, 배치로서의 폭력 관계, 표현에 의한 강도, 의사소통 문제, 반응의 정도 등에 따라 다르게 나타날 수 있다. 나쁜 의도가 없었지만 습관적으로 무심코 던진 말 한마디나 사소한 행동이 경우에 따라서는 다른 사람의 온 감정을 흔들어 놓기도 한다. 또, 정리해고 대상을 선정해야 하는 위치에 있는 사람의 행동같이 주체와 대상이 불분명한 폭력도 다양하게 발생할 수 있다. 표현의 상대성과 다양성의 문제로 들어가면 더 복잡하고 세밀한 경우의 수가 생긴다.

그래서, 이렇게 다양한 폭력의 상황을 어떻게 판단하느냐에 따라 각기 다른 감정의 양상이 나타날 수 있고, 그 판단은 많은 변수를 포함하기 때문에 불안정할 수밖에 없다. 네덜란드의 철학자 스피노자는 감정의 기원과 본성에 관한 글에서 감정을 일으키는 판단의 불안정성을 간파하고 있다. 인간은 자주 오직 감정에 의해서만 사물과 현상을 판단한다는 것이다. 스피노자는 기쁨 또는 슬픔을 가져오는 것으로 믿음에 따라 실현되거나 배제하려고 노력하는 사물이 종종 상상적인 것에 불과하다고 하면서, 이런 것들을 고려할 때 인간은 종종 스스로가 기쁨 또는 슬픔의 원인이 될 수 있다고 말한다. 인간이 기쁨 또는 슬픔의 감정으로 자극받아 변화되면서 그 원인으로 자기 자신의 관념을 수반하는 것을 보면 여기서 말하는 '자기 원인'을 쉽게 파악할 수 있다. 더욱이 이러한 감정들은 순수하고 자유롭다고 스스로 믿기 때문에 더욱 강렬해진다고 말한다.

감정은 그것을 일으키는 관념과 그 관념에 작용하는 다양한 변수가 얽혀 있는 복잡 미묘한 통합체인데 단지 자신에게서 일어나는 감정의 즉시적인 발현만을 가지고, 감정 자체의 독자성과 고유성이 존재하며 그 자체로서 순수하다고 믿는다는 것이다. 그래서 슬픔의 감정을 유발하는 폭력과 같은 상황을 일면적으로 받아들이면 강렬한 감정만이 용솟음치지만, 그것에 얽혀 있는 다면적인 복잡성을 감지하게 되면 엄청난 사유 속으로 빠져들게 된다. 슬픔은 사유, 즉 정신적 활동 능력의 감소 혹은 억제인 것이다.

감정의 독자성과 순수성에 대한 믿음은 다시 그 감정을 북돋우는 관념과 한 몸이 되어 서로를 강화시킨다. 감정의 '되먹임 효과'같이 한번 자리를 잡은 나쁜 감정은 스피노자가 말한 대로 그 원인을 자신에게서 찾으면 후회와 자책이, 외부에서 찾으면 원망과 증오가 파생되기도 한다. 이렇듯 감정이란 어쩔 수 없이 불안정하지만, 스피노자는 기쁨과 슬픔의 경우에 그 방향성이 다르다고 말한다. 기쁨은 보다 작은 완전성에서 큰 완전성으로 향하지만 슬픔은 반대로 큰 완전성에서 작은 완전성으로 향한다는 것이다. 기쁨이 슬픔과는 다른 방향성을 가지지만 그렇다고 기쁨이 완전성은 아니며, 둘 다 이행의 과정에 속한다. 그래서 완전성의 기준으로 보자면 슬픔은 결핍에 가깝고 기쁨은 그 반대가 된다.

이는 우리가 느끼는 기쁨의 강도가 크면 클수록 충일함을 동시에 느끼고, 반대로 슬픔의 강도가 크면 클수록 공허감을 같이 느끼는 이유일 수도 있을 것이다. 슬픔을 비롯해 거기서 파생된 감정들이 스스로를 지속적으로 축소시킨다면 자신의 존재에 대해 의심이 들 정도로 그 명증성을 끊임없이 의심하고, 자신의 존재가 축소되어 소멸해 버릴까 봐 끊임없이 위협을 느끼며 공포와 불안을 겪게 될 수 있다. 결핍으로 인해 축소된 나는 마치 좁은 공간에 갇힌 것 같은 협소한 시야로 주변에서 일어나는 사소한 움직임에 크게 영향을 받기도 한다. 즉, 주변에서 발견할 수 있는 다양한 기호들을 모두 부정적으로 판단한다. 그리고 그 부정적인 판단은 부정적인 감정을 더욱 증폭시킨다.

불안정할 수밖에 없는 인간의 사유는 끊임없는 의심을 도구 삼아 지속적으로 타진하고 적용하고 재구성하는 과정을 거친다. 그리고 그 과정에는 모든 감각이 동원된다. 예민하게 촉수를 가다듬고 온 감각을 뾰족하게 만들어서 의심의 사잇길을 더듬어 간다. 그러면서 자신의 사유 행로가 정확하고 올바른지에 대한 최종적 판단을 유보하는 대신, 과정상의 잠재적 결론들을 발판 삼아 계속해서 이동한다. 마치 '지도 그리기'처럼 추상적이고 불명확한 공간 속에서 높이와 거리의 실측선들을 찾아내고, 연결하고, 수정하기를 반복한다.

그러나 관념이 대거 관여하는 감정에서는 다른 양상을 보인다. 관념과 감정의 내연 관계와 그 안에서 파생된 다양한 감정의 연결고리가 얽혀 있는 치정극에서는 순간순간 분출되는 것들을 순수한 감정이라는 미명하에 너무 쉽게 진실이라고 믿어 버리는 경향이 있다. 그리고 부정적인 감정의 경우 즉각적으로 대상을 지정해 단죄하는 것이 정의라고 믿기도 한다. 그러한 믿음은 때로 부추기고, 속이고, 편향시키고, 축소시키는 감정에 대한 관념의 조작을 감쪽같이 은폐하기도 한다.

이렇게 보면 폭력은 위험일 수도 있지만 기회일 수도 있다. 욕망에 반하는 강제력과 외압은 일상생활 도처에 널려 있고, 우리는 하루 중에도 여러 차례 크고 작은 폭력을 만난다. 다양한 배치의 지점에서 갖가지 모습으로 발생하는 폭력에 대해 주어진 고정적 관념으로 일관 대응하는 것이 바로 감정적 대응이다. 그와는 달리 완전성을 축소시키는 감정의 원인을 찾아내려는 사유가 발생할 수도 있다. 나에게서뿐 아니라 상대에게서 감정이 그것을 지배하는 관념과 어떤 식으로 서로 관계 맺고 있는지 생각해 내는 것은 쉬운 일이 아니다. 생각이 꼬리에 꼬리를 물고 자가 증식할 수도 있다. 그러다 보면 사람은 모두 하나의 복잡계이고 그 복잡계와 복잡계가 다양한 방식으로 연결될수록 더 많은 경우의 수를 생산한다는 것을 발견한다. 짧은 순간에도 여러 가지 복잡한 마음이 맞물리며 서로 반목과 화해를 교차하기도 하고, 시시각각 변하기도 하는데, 거기에다 너무 손쉬운 단정의 이름표를 붙일 수 없다는 것을 알게 된다.

— 원인과 결과의 사잇길

불교에서는 모든 고통과 두려움은 무지에서 온다고 한다. 무엇을 모르기 때문에 고통받는 것일까. 잘 알지 못하고, 잘못 생각함으로 인해 인식상의 근본 오류에 빠져 고통받는다는 것이다. 인식상의 오류는 크게 두 가지로 구분되는데 첫째, 세상 만물이 실체를 가지고 있다는 것과 둘째, 세상에 있는 모든 존재는 개별적이고 그 실체가 변하지 않는다고 생각하는 것이다. 고정된 실체로서의 아트만(자아)을 인정하지 않는 불교는 '나'도 끊임없이 변화하고 흩어지고 모이는 임시방편의 '상태'로 본다. '나'라는 존재가 이러할진대 내가 느끼는 감정은 더 말할 나위도 없다. 불교적 입장에서 보자면 부정적 감정은 이합집산의 소용돌이 속에서 끓어오르는 불안정성 자체일 수 있다.

실체를 가지고 있지 않으므로 개별적일 수도 없다. 즉, 세상의 모든 존재는 개별적 존재의 집합이 아니고 서로 연결되어 있는 '상태'이다. 이를 '연기(緣起)'라고 하는데 연기는 모든 현상이 원인과 조건에 의하여 생겨나고 사라짐을 가리킨다. 즉, 나(자아)는 얽히고

설킨 연기의 조건 속에서 잠시 발생하는 것일 뿐이다. 여기서 자신의 실체 없음을 '무아(無我)'라고 하고 세상의 실체 없음을 '무상(無相)'이라고 한다. 고정된 실체가 없다는 것은 어찌 보면 있는 것도 없는 것도 아닌데, 실체는 없으나 작용(상태의 움직임)이 있어서 마치 실체가 있는 양 착각에 빠진다. 이렇듯 실체가 없는 것을 오해해 움켜쥐려 할 때 집착이 생기고 고통을 겪게 된다는 것이다.

실체에 대한 관념은 영원성을 담보로 하고 있다. 그래야만 생성과 소멸이라는 필연적인 변화 속에서 절대로 변하지 않는 존재를 생각해 낼 수 있기 때문이다. 반대로 영원성에 대한 집착이 실체에 대한 착각으로 영향을 주기도 한다. 중국 한나라 시대의 민요에는 백 년도 못 살면서 천 년을 살 것처럼 걱정하는 것이 바로 인간이라는 구절이 있다. 크고 작은 걱정거리들 속에 파묻혀 정작 매 순간 자각해야 할 유한성에 대해서는 쉽게 잊어버린다. 어찌 보면 유한성에 대한 두려움을 잊고자 크고 작은 주변사에 스스로 생각을 던지는지도 모른다. 우주의 시간에 비하면 인간 수명은 찰나에 불과한데 오늘 하루가 내일로 이어지는 것이 습관처럼 반복되다 보면 이러한 연속성이 영원에까지 이를 것처럼 행동하게 된다.

기억과 습관은 이렇듯 유한한 상태의 유지를 위한 최소한의 장치인데, 오히려 과거의 기억에 집착하면 현재 상태의 유지를 원활하게 하지 못하는 결과를 낳는다. 생리적 시간은 자연의 섭리에 맞춰 흘러가는데 관념적 시간은 과거나 미래 어디쯤에 고정되어 자연스럽게 흘러가지 못하고 불협화음을 내는 것이다. 그리고 그 불협화음의 결과가 부정적 감정으로 이어진다. 같은 행동을 하더라도 상황과 표현 방식 등에서 미세하게나마 차이를 보이는 현재의 '너'의 행동이 자꾸만 과거에 바로 그 행동으로 인한 나의 감정을 불러일으킨다. 순식간에 과거로 다시 끌고 가서 그 감정을 현재로 소환하게 만드는 것은 내가 아니라 너의 그 비슷한, 혹은 연상되는 행동이라고 하면서. 하지만 현재의 '그' 문제의 행동을 하는 너는 과거의 행적과 연관성을 찾지 못하고 어리둥절해한다. 그저 현재의 행동을 했을 뿐이라면서.

기쁨의 경우도 마찬가지이다. 벅찬 행복감과 만족감을 느끼는 순간, 현재의 기쁨에 온전히 스며들지 못하고 알지 못하는 미래 어디쯤을 방황하면서 불안을 겪기도 한다. 이 행복이 곧 끝날 것 같은 불안함, 다시 불행이 닥쳐올 것 같은 두려움을 수반하는 것이다. 어차피 만족도 일시적일 수밖에 없는데, 그 순간마다 안타까운 영원성을 희망하느라 순간의 만족감마저 상쇄해 버린다. 이렇듯 지나간 것들과 오지 않은 것들을 가져다 쌓아 놓느라 현재가 집(集)으로 가득 차 버린다. 그러한 현상은 현재의 상실감으로 이어진다. 자신의 자리를 빼앗긴 현재는 갈 곳이 없어 불편을 겪는다. 오롯이 매 순간순간 자신의 자리 하나만을 지키고 싶은 현재는 그 유일한 존재 방식에 실패해서 흔들린다. 외압에 의해서 터전을 빼앗긴 존재는 흔들릴 수밖에 없다. 매달릴 수 없는 곳에 매달리려 해봐도 헛수고가 된다.

좋아하는 데는 이유가 없다는 말이 있다. 왜 좋아하느냐고 물어보는 질문에는 무엇을 좋아하는 데에는 반드시 객관적인 조건이 있어야 한다는 전제를 품고 있다. 그렇지만 좋아하는 이유를 본인도 잘 모를 때가 많다. 굳이 좋아하는 이유를 따지고 들자니 하나하나가 구구절절해진다. 맞는 듯, 그럴듯하다가도 아닐 때가 많다. 좋아하는 마음이 크면 그것이 나를 아프게 해도 수그러들지 않고, 더더욱 좋아하는 이유를 알 수 없어진다. 다른 사람들이 모두 좋아한다 해도 유독 크게 좋지 않거나 오히려 싫은 경우도 있다. 이럴 땐 좋아하는 것의 모든 이유가 나에게 있다. 싫어할 때도 마찬가지이다. 싫어하는 마음이 크면 심지어 나에게 마음을 써주는 행동을 하는데도 싫은 마음이 크게 줄어들지 않는다. 싫어할 때 한 가지 다른 점은 원인을 분명히 알고 있다고 생각하는 데 있다. 상대방이 어떤 말을 했기 때문에, 어떤 행동을 했기 때문에 마음에 남아 용서할 수 없다는 것이다. 그것이 오해에 의한 것이든 조야한 표현 방식에 의한 것이든 크게 영향을 주지 않는다. 각각의 에피소드들은 시간이 흘러 기억에서 희미해져도 싫어하는 마음만큼은 그대로 살아 있다. 오히려 사소한 행동에도 싫어하는 마음이 쌓이고 강화된다. 집착이 생긴 것이다. 용서는 그동안 쌓아 놓은 나의 집착을 버리는 것인데, 방향을 잘못 잡아서 원인이 나에게는 전혀 있지 않고 상대방에게만 있다고 생각하니 용서나 화해가 가능할 리 없다.

한 가지 원인 때문에 사건이 발생하지는 않는다. 길거리를 가다가 날아오는 공에 머리를 맞아도, 그러한 우연을 만들어 내는 관련 조건은 수도 없이 많다. 공을 찬 시점, 공의 무게, 공을 차는 방향, 방향의 의도성, 공을 차는 발의 근력, 공기의 저항, 바람의 방향, 장애물 여부 등등, 거기다 나의 도보에 관한 경우의 수까지 더하고 그 연원들까지 들어가면 끝도 없이 이어질 수 있다. 그런데 우리는 그 모든 것을 다 잘라내고 내가 공에 맞은 이유를 '네가 공을 차서'로 축약한다. 보다 엄격한 축약은 '네가 거기 있어서'일 테고 더 나아가 '너'가 될 것이다. 나의 경우에도 마찬가지다. '내가 여기 있어서', 더 나아가 '나'가 될 것이다. 물론 직접적인 원인 하나가 도드라져 보이는 사건도 있다. 그것은 다분한 의도성이 포함되어 있기 때문에 독박을 쓸 수 있는 경우이다.

이렇게 본다면 자책과 원망은 사건과 상황에 대한 원인 파악의 쏠림 현상이라고 할 수 있다. 다양성·다면성 속에서 중도와 균형을 잃어버리고 한쪽으로 치우치는 것이다. 치우치다 못해 집착하기까지 한다. 원인 파악을 잘못하면 해결을 위한 결과가 좋을 리 없다. 해결하고자 하는 마음과 해결할 수 없는 상황을 스스로 만드는 것 사이에서 끊임없이 공회전한다. 같은 자리를 뱅글뱅글 맴돌며 흔들린다. 매끄럽게 조율되지 못하고 흔들리는 마음, 그 마음 안에 갇히고 만다.

8장

어디서부터 잘못된 건지

—나를 찾아가는 여행

어떻게 아침이 밝았는지 알 수 없었다. 간호사들이 문을 여닫는 소리에 잠이 깨어 일어나 보니 보호자용 간이침대 위에 이불도 없이 누워 있었다. 억지로 눈만 감고 있는 사람처럼 미세하게 눈가가 떨리는 엄마는 불안스러운 잠 속에 빠져 있는 듯했다.

둔탁한 의식을 흔들며 시간 차를 두고 잠이 깨는 과정 속에, 갑자기 어제의 일이 파노라마처럼 한꺼번에 환기되어 머릿속을 스쳐 지나갔다. 며칠 동안의 일이 일 년 정도의 시간을 거쳐 일어난 듯 번잡하고 묵직하게 다가왔다. 처음엔 긴 꿈을 꾼 것 같기도 했지만 이내 꿈이 아니라는 자각 때문에 마음이 짓눌려 왔다. 이 불안한 고요의 시간은 엄마가 깨어나면 곧 종료될 것이었다.

갑자기 마음이 급해져서 휴대폰을 꺼내 들고 메시지를 확인했다. 아침 일찍 집을 나선다는 아버지는 오후쯤 병원에 도착할 것임을 알려 왔고, 동생과 남편도 각자의 준비물 목록과 예상 도착 시간을 남겼다. 그들의 부재중 전화도 와 있었다. 목소리를 낼 기운이 남아 있는지 확인하기 힘들어서 간단하게 문자로 답신을 했다. 그보다 소리를 내면 엄마가 금방이라도 눈을 번쩍 뜰 것 같아서 두려웠다. 며칠 동안 수면 시간이 몇 시간도 안 될 듯한 엄마는 식사 생각도 없이 수액을 에너지원 삼고 있었다. 한때 배고픔을 느끼기도 했던 나는 차차 허기에 익숙해지면서 배고픔을 잊고 있었다. 끼니 없이 걱정과 긴장만으로도 어느 정도까지는 움직이며 버틸 수 있다는 것을 처음 알게 되었다. 수십 년 동안 같이 밥을 먹어 온 사이지만 지금은 엄마와 침상에 마주 앉아 식사를 하는 상상을 할 수 없었다. 간단한 상상이 아니라 간절한 소망의 단계로 넘어가 버렸기 때문이었다. 그것 하나만 제대로 할 수 있다 해도 훨씬 덜 힘들 것 같았다.

신경과까지 회진을 온 정신과 담당 의사는 어제 투여한 약이 일정 부분 효과가 있는 것 같다는 말을 전했다. 자세히는 모르겠지만 사지의 결박을 풀고, 얕은 잠이나마 잘 수 있다는 것이 근거가 되는 듯했다. 정말 그런 것인지, 내 눈에만 위태롭게 보이는 건지 알 수 없었지만 폐쇄병동에 자리가 없으니 다른 병원을 가는 게 나을 거라던 어제의 건조한 표정과 말투가 생각나서 더 깊이 물어보는 것을 그만두었다. 대신에 담당 의사가 돌아가고 나서 간호사에게 간병인을 문의해 보았다. 간호사는 약간 머뭇

거리면서 한 업체의 전화번호를 건네주었다. 바로 전화를 걸어 환자의 상태를 간략하게 알리고 가능한 간병인이 있는지 물어보았다. 마침 정신과에 경험이 어느 정도 있는 적임자가 있는데 현재 환자의 상태로 봐서 며칠씩 맡을 수 있을지는 잘 모르겠다고 했다. 그러면서 정신과 간병인은 구하기도 힘들고, 오래 지속하기도 힘들다는 말을 반복해서 부연했다. 며칠이 아니라 단 하루라도 괜찮다고 하자 한두 시간쯤 후에 마치 근처에 있었던 사람처럼 간병인이 문을 두드렸다.

병원 생활이 익숙해 보이는 중년 여성의 간병인은 잠든 엄마를 힐긋 보더니 이 병원에서 오래 일한 자신의 경험과 각종 에피소드를 꺼내 한참 얘기했다. 그리고 자신의 경험상 이런 환자의 경우에는 십중팔구 간병인을 온갖 거짓말로 모함한다고 했다. 자신을 도와줄 사람이 아니라 자신에게 해를 가하는 낯선 존재로 여긴다는 것이었다. 그럴 수도 있겠다는 생각을 잠시 했지만 일단 24시간 옆에서 항시 대기해야 하는 보호자 역할을 잠깐이라도 덜 수 있다는 데 만족해야 했다.

간병인에게 엄마의 식사를 부탁하고 병실을 나왔다. 병원 로비는 이미 환자와 보호자, 병원 직원들로 장사진을 이루었고, 지하에 위치한 푸드코트에는 이른 점심시간인데도 긴 줄이 늘어서 있었다. 호텔 같은 최신식 시설과 인테리어를 구비한 곳에 시골 오일장처럼 사람들이 붐볐다. 한정된 공간에서 이렇게 많은 사람이 저마다의 동선을 찾아 움직이며 각자의 볼일을 보고 있다는 게 신기했다.

주문한 음식을 받아서 빈자리를 겨우 찾아 앉았다. 김이 모락모락

나는 밥과 찌개를 마주하면 잃었던 식욕을 되찾을 줄 알았는데 아니었다. 많은 일이 이 밥 한 그릇으로부터 비롯되는 것 같았다. 밥 한 그릇을 손에 넣기 위한 벌이, 밥 한 그릇을 만들어 내기 위한 가사 노동, 밥 한 그릇을 먹기 위한 여유, 그리고 그 모든 것이 가능하다 해도 결국 밥 한 그릇도 제대로 먹지 못하게 되는 상황을 맞을 수도 있다. 결국 밥 한 그릇을 목구멍에 넘기기 위해 사는 것 같았다. 한 술도 뜨지 않았는데 가슴 깊은 곳에서부터 울컥하고 뜨거운 것이 올라왔다. 쟁반에 담긴 식사를 들고 먹을 자리를 찾는 사람들을 의식하면서 정체 모를 뜨거움을 음식과 함께 빠르게 삼켰다.

"아니, 내가 언제 그런 말을 했냐구요."

"왜, 왜 나를 괴롭혀. 마, 마귀같이."

병실 문을 열고 들어서기도 전에 두 사람의 큰소리가 들려왔다. 엄마와 간병인의 목소리였다. 아까 들었던 예측의 말이 현실이 된 것인가. 엄마와 간병인은 동시에 나를 쳐다보며 호소의 표정을 지었다.

"저 여자는 마귀다. 저 여자가 누구냐. 여기 왜 있냐."

"어이구, 내가 이럴 줄 알았다니까. 거 봐요. 내가 아까 말했죠? 나만 나쁜 사람 된다니까."

엄마는 간병인을 가리키며 낯선 여자가 곁에서 자신을 윽박지르고 구박했다고 했다. 밥을 빼앗아 먹는가 하면 팔뚝과 다리 여기저기를 꼬집었다고 아주 구체적으로 진술했다. 간병인은 억울한 표정으로 사람 잡는 소리를 한다며 전혀 사실이 아니라고 펄펄 뛰었다. 한 시간도 채 안 되는 시간 동안 생긴 일을 두고 두 사람이 상반된 주장을 하는 통에 누구의 말을 믿어야 하는지 헛갈렸다. 엄마의 주장은 거짓이라고 하기에는 너무 구체적이었고, 간병인은 애초에 이 상황을 예상하는 언질을 했었다. 어리둥절하며 서 있는 사이에도 두 사람의 실랑이는 계속되었고 언성도 점점 더 높아졌다. 결국 간병인은 병실에 온 지 채 반나절도 지나지 않아 엄마를 맡지 않겠다고 선언했다. 그래도 하루는 지내야 하지 않느냐고 설득하자 잠시 머뭇거리더니 엄마가 또다시 억지 주장을 하지 못하게 나더러 곁에서 지켜봐 달라고 했다. 애초에 간병인의 도움을 받는 것이 힘들 수도 있겠다는 생각을 하기는 했지만 그런 순간이 이렇게 빨리 찾아올 줄은 예상하지 못했다. 꼼짝 않고 엄마 곁을 지키고 있는 것도 힘든데 간병인까지 같이 지켜보고 있어야 하다니. 더군다나 서로 적대시하면서 상대방에 대한 비난을 멈추지 않고 소요를 일으키는 두 사람을…….

그때, 스르르 병실 문 열리는 소리가 들리면서 누군가 가쁜 숨을 몰아쉬며 등장했다. 지병으로 호흡이 불편한 아버지는 내 이름을 부르며 병실 안에 있는 세 사람을 번갈아 쳐다보았다. 엄마는 간병인과의 실랑이를 멈추고 갑자기 멍한 표정으로 아버지를 바라보았고, 나는 그런 엄마의 행동을 의식하면서 지난 며칠 동안 있었던 일을 아버지에게 풀어 놓았다.

데시벨이 유독 높은 아버지의 쩌렁쩌렁한 목소리, 중간중간 간병인이 거드는 목소리, 설명할 것이 많지만 최대한 간략하게 줄이느라 더 피곤에 전 나의 낮은 목소리 속에서 엄마는 이전 모습과 달리 침묵을 지켰다. 나의 시선은 힐긋힐긋 엄마에게로 자주 갔다. 무슨 말을 하고 싶은데, 많은 생각이 한꺼번에 몰려와 아무 생각이 없어진 듯한 표정이었다. 적어도 내가 보기엔 그랬다.

"엄마, 아버지 오셨어. 엄마 걱정돼서 어젯밤에 한숨도 못 주무셨대."

나는 일부러 엄마에게 말을 걸어 보았다. 아버지를 제대로 쳐다보지 않는 엄마는 불편한 듯, 반가운 듯, 무심한 듯 알 수 없는 표정을 지었다. 한참을 그렇게 있더니 이내 다시 간병인을 비난하는 말을 쏟아내기 시작했다. 마치 아버지가 처음부터 늘 곁에 있었다는 듯이, 혹은 애초에 없는 존재라는 듯이. 마치 기계가 일시 정지 후 재작동하는 것처럼 엄마의 시간은 멈춰 있는 듯했다. 그 시간은 듬성듬성 잘려 나가기도 하고 선후가 바뀌기도 하고 과거와 현재 혹은 미래가 동시에 섞여 있기도 한 것 같았다.

얼마간 아버지와 이야기를 나누던 간병인이 결국 하루를 못 채우고 돌아간 후, 아버지는 나 대신 본인이 보호자 역할을 맡겠다며 집에 돌아가 쉬라고 했다. 하지만 이 임시 거처에서 얼마나 더 엄마가 머물 수 있을지 알 수 없는 노릇이었다. 아버지에게 잠시 엄마를 맡기고 병실을 나섰다. 모든 시설이 다 갖춰진 대형 병원이지만 보호자를 위한 휴식 공간 같은 것은 찾을 수 없었다. 음식점과 상점들이 모여 있는 지하층으로 가기 싫어서 상대적으로 한산해 보이는 진료 센터의 대기석을 찾았다. 요 며칠간 나의 휴식 아닌 휴식은 엄마를 피하는 시간과 일치했다. 엄마와 떨어져 있을 수 있으면 그것이 곧 휴식이었다. 가능한 시간은 얼마 되지 않더라도 최선을 다해 엄마를 피해 다니는 사람 같았다. 그렇게 가까스로 휴식 시간을 확보했어도 머릿속은 온통 엄마로 인한, 엄마가 불러일으킨 생각뿐이었다.

진료 센터 벤치에 앉아서 나도 모르게 한참 동안 휴대폰을 만지작거리고 있는 걸 깨닫고는 호주머니에 쑥 집어넣어 버렸다. 무언가에 집중하지 않으면 머릿속에서 말처럼 뛰노는 생각들이 한시도 쉬지 않았다. 생각을 멈추게 하는 도구로 휴대폰만한 것이 없는 것 같았다. 수십 년 전의 기억부터 최근에 있었던 일까지 범벅이 되어 사소한 연관성이라도 끄나풀처럼 이어 보려고 찐득거렸다. 그때 그 일이 이후에 일어난 다른 일과 관련이 있는 게 아닐까, 관련한 에피소드가 더 없었나부터 시작해서 직접 목격하지 않은 부분에 대한 상상력까지 총동원해서 답을 찾으려고 애썼다. 엄마를 저렇게 만든 원인은 무엇보다도 엄마 안에 있겠지만 엄마 주변에서 일정 부분 빌미를 제공한 것이 있을 터였다. 엄마에게 무심코 내뱉은 말 한마디, 엄마의 예상을 넘어선 주변 사람들의 행동. 아니면 늘 반복되는 언행이지만 매번 거슬려서 엄마의 마음에 남았던 것들 때문인가.

그러고 보니 엄마가 자신의 감정을 직설적으로 표현하는 것을 자주

보지는 못한 것 같았다. 친구분들과 놀러 가서 찍은 스냅 사진 속 모습을 제외하고는 웃는 모습도 거의 기억에 없었고, 크게 화를 내거나 불쾌함을 표현한 적도 드물었다. 다만 엄마가 눈물을 흘리는 모습은 여러 번 본 적이 있었다. 모든 불유쾌한 감정들을 슬픔으로 수렴해서 눈물로 조금씩 조금씩 흘려보낸 것인가. 그렇지만 눈물은 다양한 감정을 대변하기에는 역부족이었다. 화가 나고 억울해도, 답답해도 울 수 있는 것 아닌가. 원하지 않은 감정을 느끼고도 어찌할 수 없는, 대응할 수 없는, 해소할 수 없는 자신이 안쓰러워서. 정돈 없이 급하게 안으로 삼킬 수밖에 없는 감정들은 자의가 힘을 쓰지 못한다는 점 때문에 적어도 그 순간을 겪는 사람으로서 지상 최대의 피해자가 될 것이다. 그렇다면 엄마를 괴롭힌 가해의 주범은 무엇일까. 가난, 비난하고 수군거리는 주변 사람들, 타의에 의한 선택, 희구하는 것을 거스르는 모든 것……. 그러면 엄마가 원한 것은 과연 무엇이었을까. 엄마는 어떤 삶을 살고 싶었던 걸까.

매번 느끼지만 시간은 결코 객관적으로 흐르는 것 같지 않았다. 고무줄같이 제멋대로 느리거나 빠르게 흐르는 시간 때문에 놀라는 적이 한두 번이 아니었다. 아버지에게 엄마를 맡겨 두고 혼자 병원 이곳저곳을 헤매다가 흘려보낸 시간이 그 사실을 또 증명했다.

병실 문을 열고 들어서기도 전에 쩌렁쩌렁한 아버지의 목소리가 들려왔다. 아버지는 병상 위 접이식 테이블에 유리병들을 늘어놓고 엄마에게 무언가를 열심히 설명하고 있었다.

"이건 사과 주스, 이건 토마토고, 이건 귤 주스, 아, 배도 있네.

뭘 좋아한다 할지 몰라 골고루 만들어 왔다 아이가."

아버지는 문을 열고 들어오는 나를 보고 약간 멈칫하더니 이내 처음의 의기양양한 표정을 되찾고 있었다. 유리병 겉면에는 아버지의 필체가 뚜렷한 과일 이름들이 크게 적혀 있었다. 엄마가 식사를 제대로 못한다는 말을 전해 듣고, 어제 급히 과일을 장만해 손수 만든 생과일주스들이라고 했다. 나는 믿어지지 않는 광경에 눈을 의심했다. 평생 자상하거나 섬세한 것과는 거리가 먼 성격의 소유자라 생각해 왔는데 평소와는 전혀 다른 아버지의 모습을 보게 되니 당황스럽기까지 했다. 유리병들을 찬찬히 들여다보면서 생과일주스들이 만들어지는 과정을 상상해 보았다. 형형색색의 크고 작은 유리병들은 마치 아버지의 초조함, 불안함, 두려움, 책임감, 미안함 같은 감정들을 대변하고 있는 것처럼 보였다. 혹시 그런 감정들 중에 죄책감이나 가책 같은 것도 있을까 문득 궁금해졌다.

엄마는 주스 병과 아버지를 번갈아 보면서 이게 다 뭐냐며 조금 관심을 보이다가 이내 시큰둥해했다. 아버지의 지속적인 권유에 병 하나를 열어 한 모금 맛봤지만 이후로는 별 반응이 없었다. 결국 주인이 정해진 나머지 주스 병들은 냉장고 속으로 치워졌고, 언제 개봉될지 모르는 상태가 되었다. 엄마의 행동은 예상했던 바였지만 아버지의 행동은 계속해서 의외였다. 아버지는 거의 생애 최초로 과하게 엄마에게 쏟은 정성이 빠른 시간 내에 무시당하는 수모를 겪었지만 실망하는 기색이 없어 보였다. 새로운 사건이라는 배치의 변화가 엄마와 아버지를 크고 작게 움직이게 만드는 것 같았다. 예측할 수 없는 일은 다른 예측할 수 없는 일을 불러일으키고 그것들끼리 좌충우돌하면서 또 다른 에피소드를 만들어 냈다. 삶이란 게 어디로 튈지 모르는 탁구공처럼 언제 어디서 어떤 일이 생길지 아무도 모르듯이 사람도 마찬가지인 것 같았다. 어떤 예측 불가의 상황이 한 사람의 어떤 부분을 이끌어낼지 알 수 없는 일일 것이다.

저녁이 되자 일찍 퇴근한 남편과 엄마의 서울 친구분이 차례로 방문했다. 시골에서 같이 자랐고 서울에 거주하는 오랜 친구를 보자 엄마는 이름을 부르며 반색했다. 그러나 이름만 연이어 부를 뿐 상황을 친구에게 설명하는 것까지는 힘들어 보였다. 오래 알고 지낸 사람에 대해서는 대체로 알아보는데 최근에 일어난 상황과 연결이 어려운 듯했다. 연이은 두 번째 질문에까지 집중하지는 못하더라도 첫 번째 질문 정도에는 간단하게 답을 할 수 있는 상태가 된 것에 희망을 걸어야 했다. 답을 하지 못하는 질문에는 받은 질문을 다시 한번 되뇌며 자신에게 다시 질문하는 것으로 마무리하기도 했다. 어찌 보면 질문을 이해하지 못하는 것 같기도 했고, 달리 보면 질문에 너무 과하게 몰두하는 것 같기도 했다.

엄마의 상태에 놀라면서 걱정스러워하는 친구분은 엄마가 이렇게 된 이유가 무엇이고 병명은 뭔지 계속해서 물었지만 의사도 모르는 일에 답을 할 수 없어서 서로 답답해하는 것 외에 달리 할 수 있는 일이 없었다. 엄마가 갑자기 다른 사람처럼 변한 것에는 필연적인 이유가 있어야 할 것 같았지만 그 이유를 알아내는 것이 현재로서는 주변 사람들의 답답함을 해소하기 위한 역할 외에 무슨 도움이 될까 싶었다. 아버지와 내가 함께 추정하고 주변 사람들에게 임시방편으로 답변하는 엄마 병의 원인은 '신경안정제가 포함된 이명 치료약의 생화학 반응' 정도였다. 물론 병원에서는 치매도 섬망도 광우병도 조현병도 아니라는 알 수 없는 말만 했다. 지속 기간이 오래지 않아 아무것도 판단할 수 없다는 거였다. 우울증과 망상, 조현병과 유사한 증상으로 일상생활이 불가능해서 관련한 여러 가지 약물을 투여받고 있지만 소견상으로는 어떤 병리학적 범주에도 속하지 않는다고 했다. 조건에 부합하지 않으면 섣불리 진단을 내릴 수 없다는 입장과 아직 밝혀지지 않은 수많은 질병이 있을 수 있다는 것은 이해하지만 본인과 보호자의 일상생활이 불가능하다는 것과 치료가 가능하냐의 문제 앞에서는 그저 무기력할 뿐이었다. 어떤 병인지 알 수 없으니 더더욱 완치를 장담할 수 없고, 그나마 효과를 추적해 가며 여러 가지 약물 치료를 시도해 볼 수 있는 병상도 없다는 거였다. 현대 의학과 병원 시스템의 범주 바깥에 있는 환자와 보호자가 갈 곳은 없었다.

찬밥 신세 같은 병실살이로 하루를 더 흘려보내고 나니 어떤 오기 충만한 결심이 마음속에서 꼿꼿이 고개를 들기 시작했다. 나는 아침 회진을 온 정신과 담당 의사와 가족들 앞에서 엄마를 퇴원시키고 집으로 돌아가서 통원 치료를 받게 하겠다고 선언했다. 그때까지 무언가를 계속 혼자 중얼거리던 엄마마저 소리를 멈춘 채, 걱정 가득한 가족들의 눈빛만이 적막을 대신했다. 다른 대안이 없다는 것을 증명하는 긍정의 침묵이 조금 더 흘렀다. 담당 의사는 엄마가 특정 약에 반응하기 시작했으니 일주일 간격으로 병원 진료를 받으라는 말을 남기고 돌아갔다. 이리저리 궁리해 봐도 별다른 방법이 없어 보였다. 두려움과 막막함, 부담감을 등에 업고 서라도 삼엄한 현실 앞에서 나동그라지지 않기 위한 거의 유일한 선택이었다.

분열의 시공간적 속성

과거는 현재를 가늠하게 하는 근거에 해당한다. 과거에 대한 기억이 없다면 현재 나와의 연속성이 없기 때문이다. 그것은 습관적으로 일상을 반복하는 현재에 대한 축적의 근거이기도 하다. 즉, 현재가 '습관'의 형식을 통해 종합되었다면, 과거는 '기억'의 형식을 통해 종합된다. 이렇게 시간이 종합되는 과정 속에서 주체성이 만들어진다. 주체성은 '주체'와는 달리 고정된 것이 아니라 계속 시간과 함께 만들어진다는 의미에서 구분된다. 그리고, 들뢰즈에 의하면 현재나 과거와는 달리 미래의 종합은 잠재성이라는 근간 위에 반복하는 것에서 차이가 발생하므로, 동일성을 띠는 주체가 보장되는 것이 아니라, 미래적 종합의 과정에서 차이가 생산되는 주체성이 생성된다는 것이다.

다시 말해 시간 속에 차이가 개입해서 모든 것을 뒤틀어 버림으로써 과거가 우리 속에서 반복될 수 있는 것이다. 흐르는 시간은 잘라지는 순간 과거를 과거라는 위치 속에 정렬하고 미래를 개방한다. 차이 나는 시간을 무자비하게 잘라내어 우리를 미결정의 미래 속으로 내던지는 작용만이 과거라는 시간을 계속해서 불러올 수 있고 여기서 주체성은 불변하는 본질이 아니라 생산하는 과정이 된다.

흔히 '과거를 되풀이한다'는 표현처럼 과오나 실수를 반복하는 것처럼 보여도 첫 번째와 두 번째 반복 사이에는 분명 차이가 있다. 일견 똑같은 것을 되풀이한 것처럼 보이더라도 그 크고 작은 차이 때문에 다른 기대를 할 수 있고, 또 차이의 정도에 따라서 기대의 질도 달라질 수 있다. 매일 똑같은 메뉴의 식사를 만들면서도 크고 작은 시도들이 축적되면 시간이 지나면서 다른 맛이 나올 수도 있는 것처럼 반복에서 차이를 주목하는 시선이 중요하다. '요리에 서툰 자'를 '요리의 달인'으로 변모시키는 능동성에 바로 생성의 역량이 있기 때문이다. 만일 똑같은 패턴에 집착하고 거기에 엄격성까지 부여한다면 능동성의 강도는 굉장히 약해질 수 있다. 과거의 기억을 습관적으로 재현하면서 얼마든지 다른 양상을 띨 수 있는 현재를 별 차이 없는 반복으로 메우는 것이다. 그것은 어찌 보면 차이를 생성하는 반복이 지닌 시간성을 훼손한다는 의미에서 일종의 퇴행일 수 있다. 이러한 퇴행적 현재성은 미래를 뻔하게 보는 시선으로 자연스럽게 이어진다. 어제와 차이 없는 오늘, 그리고 그 오늘과 차이 없을 내일이 그려지는 것이다.

현재에 계속해서 되살려 내는 과거의 기억은 다분히 주관적인 체험을 바탕으로 하는 수많은 양상 중의 하나일 뿐이다. 때로, 시간이 지나면서 과거를 보는 시각이 달라지는 이유는 또 다른 체험을 통해 다른 양상들을 수집하고 그 주관적인 체험을 재조명·재조정하기 때문이다. 따라서 각자가 시시각각 재현하는 과거의 기억은 순수한 과거라기보다 현재에 소환된 사건의 단면이다. 하나의 사건이 품은 수많은 다양성·다면성 중 일부가 기억과 함께 주관적 과거가 되고 그것을 가능한 한 원형 그대로 보존하면서 재현하는 현재는 변경의 여지가 적은 회로를 따라 순환하는 미래로 이어진다. 변화의 여지가 적고, 운신의 폭이 좁은 현재라는 점에 속한 잠재성은 축소된 발산의 희망에 더욱 낭패한다.

자기가 경험한 것 안에 스스로 갇혀 능동성을 발휘하지 못하는 쇠약한 주체성은 폐쇄에 가까운 회로에 막혀 질식 직전까지 가기도 한다. 분열은 어쩌면 이 실신 직전의 주체성에 다른 방식으로 숨구멍을 뚫는 것일 수도 있다. 이는 불완전하게 구조화된 존재를 보존하려는 하나의 시도로 조현병적 증상을 이해하는 것과 비슷하다. 다만, 자기를 방어하려는 이러한 최후의 보루 같은 전략은 더 많은 자기 파괴라는 참화를 부를 수도 있다는 위험을 감수해야 하는 치명적 단점이 있다. 소멸할 것 같은 존재의 불안정성에 대한 최소한의 자기방어를 위해 더 큰 값을 치르는 것을 무릅쓰는 것이다.

선택받지 못한, 무시당한 잠재성은 분열이라는 틈새로 발산의 기회를 엿본다. 현재라는 추 아래 매달린 방대한 잠재성은 같은 성향의 친(親)과거성 현재만이 간택되는 현실에 불만을 품으며 틈새를 좇아 무시간적으로 이동한다. 단선적인 과거의 연장선상일 뿐인 현재에 있어 미래는 같은 노선으로 이미 정해진 듯하다. 그리고, 바로 이 지점에서 궐기를 일으킬 단서를 마련한다. 저당 잡힌, 삼켜진, 압도당한 절망의 미래에 대한 봉기를 기도한다. 그러나 극한으로 내몰린 상황에서의 선택은 언제나 위험할 수밖에 없다. 봉기로 인한 자기 파괴의 위험은 궁극적으로 죽음에의 위험에 맞닿아 있다. '존재의 무화(無化)'를 피하고자 시작한 저항이 바로 그 '무화'의 리스크를 떠안는 역설이 된다. 분열은 끊임없이 탈주를 시도하는 패러독스이다. 복잡하게 얽혀 있는 시간이라는 현재, 과거, 미래의 역설적 현상을 응시하지 못하고 행하는 다른 역설적 시도들이다. 따라서, 시도를 하면 할수록 더욱 가중되는 역설의 혼란에 빠진다.

—개념적 언어의 탈주

파괴적 결과를 낳을 위험성이 있다고 해서 분열이 시도하는 탈주가 모두 무의미하다고 할 수 있을까. 분열의 저항적 표현은 어떤 식으로 이루어질까. 분열은 일차적으로 언어를 분쇄한다. 문장은 어절로 분절되고, 어절은 단어로, 단어는 음소로 나누어지다 급기야 소리로 뭉뚱그려져 흩어진다. 언어라는 거대하고 일방적인 힘에 대해 저항하는 것이다. 개념이라는 테두리를 두른 언어는 개념에 해당되는 것과 그렇지 않은 것이라는 양 갈래의 유일한 잣대에 따라 포함과 배제를 결정한다. 테두리 주변에 서식하는 것이라든가 한 발씩 걸치고 있는 것들, 혹은 테두리 위에 앉은 것들을 결코 허용하지 않는다. 개념의 옷을 입은 언어, 혹은 언어의 옷을 입은 개념은 내포된 것들을 등질화시키면서 배타성을 확보한다. 기표적 기호계로서 언어라는 개념의 그물에 포획된 것들은 일의적 현상이 아니다. 일의적 현상은 언어라는 그물망에 포획되기에 너무 유연하고 미세하다. 그에 반해 개념은 마치 공간화되고 균질화된 시간의 윤곽처럼 행세한다.

예를 들면, '아버지'라는 언어는 지시 대상뿐 아니라 역할, 관습, 도덕 등 여타의 실체 없는 것들을 함께 지칭하고 있다. 그에 따라 사회적으로 형성된 아버지라는 개념의 상(像)을 답습하거나 응용한 개인적인 아버지의 개념이 형성된다. 그것은 스스로를 향한 명령어가 되어 억압으로 작용하기도 한다. 그러나, 수용하기 힘든 정형화된 명령어를 비껴가는 다른 언어는 찾아보기 힘들다. 따라서 이후에 추가되는 다른 명령어들과 함께 공존하는 꼬리표가 된다. 언어는 뒤틀기 같은 혼합을 수용하지 않는 대신 테두리 밖의 것을 사이비나 가짜로 만들어 버린다. 속성상 엄정할 수밖에 없는 개념은 언어라는 기표에서도 마찬가지 현상을 나타낸다. 분열은 수많은 결의 잠재성을 일의적으로 대변하는 개념을 새롭게 만들어내는 지난함 앞에서 언어의 분절이라는 파괴를 택하는 것이다. 언어들이 다시 끼워 맞춰지면서 명제를 형성할까 노심초사하며 언어를 조각내어 개념을 해체하려 하지만 딱 거기까지이다.

개념 속에 갇혀 자신이 소멸되는 것을 두려워하며 개념을 해체하려 하지만 그 개념과 함께 자신도 같이 해체되지 않을까 하는 두려움을 피할 수 없다. 정작 피할 수 없는 것은 두려움이라기보다 경험에 눌어붙어 있는 양면성이다. 따지고 보면 모든 경험에는 이러한 무한-양면성이 있다. 개념의 일면성은 삶과 죽음을 '삶의 다른 한 면인 죽음'이 아니라 각각 따로 떼어 놓고 때로는 양극단으로 밀어붙이기도 한다. 윤곽을 가진 각각의 실체는 애초부터 성립하지 않을 수도 있는데, 개념은 끊임없이 그것들을 구분하고, 분류하고, 대조한다. 어쩌면 개념에 의한 '정상적인 지각'은 이러한 경험의 무한-양면성에 대한 습관적인 망각일 수 있다. 즉, 언어를 대신하는 분열증자의 '목소리'는 경험에 내재하는 이 무한-양면성에 대한 계속적인 의식의 발로일 수 있다.

실패를 직감하면서도 계속 시도할 수밖에 없는 언어적 탈주는 시도 속에서만 존재가 증명되는 외마디 비명같이 튀어 오른다. 그것은 마치 드러나는 것이 다가 아니며, 생각하는 것이 전부가 아님을 지속적으로 망각하는 것에 대한 경고음 같다. 아울러, 언어를 포함한 기호계가 욕망과 의사를 제대로, 모두 전달할 수 있는가에 대한 문제 제기에서 나아가 기호계 안에 틀 지워진 욕망과 의사가 애초부터 만들어진 것이 아닌가 하는 물음까지 이어진다. 불발되리라는 것을 알면서도 기호계에 편승하지 않는 방법으로의 진정한 교류를 시도하는 것이다. 있는 그대로의 나를 너에게 전해주고 싶지만 그것이 날것이라는 이유 때문에 너는 이해하지 못한다. 그렇다고 다른 방법을 쓴다면 그렇게 너에게 전해진 것은 더 이상 내가 아니다. 내가 원하는 삶은 정확히는 몰라도 분명히 '아버지'와는 다른 것인데, 그것을 표현할 다른 기호가 없어서 나는 '아버지'이거나 혹은 아니거나 둘 중 하나를 선택할 수밖에, 하나에 선택당할 수밖에 없다. 그리고 한번 '아버지'이기로 했으면 더 명확한 '아버지'가 되기 위해서 그것에 반하는 다른 나는 최대한 억압해야 한다. 분열은 어쩌면 세상과 나의 불명확함, 모호함을 적당히 끌어안지 못하고 끊임없는 규정의 틀 속에서 어떻게든 불명확함을 제거해 보려던 시도들이 도달한 막다른 골목이 아닐까. 너무나 낯설게 불분명한 나를 발견한 불안과 혼돈, 그리고 그 불분명함 속에서 우왕좌왕하며 계속해서 나를 찾아 헤매는 지독한 외로움 앓이가 아닐까.

삶과 죽음의 역설

우리는 누구나 조금씩 나이 들어 간다. 모두가 하루치씩의 변화를 겪는데 그 방향은 누구나 알고 있듯이 죽음을 향해 있다. 어린아이의 성장도 시기가 정해져 있고 그 시기가 지나면 예외 없이 죽음이라는 방향으로 흘러간다. 엄밀하게 말해서 나이 들어 간다는 것, 산다는 것은 죽음을 향해 나아간다는 의미인데 우리 눈앞에는 도처에 삶만 있을 뿐 죽음은 보이지 않는다. 도시화, 현대화가 진행될수록 죽음은 더욱더 매끈하게 보이지 않는 곳으로 숨어 버린다. 탄생과 죽음은 집이나 마을에서 병원으로 옮겨져 일종의 '의료적 사건'으로 변모했다. 죽음은 언제 그런 일이 있었냐는 듯이 될 수 있는 한 빨리 잊어야 하며 애도의 시간은 가능한 한 짧도록 종용받는다. 마치 죽음은 어쩌다 찾아오는 질병같이 조심하기만 하면 피할 수 있는 듯 행동한다. 절대 선인 삶과 대조적으로 죽음은 절대 악인 양 곳곳에서 배제당하고, 언급을 자제당하며, 보이지 않는 곳으로 자리가 옮겨진다. 눈에 보이지 않고 귀에 들리지 않으면 피할 수 있는 것처럼 행동한다.

죽음이 옮겨진 자리는 영속성이라는 환상이 대신 차지한다. 신화처럼 굳어진 지 오래인 경제 성장을 바탕으로 오늘 같은 내일이 언제까지나 이어지리라는 믿음은 정지와 퇴보의 가능성을 최대한 구석으로 밀어 놓는다. 거침없는 기술의 발전으로 우주 끝까지 뻗어갈 것 같은 세계적 시현 속에 자신을 위치시키며 영원한 동행을 꿈꾼다. 무한한 발전만 있는 세상에는 한계가 설정되지 않고, 유한성에 대한 직시도 이러한 기조에 편승해서 한껏 시야가 흐려진다. 우리가 마시는 공기를 포함한 모든 자연은 서로의 유한성을 보조해 가며 공존해야 하는 관계가 아니라 무한대로 가져다 쓸 수 있는 대상일 뿐이다. 필리프 아리에스는 『죽음의 역사』라는 저서에서 죽음의 친밀성이 존재했던 시대에서의 사회화는 인간을 자연으로부터 분리시키지 않고, 자연의 질서를 수용하는 형태였다고 말한다. 이렇듯 삶과 죽음의 분리는 분리될 수 없는 자연 생태계에서 인간을 스스로 분리하는 것과 유사한 형태를 띤다. 아무런 폐해 없이 자연을 마음대로 지배할 수 있다는 착각은 죽음의 질서를 조절할 수 있다는 착각과 비슷하게 구조화된다.

어찌 보면 나이듦은 이러한 분리의 독단과 오만에서 벗어날 수 있는 자연스러운 과정이고, 소중한 기회일 수 있다. 현재의 내가 있기 위해서 얼마나 많은 사람의 헌신과 희생이 있었는지, 얼마나 다양한 환경이 필요했는지를 느끼면서 그동안 독자적인 존재라고 믿었던 내가 얼마나 많은 것과 연계하면서 혼재하고 있는지, 그 얽힘의 관계 속에서 분리가 얼마나 피상적인 것인지 깨달을 수 있다. 유한성에 대한 임의적 직시가 자연스럽게 이루어짐으로써, 삶과 분리된 죽음으로 흐려진 시력을 회복하고 혜안을 찾아 모든 유한한 것은 독자적으로 존재할 수 없다는 것을 체감하고 체현할 수 있는 단계이다. 느려진 생체 리듬과 둔해진 감각, 수분이 빠져나간 피부 조직은 어떻게든 되돌려 복원해야 할 현상이 아니라 속도에 맞게 수용해야 할 자연의 질서이다. 자연스러운 질서에 따른 변화에서 느끼는 안타까움은 영원성, 무한성에 마비되어 너무 오랫동안 속도 조절을 하지 않은 지연의 결과일 수 있다. 모든 사람은 어느 날 문득 한꺼번에 나이 들지 않고, 매일 공평하게 하루씩의 나이듦을 경험하는 기회가 주어진다. 가능한 한 최대한도로 붙들고 놓지 않으려 한 것은 언제나 자연스럽게 변하고 있던 내가 아니라 그 변화를 받아들이지 않던 고집일 뿐이다.

매일의 삶에는 받아들임과 상관없이 일정량의 정해진 죽음이 포함되어 있다. 하지만 그것은 삶을 해치고 헛갈리게 만드는 독배가 아니다. 독배는 오히려 삶 속에서 죽음을 보지 않게, 못하게 만드는 수많은 장치이다. 오늘이라는 분량만큼 정해진 죽음은 그만큼의 삶을 더 또렷하게 보고 느끼게 하고, 그 삶이 영위되도록 하는 주변부의 모든 것을 단지 배경이라는 대상이 아니라 공존하는 관계로 보게 한다. 설정된 배경은 쉽게 변하지 않지만 상호작용하는 관계는 시시각각 변할 수 있다. 그것은 나와 주변부를 뻔하게 보는 것이 아니라 매번 다르게 보게 만든다. 기억과 습관 속에 머무는 관계의 타성에서 벗어나 생동감 있게 변화하는 미세한 움직임을 주시하게 된다. 이것을 다른 말로 '죽음 감수성'이라고 부를 수 있을 것이다. 죽음을 사장시키거나 편파성으로 왜곡된 삶을 유지하는 것이 아니라 정작 필요한 것은 삶의 틈새마다 스며 있는 죽음 감수성을 되살려 내는 것이 아닐까. 역설적이게도 소유와 축적을 허용하지 않는 유한성의 직시야말로 삶 자체에 대한 애착을 있는 그대로 살려 낼 수 있을 것이다.

9장

엄마의 엄마가 되다

—돌봄의 순환 고리

잠시 시간과 공간을 건너뛴 것 같았다. 퇴원 수속을 밟고 집으로 돌아가는 길은 처음 왔던 길이 아닌 것 같았고 연속된 시간에 속한 것도 아닌 것 같았다. 병원에서 엄마와 보낸 2박 3일의 시간과 공간은 따로 옮겨져서 별도로 저장된 것같이 이질감이 느껴졌다. 차 안 뒷좌석에서 아버지는 엄마의 한쪽 팔을 부여잡고 돌발 상황에 대비하고 있었고, 엄마는 연결성이 전혀 없는 특정한 단어 몇 개를 어절 단위로 끊어 계속 되뇌고 있었다. 평일 한낮인데도 도로 위는 예상외로 붐벼서 차들이 가다 서다를 반복하며 지루하게 늘어서 있었다.

"집에 가서 미영이가 챙겨 주는 밥 잘 먹고, 내가 챙겨 주는 약 잘 먹으면 다 낫는다 말이다. 아~무 걱정 말고 말만 잘 들으면 돼."

아버지도 아까부터 같은 의미의 말을 표현만 조금씩 바꿔 가며 계속 반복하고 있었다. 마치 부모님 말을 귓등으로 듣는 말썽쟁이 어린아이를 앉혀 놓고 타이르는 듯한 말투였다.

"미세먼지, 미세먼지, 흐음."

창밖은 예의 자욱한 미세먼지로 시야가 좋지 못했다. 엄마는 좀 전에 병원 지하 주차장을 빠져나올 무렵 아버지가 잠깐 언급한 미세먼지라는 단어에 집착하고 있었다. 마치 미세먼지가 세상 모든 문제의 근원이라는 듯이 눈을 지그시 감고 단어를 곱씹었다. 그런 행동은 아버지가 무슨 말을 해도 전혀 듣지 않겠다는 의지의 표현 같기도 했다. 아니면 차를 타고 다니는 것에 대해 전에 없이 생긴 두려움 때문에 눈을 뜨지 못할지도 모른다는 생각이 들었다. 엄마는 자동차가 턱을 넘거나 커브를 돌거나 제동 장치 때문에 흔들리면 과하게 움찔하면서 눈을 더 세게 감았다. 내가 거칠게 운전하는 편도 아니고, 엄마가 내 차를 처음 타는 것도 아닌데 생전 처음 롤러코스터에 앉은 사람처럼 차창 위 손잡이를 꼭 잡고 있었다.

집에 도착해 보니 엄마 없이 혼자 등교한 초등학생 딸의 흔적이 눈에 먼저 들어왔다. 아이가 혼자 느꼈을 혼란스러운 감정과 외로움이 한꺼번에 밀려와 명치끝이 뭉근하게 아팠다. 갑자기 변한 할머니의 모습을 어떻게 받아들여야 할지, 그런 할머니 때문에 발을 동동 구르는 엄마를 어떻게 대해야 할지 남몰래 고민했을 것이었다. 돌보지 못한 아이 생각을 하니 마음이 더욱 복잡해졌다. 바야흐로 부모와 자식을 동시에 돌봐야 하는 시기를 맞은 것이다. 인생에서 가장 정점에 있을 때, 자식은 아직 어리고 부모는 나이 들어 간다. 경험이 쌓이고, 아직 체력이 남아 있어 이제 막 무언가를 할 수 있을 것 같은, 스스로를 가장 잘 펼칠 수 있을 것 같은 바로 그 시기에 이전 세대와 이후 세대를 한꺼번에 도맡느라 자신을 잃어버리는 것이다. 나서지 않아도 그 몫은 나에게 남겨진다. 엄마를 맡겠다고 내가 선택한 것 같은데, 사실은 나에게 선택권이 없었다. 늦게 결혼해서 이제 막 두 살배기 아이를 둔 워킹맘 동생 말고는 다른 형제가 없었고, 병명도 모르는 상태의 엄마를 잘 알지도 못하는 곳에 선뜻 보낼 수도 없었다. 엄마는 정확히 나에게 맡겨졌다. 맡겨진 일을 수행하는 것일 뿐인데, 선택이라고 생각하면 조금 덜 힘든 것일까. 어떤 것도 선택이 아니라는 걸 알게 되면 더 힘들기 때문에? 엄마도 그랬을까. 젊은 나이에 홀로된 어머니를 도와 공부시켜야 할 동생들이 자신에게 맡겨졌을 뿐이고, 홀어머니의 위신을 위해 고분고분 중매결혼을 해야 했을 뿐이라 자기 뜻대로 선택한 것이 없다고 느꼈을까.

엄마와 아버지가 지내실 안방을 대충 정리하면서도 며칠 전에 기거했던 곳인데 처음 와보는 곳인 양 주변을 계속 두리번거리는 엄마를 의식하지 않을 수 없었다. 엄마는 겉옷만 벗어 놓고는 이 방 저 방 문을 하나씩 열고 유심히 살피면서 가끔 고개를 갸웃거렸다. 사위 볼 낯이 없지만 상황이 이렇게 된 걸 어쩌겠냐며 짐을 정리하던 아버지는 엄마를 안방에 불러다 앉히고 어린아이 다루는 듯한 목소리로 생활에 필요한 것들을 하나하나 설명했다. 나와 동생이 초등학교에 들어가기 전쯤에 들었음직한 말투였다. 나는 혼자서는 엄마를 돌볼 수 없으니 아버지가 꼭 계셔야 한다고 위로인지 부담인지 모를 말을 남기고 장을 보러 집을 나섰다.

가까운 동네 슈퍼를 두고 비교적 먼 거리에 있는 마트로 향했다. 한꺼번에 많은 양의 장을 보려는 의도 뒤에 한두 시간만이라도 혼자 있고 싶은 마음이 숨어 있었지만 의도한 바에 비해 그다지 성공적이지는 못했다. 식구가 다섯 명으로 늘어났고, 세 끼 식사를 꼬박꼬박 챙겨야 하기 때문에 그것만으로도 이미 마음과 머리가 무거웠다. 학창 시절, 방학 때마다 엄마가 밥을 차려 주신 후 뒤돌아 조용히 한숨을 쉬었던 일이 생각났다. 그때는 세끼 밥을 만들고 치우는 것을 비롯한 집안일이 얼마나 힘들지 막연히 짐작만 될 뿐 잘 알지 못했다. 아무도 강제한 적 없지만 귀찮고 힘든 반복적인 일들을 결국 하게 만드는 것은 무엇일까. 책임감이나 의무감, 주변의 시선 같은 것 때문일까. 대가를 바라지 않고 다른 사람을 먹여 살리는 일은 그것이 어떤 형태의 노동이든 일말의 애정이라도 없으면 불가능한 일이다. 의무감이나 책임감, 혹은 도덕심과 섞여 있다 해도 누군가를 살리고 키우고 돌보는 모든 행위의 근원에 자리하는 것은 결국 사랑이 아닐까.

장 본 것들을 양손에 가득 들고 집에 돌아왔을 때, 학교에 갔다 온 아이가 집에 먼저 와 있었다. 태어난 후 처음으로 엄마와 가장 긴 시간을 떨어져 있었던 아이를 며칠 만에 보니 약간 낯설기까지 했다. 아이는 아무 말 없이 무표정한 얼굴로 엄마를 그저 말갛게 바라보았다. 눈물을 글썽이거나 웃음을 띠거나 무슨 말을 하려고 입술을 움찔거리지도 않은 채, 아무 표정 없는 얼굴과 약간 수척해진 몸으로 너무나 많은 말을 하고 있었다. 장바구니를 그대로 내려놓고 나는 아무 말 없이 아이를 와락 안았다.

'다 알아, 안다구. 네가 무슨 말을 하려는 건지. 아무 말 안 해도 돼. 굳이 안 해도 엄마는 다 알아. 왜 엄마에게 아무 말 못하는지. 네가 얼마나 힘들었을지 엄마는 이미 알고 있어. 엄마 잘못이 아니라도, 무슨 일 때문이든지 무조건, 너에게만은 미안하다. 엄마가 미안하다.'

한참을 꼼짝 않고 서 있던 아이는 엄마가 속으로 하는 말을 다 듣고 있었다는 듯 작고 가는 팔로 나를 꼭 안아 주었다. 복잡한 심경을 무표정으로 유지하고 있는 아이 마음의 균형이 깨질까봐 눈물이 왈칵 쏟아지려는 것을 참아 내야만 했다.

'지금은 울지 않을게. 적어도 네 앞에서만은 무슨 일이 있어도 참아낼게. 그런데, 네가 지금보다 좀 더 큰 후에는 엄마도 울게 될지 모르겠다. 언제가 될지 모르겠지만 그때도 지금처럼 엄마를 꼭 안아 주렴. 아가.'

심장 언저리에서 솟아오른 뜨거운 무엇이 저릿하게 손끝을 타고 흘러갔다. 아직은 어린아이이지만 엄마와 아빠를 이해해 가면서 조금씩 타인을 이해하는 법을 배우게 되길 바랐다. 내가 지금 그러고 있는 것처럼 과정만 있을 뿐 결코 완성되지 않는 일이라 해도, 때로는 후회나 아픔을 겪게 되더라도, 멈추지 않고 계속 끌어안아 가길 바랐다. 언젠가는 아이도 알게 될 것이다. 끌어안는다는 것은 아픔을 무릅쓴다는 것이고, 그런 무릅씀이 없으면 사랑이 존재할 수 없다는 것을. 그 과정 중에 아이가 겪게 될지도 모를 아픔을 생각하면 가슴이 미어지지만 아이는 잘 이겨낼 것 같았다. 엄마를 바라보는 아이의 말간 눈동자를 보니 그런 생각이 들었다. 아이의 조그만 눈동자 속에서 너무나 강렬한 울림을 볼 수 있었다. 내가 아이에게 준 것도 아니고 아이가 원래 가지고 있었던 것도 아닌, 아이와 나 사이의 자장에서 생겨난 움직이는 힘 같았다.

식사 준비를 하는 중에도 아버지와 엄마가 실랑이를 벌이는 소리는 계속되었다. 엄마는 거실 이곳저곳을 돌아다니며 물건들을 만지작거리다 슬그머니 호주머니에 넣어 버렸다. 아버지는 엄마의 주머니 속에서 발견한 물건들을 꺼내어 제자리인 것 같은 곳을 짐작해서 놓아 두었다. 시간이 날 때, 나는 그것들을 원래 자리에 다시 가져다 놓았다. 마치 하루 종일 보물찾기 놀이를 하는 것처럼 물건들이 집 안에서 돌고 돌았다. 처음에는 급하게 필요한 물건이 제자리에 없어서 허둥대기도 했지만 시간이 지나면서 물건이 제자리에 없을 때는 엄마의 호주머니를 먼저 찾아보게 되었다. 그러자 엄마는 집어 든 물건들을 호주머니가 아닌 다른 위치에 가져다 놓기 시작했다. 이 모든 과정은 엄마의 행동과는 상관이 없는 소란스럽고 엉뚱한 말과 함께 진행되기 때문에 엄마가 물건을 이동시키는 시점을 전혀 짐작할 수 없었다. 그래서 아버지는 눈과 귀를 각각 따로따로 주시하고 기울이며 엄마를 관찰해야 했다. 엄마는 자신뿐 아니라 다른 사람들의 감각까지 독립적으로 움직이게 만들었다. 동시에 하면서도 보는 것과 듣는 대상이 달랐고, 말하는 것과 만지는 것의 대상도 달랐다. 엄마의 감각들은 자유롭게 각자의 관심 대상에 집중하고 있었다.

일찍 퇴근한 남편과 함께 다섯 명이 저녁 식탁에 둘러앉았다. 식탁 앞에서 엄마는 음식을 씹는 시간보다 말을 하는 시간이 더 많아서 좀처럼 그릇이 비워지지 않았다. 그렇다고 먹는 것을 거부하는 것도 아니어서 식사 시간은 대개 한 시간을 넘겨 두 시간 가까이 될 때도 있었다. 15분에서 30분 정도 걸리는 보통의 식사 시간이 지나면 아이와 남편을 먼저 식탁에서 일어나게 했다. 나머지 시간은 나와 아버지가 엄마를 식사하게 하려는 갖은 노력으로 채워졌다. 보다 못한 아버지는 밥과 반찬이 담긴 숟가락을 엄마 입에 가져다 대기도 했다. 그 순간에도 말을 이어가느라 입을 벌리지 않는 엄마와, 어떻게든 엄마에게 밥을 먹이려는 아버지의 모습은 밥 먹기 싫어하는 아이를 어르고 타이르며 억지로 밥을 먹이는 부모와 자식 간의 광경 같았다.

"자, 밥을 다 먹어야 저 독한 약을 먹는다 아이가. 한 숟갈만 더 먹어보자, 그만 떠들고."

그러자 이번에는 그만 떠들라는 아버지의 말에 엄마는 심술쟁이 아이처럼 입을 꾹 다물고 시위를 했다. 검지손가락을 본인 입에 가져다 대고 자신뿐 아니라 다른 사람도 아무 말 하지 말라는 신호를 보냈다. 울어야 할지 웃어야 할지 실소도 안 나오는 모습에 아버지와 나는 할 말을 잃었다.

"말을 하지 말랬지, 밥을 먹지 말랬나. 나 참."

아버지는 엄마에게 떠먹여 주려다 실패한 밥숟가락을 내려놓고 한숨을 쉬었다. 엄마는 조금 전보다 더 완강하게 입술을 꾹 다물고 눈까지 꼭 감아가며 고개를 저었다. 나는 어떻게 하면 엄마를 움직이게 할까 생각하다가 엄마에게 자극이 될 만한 말을 찾아보았다.

"엄마, 손주 보기에 창피한 생각 안 들어?"

어렸을 때 밥 먹기 싫어해서 음식을 입에 넣고 삼키기까지 한참의 시간이 걸렸던 손주를 상기시켰다. 엄마는 그런 손주를 지켜보기가 너무 안타까워서 타이르기도 하고 혼내기도 하면서 식사 때마다 많은 말을 쏟아냈다. 애도 아니고 언제까지 엄마가 쫓아다니면서 먹여 줘야 되냐, 네 엄마가 너 밥 먹이느라고 너무 힘들지 않겠냐, 좀 빨리 씹고 삼키려고 노력해 봐라 등등……. 정작 엄마인 나보다 더 많은 잔소리가 이어졌다. 지금 엄마는 자신이 그렇게 나무랐던 손주보다 더 나를 힘들게 하고 있었다. 그 시절의 기억을 되살려 보려는 의도가 있긴 했지만 너무 심한 말인가 싶어 눈치를 살피고 있었다. 그러나 엄마의 감은 눈과 닫힌 입은 꿈쩍도 하지 않았다. 내 말의 내용과 의미를 밀어낼 만한 다른 생각에 집중하고 있는 것 같았다. 나의 말은 엄마에게 음소 단위로 끊어져 공중분해되고 있었다. 원하는 시점마다 다른 사람의 말을 메시지가 아닌 소음으로 만들어 버리는 엄마의 능력에 놀랄 뿐이었다.

아이라면 꾸중이나 훈계를 하기라도 할 텐데, 이이가 되어 버린 부모에게는 그러지도 못할 일이었다. 나는 너무 힘들어서 이제 그만 그릇을 치우겠다고 했다. 아버지도 반대하지 못하는 눈치였다. 그러자 엄마는 갑자기 손가락을 펴서 밥그릇과 국그릇을 꾹 눌러 막았다. 마치 자신이 아끼는 물건을 빼앗길 것 같은 상황에 대한 반사 반응처럼 재빨랐다. 그러면서도 엄마의 시선은 자신의 것을 치워 버리려고 시도한 나를 향해 있지 않았다. 엄마와 나 사이의 공간 어디쯤에 떠도는 초점 없는 시선으로 흥분한 듯 가쁜 숨을 몰아쉬었다. 아이의 행동은 어느 정도 예측되는 부분이 있지만 엄마는 도무지 예측 불허였다. 예측하지 못한 일을 만났을 때는 시간이 정지한 것 같이 순간적으로 얼어붙기도 했다. 하루에도 몇 번씩 겪는 예측 불허의 상황에 익숙해질 법도 했지만 그러지 못했다. 매번 생경하고 매번 당황스러웠다. 이전까지 축적된 경험을 단숨에 무시하는 그것은 습관의 뒤통수를 세게 후려치고는 급히 몸을 숨겼다.

"그래그래 좀 더 먹자, 먹을 거면서 왜 그러노."

아버지는 이렇게 말하며 어색한 분위기를 누그러뜨리려는 듯 밥그릇 위를 꽉 누르고 있는 엄마의 손을 슬그머니 잡아 내려놓았다. 엄마는 그제야 어깨까지 팽팽하게 들어간 긴장을 풀었다. 밥을 먹지도 그만두지도 못하는, 어느 쪽의 판단도 유보시킨 상태인 것 같았다. 양손에 서로 다른 선택지를 움켜쥐고서 마음을 정하지 못하는, 아니면 마음은 이미 한쪽으로 기울었는데 다른 당위가 그 선택을 하지 못하게 하는 상황. 그래서 마음을 다시 반대편 쪽으로 기울여야 할 것 같은 조바심과 긴장감이 돌출 행동으로 나타나는 것일까. 가끔씩 자신의 삶에는 온전한 자기만의 선택이 없었다고 말했던 엄마가 진정으로 원한 삶은 어떤 것이었을까 궁금해졌다. 만일 엄마가 스스로 선택하고 원하는 삶을 살았다면 지금처럼 무언가를 움켜쥐지도, 놓아 버리지도 못하는 갈라진 마음 때문에 힘들지 않을 수 있었을까.

엄마는 예측과 추측을 넘어서는 행동으로 매번 나에게 어려운 질문을 던졌다. 자신도 풀지 못한 숙제를 움직임으로 표현하면서 '너라면 어떻겠니'라고 묻는 것 같았다. 선택한 것이 아니면서 스스로 선택한 삶인 양 살아가는 것이 위선인지, 아니면 후회가 하나도 없는 선택은 어차피 있을 수 없으니 자신의 선택이 아닌 양 살아가는 것이 더 위선인지 묻고 또 묻는 것 같았다.

대상을 찾아 나선 감정

어떤 대상이 특정한 감정을 만들어 내는 것인지, 아니면 특정한 감정이 선행한 후 그 대상을 만나는 것인지 알 수 없을 때가 있다. 사실상 그 둘은 앞서거니 뒤서거니 하면서 서로를 불러내는 것처럼 보인다. 불쾌한 마음이 충만한 사람에게 그것을 폭발시키는 대상이란 사소한 트리거일 수 있고, 사랑에 빠질 만한 이상형을 만나도 마음이 비좁고 산란하다면 그냥 지나칠 수도 있다. 아니면 너무나 혹독한, 혹은 고결한 대상을 만나 그로 인한 감정이 생겨나지 않을 수 없는 경우도 있다. 그런 중에서도 저마다 강렬도의 차이가 존재하는데 그 차이의 연원은 무엇일까.

사랑을 받지 못한 사람이 모두 사랑을 주지 못하는 것도 아니고, 사랑을 듬뿍 받은 사람이 모두 사랑에 너그러운 것도 아니듯이 차이는 각자를 필터처럼 통과하면서 서로 다른 양상으로 나타난다. 너무나 복잡 미묘하고 경우의 수도 많아서 일괄적으로 통계를 내거나 경향성을 파악하기는 힘들지만 대개 부정적인 감정은 단순하게 생겨나서 축적의 과정도 단순하며, 긍정적인 감정은 약간 복잡한 면이 있고 노력이 가미되어야 하는 경우가 많다. 예를 들면 불만족이 비교를 통해 주로 드러나고 만족은 노력을 통해 만들어지는 경우를 들 수 있다. 그런 면에서 본다면 우리 주변에는 만족보다 불만족의 조건이 훨씬 많다. 스스로 어느 정도 만족해야 '이 정도면

됐다'고 할 수 있을지 잘 정하지 못하거나 아니면 그런 생각을 아예 하지 않기도 한다.

현대 사회의 종교로 자리 잡은 성장주의, 개발주의가 이를 잘 증명한다. 지속적인 경제 성장만이 그로 인한 모든 대가를 초월하는 유일한 선(善)이다. 반대로 성장을 저해하고 가로막는 것은 모두 악으로 치부된다. 성장주의의 토대 위에서는 불만족만 존재할 수 밖에 없다. 영원한 결핍이 무궁한 발전의 원동력이 되기 때문에 그로 인해 잃어버리거나 손상된 것은 가치 절하되기 쉽다. 지구 생태계와의 관계, 끝없이 극과 극으로 치닫는 사람들과의 관계로 인해 스스로 파괴의 길로 접어들어도 사람들은 쉽게 눈감아 버린다. 악화된 관계 자체가 어떤 절대선을 위한 부산물일 수 있을까. 그것은 '관계와 관계하지 않는' 개체를 상정하는 단절화, 대상화에 다름 아니며 죽음을 뛰어넘어 독자적으로 존재할 수 있다는 신화(神化)에 다름 아니다.

왜 미움은 자연스럽게 생겨나는데 미움을 멈추는 것에는 노력이 필요할까. 왜 사랑은 자연스럽게 시들기도 하는데 사랑을 지속하는 데는 노력이 필요할까. 스피노자의 말대로 모든 긍정적인 감정은 생성의 방향을 향해, 모든 부정적인 감정은 소멸의 방향을 향하기 때문이라면, 그 생성에는 능동적 동력이라는 운동성이 필요하다. 여기서 생성, 창조한다는 것은 현재성으로 드러난 것의 이면에 잠재되어 있는 다양한 갈래, 계열들을 발견하고 끄집어내는 것이다. 들뢰즈가 '이접의 긍정적 종합'이라고 부른 이러한 긍정은 우리가 상식이라는 이름으로 당연하게 받아들이고 있는 차이를 바꾸어 나가는 것(~되기)이다. 나와 주변부에서 일어나는 현상들을 '뻔하게 보기' 모드에서는 이러한 생성 작용이 작동하기 어렵다. 어제와 하나도 다르지 않은 오늘, 오늘과 조금도 다르지 않은 내일이라는 시각은 일상생활에서 발휘될 수 있는 생성의 힘을 축소시키고, 사람과 집단에 대한 규정의 틀도 관계의 발전을 위한 운신의 폭을 좁힌다. 사회적으로 '뻔하게 보기'는 통념이나 관습 혹은 '낙인찍기' 등으로 나타나기도 한다. 자기의 것이라고 믿는 그 통념 안에 누군가를 가두거나 스스로 갇히기도 하며, 혹은 낙인을 찍거나 낙인찍히기도 한다.

대상과 감정은 서로 원인과 결과라는 단선적 축을 형성하지 않고, 생성 혹은 소멸의 방향을 향해 누층적 상호작용을 한다. 관계라는 측면에서 볼 때 양자는 임의의 구분일 수도 있다. 너이기 때문에 사랑하는 것과 나의 사랑이 너를 향해 있는 것을 구분하기란 쉽지 않은 일이다. 만약 '너이기 때문에'가 조건의 성격을 갖는다면 그것은 또한 사랑에서 비켜난 감정이 될 수도 있다. 대상과 감정이라는 관계의 상호작용에서 무게 중심이 대상이라는 한쪽으로 치우친다면 미움의 감정에서 원망이 더 크게 자라거나, 사랑을 잃었을 때 더 큰 상실감을 느낄 수도 있다. 균형은 현실로 드러난 감정의 이면에 자리하고 있는 잠재성을 살피고 열어 두는 것에서부터 시작한다. 누군가를 향해 독버섯처럼 자라나는 미움의 감정에 매일매일 물을 주고 있을 수도 있고, 기억을 되뇌면서 감정이 자연스럽게 흩어지는 길을 막고 있을 수도 있다. 혹은 다른 가능성이 있을 수도 있다는 것을 인정하고 찾아보아야 한다.

— 치유를 꿈꾸는 상처

부분적인 자기 손상인 상처는 손상으로 인한 고통을 줄이고 치유하기 위한 여러 가지 방법을 시도하게 한다. 상처를 준 대상에 대해 복수를 꿈꾸기도 하고 주의를 분산시켜 시간을 흘려보내는 방법을 쓰기도 한다. 시간이 상처를 치유하는 방식은 일상사 속에서 조금씩 힘을 발휘하는 망각을 이용하는 것이다. 우리는 흔히 괴롭고 불쾌한 일이 있을 때 '잊어버리라'는 충고를 한다. 그것은 곧 마음속에 담아 두지 말라는 의미와 같다. 마음에서 떼어 내기 위해서는 상처가 기억과 맺은 관계를 끊어야 하기 때문이다. 시간과 노력 끝에 상처와 관련한 시절을 잊어버리는 일에 성공했다 하더라도 모든 기억을 다 잊는 일은 없다. 가장 아프고 가장 괴로운 순간을 위주로 희미해지고 나머지 기억들만 남아 그것이 아름답게 꾸며지기도 한다. 아픈 것들을 지우고 나머지 것들을 이어 붙이다 보면 전체적으로 그럴듯하게 재구성되기도 한다. 그래서 때로는 고통스러웠던 가난의 시절도 시간이 흘러 아름다운 추억으로 바뀌어 남는다.

가해 주체를 특정할 수 없는 상처에 반해 상처의 가해자가 뚜렷한 경우, 상처를 치유하는 가장 이상적인 방법은 상처를 낸 장본인이 진심으로 용서를 구하는 일이다. 용서를 구한다고 상처가 씻은 듯이 낫는 것은 아니겠지만 상처받은 사람이 자가 치유의 노력을 기울여 왔다면 어느 정도 시너지 효과를 볼 수도 있다. 용서를 구하는 방법에는 진심 어린 고백이나 오랜 시간에 걸친 행동의 변화가 있다. 여기서 행동의 변화가 오랜 시간을 필요로 하는 것은 용서의 진실성이 자신의 잘못을 다시는 반복하지 않겠다고 약속하는 실천을 통해 보장되기 때문이다. 약속의 말은 순간적일 수 있어도 그 약속을 보장하기 위해서는 시간이 필요하다. 철학자 한나 아렌트는 우리가 용서를 통해 과거로부터 해방되지 못한다면 우리의 누군가는 과거라는 사슬에 묶여 영원한 희생자로 머물게 된다고 했다. 용서는 부단히 변하는 현실을 파악하고 현실과 화해하려는 '끝나지 않을 활동'이라는 것이다.

용서를 구하는 행위가 이런 과정을 필요로 하는 것처럼 용서를 하는 것도 마찬가지이다. 용서가 세상에 깃들기 위한 부단한 노력인 것처럼 용서하는 것도 용서를 구하는 세상에 깃들려는 노력이다. 용서를 구하는 것만큼, 아니 그보다 더 용서하는 일이 힘들 수 있는 이유는 그것이 용서를 구하는 행위에 대한 수동적인 대응이 아니기 때문이다. 자신에게 씻을 수 없는 상처를 준 사람을 용서할 수 있는 유일한 길은 가능성이 희박해 보여도 그 사람이 자신 앞에 무릎을 꿇고 비는 것밖에 없다고 생각하는 사람이 있다. 바라던 대로 눈앞에 상상했던 일이 펼쳐진다 해도 처음의 예상과는 전혀 다른 감정을 느낄 수도 있다. 용서할 마음의 준비가 부족한 것을 깨닫는 것이다. 도저히 용서할 수 없을 것 같은 마음에 짓눌려 섣부른 용서의 장면을 상상했다는 것을 알게 된다.

용서를 구하는 것과 용서하는 것은 서로 간의 변화를 지속적으로 감지하면서 스스로 변화하는 과정이다. 한쪽이라도 실패한다면 얽히고설킨 용서의 완전체가 성립되지 못하고 상처의 치유가 난항을 겪을 수도 있다. 또한, 임의로 설정한 혹은 누군가가 정해 준 고정된 생각에 갇혀 있다면 그 생각 안에 머무는 감정 또한 변화를 겪지 못할 것이다. 상처는 본능적으로 치유를 꿈꾸지만 치유에 다다르기 위해서는 꿈을 실현해야 한다. 꿈은 스틸 사진 같은 어떤 장면, 어떤 그림의 모습이 아니라 계속 시도하고, 다시 세워지기를 반복하면서 만들어 가는 과정이다. 그러한 변화하는 꿈을 통해 자연스럽게 스스로도 변하게 된다. 변화를 거부하고 자신과 이상을 어느 한 지점에 고정시키려는 노력은 오히려 자연스러운 흐름을 역행한다. 역행과 퇴행은 언제나 자신뿐만 아니라 주변부의 수고와 고통을 수반한다. 분리되지 않는 것을 분리하고 변하는 것을 고정시키려는 모든 노력은 수고롭다. 그것은 부분들을 전체 혹은 공생관계에서 분리하여 대상 혹은 타자로 만드는 기제인 폭력과 유사하다. 그로 인한 고통 또한 어느 한 사람만의 전유물이 될 수 없음은 물론이다. 상처를 준 사람이라고 해서 혹은 상처를 직접적으로 받지 않은 사람이라고 해서 누군가의 상처와 분리되지 않는다. 다만 세상과 스스로 분리되려고 노력할 뿐이다.

존재가 곧 차이다

두 손을 꼭 잡고 같은 방향을 바라보고 있는 사람들이 있다 하더라도 그들이 늘 같은 생각, 같은 마음일 수는 없다. 때로는 그중 한 사람의 생각으로 다른 사람의 마음을 짐작하거나 재단하기도 한다. 그것은 짐작일 뿐 각각 기준도 다르고 측정 방식도 다르고 내용도 다를 수 있다. 그 다름의 양상이 나타나는 경우의 수는 사람이 많아질수록 기하급수적으로 늘어난다. '내가 너를 사랑하는 것만큼, 혹은 그만큼은 아니어도 비슷하게나마 너도 나를 사랑하는 줄 알았다'는 말은 공통의 정량적 측정 기준이 없으므로 성립하기 어렵다. 그저 나는 나만의 방식으로, 너는 너만의 방식으로 사랑하는 것뿐이다. 좋아하거나 싫어하는 모든 감정과, 그 감정과 연계한 생각들이 펼쳐지는 고유의 방식으로 살아가는 것이다. 여기서 상호작용은 각각에서 드러나는 다름을 확인하고 완충하는 과정이라고 할 수 있다. 어떤 측면에서는 전혀 일치하는 구석이 없는 사람들이 또 다른 측면에서 비슷한 방식을 취하고 있다면 그것은 우연일 뿐 그 비슷함이 항상 긍정적인 시너지를 가져오는 것도 아니고, 상반됨이 항상 부정적인 효과를 만들어 내는 것도 아니다. 마주침과 괴리는 차이에서 발생하는 필연적 현상이다. 마주침과 괴리는 충돌을 연쇄할 수도 있고, 또 다른 얽힘이라는 조화를 만들어 낼 수도 있다.

들뢰즈에 의하면 차이는 존재 방식이다. 차이가 없다면 존재하지 않는다는 말과 같다. 어제의 나, 십 년 전의 나, 태어날 무렵의 나와 지금의 나는 무수한 결을 가진 차이의 연속이다. '나'라는 존재는 차이를 통한 다질적이고 불균등한 소통, 종합의 결과가 현상으로 나타나는 의미의 반복이다. 그러나 관념은 고집스럽게 동일성을 주장한다. 여기서 동일성은 어찌 보면 동일성이라기보다 동일시, 즉 생기 없는 결핍의 반복에 가깝다. 얼마나 어떻게 바뀌었는지, 바뀌어 가는지 가늠하지도 못하면서 늘 동일하다는 고정된 시선에 머무르는 것이다. 왕성한 혹은 미세한 변화에 쳐진 가림막을 걷어 내고 변화를 감지하는 것이 바로 역능이다. 역능은 통상적 권력(힘) 개념과는 달리 모든 특이성이 지닌 잠재력을 말하며, 데카르트적인 이성에 근거한다기보다는 스피노자적인 욕망에 기초한 개념이다. 역능을 지닌 특이성들이 차이를 확인하면서 서로 새로운 것을 구성해 나가는 방식을 통해 권력(힘)의 지배에서 벗어나 특이한 개별자로서 존재하는 능력을 말한다. 그것은 곧 차이라는 존재 방식이 만들어 내는 능력이다.

또 다른 개별자의 존재 방식으로서 차이도 마찬가지이다. '왜 너는 나와 같지 않을까', '왜 나와 같은 생각을 하지 않을까', '왜 너는 내 맘 같지 않을까' 같은 의문은 자신에 대한 차이의 부정, 즉 동일시의 반복이 다른 사람에게까지 확장되는 경우라고 할 수 있다. 차이를 인정하지 않는 것은 존재를 인정하지 않는 것과 같고, 나아가 차이에 대한 이러한 부정은 비하, 적대시, 차별, 증오 같은 극단으로 나아가기도 한다.

인정받지 못한 차이는 소외의 길로 향하게 된다. 그러나 수많은 소외의 역사가 증명하듯이 소외의 골이 깊어진다고 해서 소외된 것들이 모두 스스로 조용히 사장되지는 않는다. 어떻게 해서든 자신의 존재를 피력하려고 필사의 투쟁을 벌이기도 한다. 그것은 대립이나 전복을 위한 투쟁이기보다 자기 존재를 담보 받기 위한 몸부림에 가깝다. 차이를 인정받지 못한 존재가 스스로를 증명하기 위한 방식이다. 종적 존재로서의 분류 틀에 갇히는 규정이 아닌 차이들은 미세하게, 혹은 강렬하게 움직인다. 이러한 차이 나는 운동성, 역량이 곧 존재이다.

습관적 재현이라는 사물을 인식하는 하나의 시선은 간명하고 편리한 방법 같아도 그 하나의 시선 안에 스스로 갇히게 되는 오류를 범할 수 있다. 경험에 내재한 무한한 양면성을 매 순간 인식할 수는 없지만 습관에 의해 형성된 인식을 차이에 대한 감지 없이 단순 반복하는 것은 자신과 타인을 포함한 존재들에 대한 잠재적 운동성, 즉 역량을 저해하는 것과 같다. 분쟁과 화해를 거듭하며 공존을 꾸려 온, 스스로를 가두는 나와 탈출을 꿈꾸는 나의 방향성이 타협을 뿌리치고 서로 극단으로 치달으며 균형을 잃기도 한다. 검열하는 자아와 검열받는 자아의 협상이 결렬되고 각자의 앞에 펼쳐진 각본 없는 무대의 배우와 관객 사이를 가로지른다.

분열의 언어는 맥락과 시간성이 없고 표상과 같은 말이 야생의 말처럼 뛰어다닌다. 과한 속박에 과한 자유로 대응하면서 억눌리는 힘의 틈새를 있는 힘껏 비집고 나온다. 그렇게 표출된 언어는 이미 규격을 넘어서는 세계를 향해 있다. 한 번도 가져 보지 못한 자유의 이쪽 끝에서 저쪽 끝을 순간 이동하듯이 넘나드는 것이다. 언어는 차라리 아무것도 대변하지 않는 것을 택한다. 무언가의 대리인이기를 그만두는 것이다. 언어는 발설 그 자체가 되어 일의적 존재로 발화하고 사라진다. 분열이 보여 주는 극단의 양상은 매 순간, 매 사건, 매 존재의 차이를 분리가 아닌 차이 그 자체로 움직이게 하는 것의 중요성을 대변한다. 이는 자신과의 관계뿐 아니라 모든 관계망에서 공통적이다.

10장

그에게서 내 모습을 보다

—내 안의 나, 내 안의 너

한 사람을 돌보기 위해서 아버지와 나, 두 사람이 옴짝달싹 못하자 아이와 남편은 자연스럽게 돌봄에서 소홀해졌다. 아이에게는 새로 전학 온 학교에서의 생활이 어떤지 물어볼 기회도 없었다. 시간이 흐른 뒤 아이는 할머니와 함께 지낸 이 시간을 어떻게 기억할까. 부디 지워 버리고 싶을 만큼 어두운 기억만은 아니길 바라 보지만 알 수 없는 일이었다. 할머니 때문에 일상사를 저당 잡힌 채 피곤에 찌들어 있는, 그러다 가끔씩 화를 참지 못하고 아픈 할머니에게 고함을 치기도 하는 엄마와, 엄마를 그렇게 만든 장본인이라고 생각할지도 모를 할머니, 그리고 집에 와서 엄마에게 편하게 말을 걸기도 힘든 자신의 생활에 대한 기억이 너무 짙고 어둡게 채

색되지 않기만을 바랐다.

엄마는 식사 시간 외 나머지 시간 동안 안방과 거실을 오가며 화분이나 물건을 만지작거리기도 하고 소파에 앉아 아버지와 대화 아닌 대화를 나누기도 했다. 주로 엄마가 아버지의 외모를 대놓고 힐난하는 내용이었다. 늙어서 주름살이 자글자글하다는 둥, 머리가 벗겨졌다는 둥, 배가 튀어나왔다는 둥 하며 배를 세게 꼬집기도 했다. 그러면 아버지는 '어이쿠, 아프다! 꼬집지 마라' 하며 피하는 것이 다였다. 평소 같으면 상상도 하지 못할 일의 연속이었다. 이전까지의 두 사람 관계를 아는 사람이 보면 코미디가 따로 없을 장면들이었다. 아버지는 특유의 커다란 목소리와 정제되지 않은 솔직함으로 면박 주는 것 같은 표현을 자주 했고, 엄마는 그런 아버지를 한번 흘겨보는 것 외에 다른 대응을 하지 않은 채 한숨 쉬면서 자리를 피해 버렸다. 이것이 수십 년 동안 두 사람 사이에서 일상처럼 볼 수 있던 장면이었다. 그에 반해 마치 배역을 바꿔 역할극을 하는 것처럼 상황이 급반전된 것이, 다시없을 희극처럼 보일 만도 했다. 하지만 마음이 무거운 내게는 그저 씁쓸하기만 했고, 머릿속으로는 왜 저런 행동을 하는지 이유를 찾느라 바빴다. 평소에 아버지에게 무시를 당했다고 생각한 것에 대한 일종의 복수 같은데, 그다지 위력 있어 보이지 않는 소심한 복수 같았다. 엄마의 마음을 누르는 원인에 대한 아버지의 지분이 얼마만큼인지 알지 못하겠지만 어쨌든 아버지는 진심을 다해 엄마를 아픈 사람으로 대하며 돌보고 있었다.

하지만 나는 그렇지 못했다. 아프다는 걸 잘 알면서도 가끔씩 엄마가 밉기도 했고, 원망스럽기도 했다. 다른 사람에게 싫은 소리 한번 하지 못하고, 사이가 좋지 않은 이웃도 없었던 엄마의 무난하고 원만한 성격이 가짜 같다는 생각이 들기도 했다. 엄마는 식구들의 물건을 몰래 훔치기도 하고 화초의 멀쩡한 이파리들을 조금씩 떼내 버리고 시치미를 뚝 떼기도 했다. 평소에 식물 키우는 것을 워낙 좋아해서 다 죽어 가는 식물도 정성 들여 살려 내고는 했던 모습과는 정반대였다. 엄마를 돌보느라 지쳐 짜증이 곤두설 때는 어쩌면 현재의 엄마가 자신의 본모습일 거라는 생각까지 들었다. 직설과 독설을 서슴지 않고, 다른 사람의 말은 한 귀로 듣고 흘리면서 멋대로 행동하는 것이 엄마의 본성일 거라고 믿고 싶기까지 했다. 무엇보다도 어느 쪽이 자신의 본모습인지 알지도 인정하지도 못한 채, 지금처럼 어느 쪽으로도 잘 살아 내지 못하는 것이 싫었다. 이제까지 보여 왔던 모습이 진짜건 진짜가 아니건 그런 모습으로 끝까지 잘 살아 내든가 아니면 남들 보기 좋은 면이 아닌 다른 안 좋은 면도 자신의 모습임을 인정하고 내비쳐 오든가, 어느 쪽도 아닌 엄마의 어정쩡함이 이 사달을 만드는 데 일조한 것 같다고 비난하고 싶었는지도 몰랐다.

남편과 자식을 대하는 수많은 시간 속에서의 답답한 무표정만으로도 이미 엄마는 엄마가 원하는 결혼 생활을 하고 있지 못하다는 표현을 충분히 한 터였다. 엄마의 묵묵함이 애정인지 의무감인지, 아니면 그저 삶을 견디는 것인지 가릴 처지가 못 되었던 어린 나는 엄마가 유지하고 있는 자의와 타의의 균형이 깨지면 버려질지도 모른다는 생각을 했는지도 몰랐다. 그 두려움을 무의식에서조차 덮어 두려고 엄마의 어두운 무표정마

저 사랑이라고 믿어 의심치 않는 쪽을 택했다. 그것은 선택이라기보다 생존을 위한 본능에 더 가까웠다. 엄마는 자식을 끔찍이 사랑하는 게 분명한데 사는 게 너무 힘들어서, 팍팍해서, 단지 그 이유 때문에 자식에 대한 애정 표현을 다 하지 못하는 거라고 스스로에게 주입시켰다. 그보다, 표정과 행동만으로는 엄마의 괴로움이 정확히 무엇이고 얼마만큼인지 알 수 없지만 어찌 됐든 엄마가 엄마라는 자리를 이탈하지 않고 있어 준 것, 그것 하나만으로도 이미 자식에 대한 깊은 사랑이라고 믿고 싶었다. 힘들지만 자신이 절대적으로 필요한 존재의 곁을 지키는 것이 사랑이 아니라면 세상에 어떤 것을 사랑이라고 할 수 있을지 나는 알지 못했다.

원래 엄마는 마음속에 담아 둔 말을 당사자의 면전에서 잘하지 못했다. 제3자에게 에둘러 표현하는 것이 다였는데 문제를 해결하고자 상담하는 것이 아니라 하소연하는 것이 주목적이었다. 틀어진 관계 회복에 있어서 이른 체념은 오해만 더 불러일으키게 마련이고, 남는 것은 하소연을 반복해도 없어지지 않는 답답함뿐일 것이다. 차곡차곡 쌓인 답답함이 한꺼번에 봇물처럼 쏟아지는 것인지, 더 이상 안으로만 삼키는 것이 한계에 다다른 것인지, 이제 엄마는 마음속에 있는 말들을 있는 그대로 드러내고 있었다. 엄마의 급반전을 어떻게 이해해야 할지 의아스러웠다. 엄마는 가끔 엄마와 나를 검지손가락으로 한 번씩 가리키며 '나도 장녀, 너도 장녀'라는 말을 했다. 처음에는 그 말의 뜻이 무엇인지 잘 알지 못했는데, 몇 번을 반복해서 듣다 보니 그것은 엄마가 장녀로서의 의무를 다했던 것처럼 같은 장녀인 나도 그렇게 해야 한다는 말처럼 들렸다.

그 말을 할 때마다 엄마가 나를 가리키는 손가락은 '내가 그랬듯이 너도 나를 책임지는 게 당연하다'라고 얘기하는 것 같았다. 그러면 갑자기 가슴이 꽉 막히고 뒤통수가 휑해졌다. 믿어 의심치 않았던 엄마의 자식에 대한 사랑이라는 초석이 흔들리고 그 위에 발을 딛고 있는 나도 곧 무너져 내릴 것 같았다. 그럴 때면 갑자기 어린아이가 된 것 같은 나는 속으로 이렇게 묻고 싶었다.

'다른 사람이 그렇게 얘기한다면 몰라도 엄마가 그런다면 그건 사랑이 아니지 않나요? 대가나 보상을 바라는 희생은 처음부터 사랑이 아니지 않나요?'

내가 오해한 것이지, 아무렴 엄마가 그런 뜻으로 말한 것은 아니겠지 하며 몇 번을 고쳐 생각해 보려고 했다. 그러나, 더 견딜 수 없었던 건 엄마가 하는 행동이 모두 진실 같다는 느낌이었다.

가끔씩 독실한 종교인인 엄마에게 도움이 될까 해서 일부러 종교 방송을 틀어 놓기도 했다. 신의 말씀에 순종하고 복종해야 한다는 내용의 설교가 나오면 공연히 신경이 예민해져서 나도 모르게 엄마의 얼굴을 자세히 살피기도 했다. 기꺼웠는지는 모르겠지만 엄마는 충분히 복종하고 순종할 수밖에 없는 삶을 살아왔다. 종교가 강요하는 복종과 순종까지 덧붙이는 것은 아무리 종교적 교리라고 해도 너무 가혹한 처사 같았다.

한번은 TV 화면 속의 목회자가 신의 사랑에 대해 이야기한 적이 있었다. '신은 곧 사랑이다. 우리는 이웃, 가족에 대한 사랑으로 신의 사랑을 실천해야 한다'는 내용이었다. 신을 믿는 사람이 아니라도 당연히 그럴 거라고 생각할 만한, 누구나 짐작할 만한 내용이었는데, 그날따라 내게는 좀 다른 울림으로 다가왔다. 신이 곧 사랑이라면 신을 그렇게 오랫동안 독실하게 믿어 온 엄마는 적어도 사랑이 무엇인지 알고 있지 않을까, 알아야 하는 것 아닐까 궁금해졌다. 내가 알기로 엄마에게 있어 신은 힘들 때 전적으로 의지하고 매달리는 대상이었다. 원하는 것을 들어 달라고, 울부짖으며 기도하는 엄마에게 신은 무어라고 대답했을까. 신의 답변을 엄마는 들었을까. 그리고 신을 통해 사랑을 느꼈다면 누군가에게 그 사랑을 표현하지 않았을까. 만일 자식이 아니라면 엄마의 사랑은 누구에게 표현되었을까. TV 속 내용을 듣고 있는지 아닌지 분간이 안 가는 표정의 엄마에게 이번에는 내가 질문할 차례라는 듯이 물었다.

"엄마, 하나님은 사랑이라는데 엄마는 사랑이 뭔지 알아?"

"사랑? …… 사랑?"

엄마는 미간을 약간 찌푸리며 잃어버린 물건을 어디다 뒀는지 애써 기억해 내려는 사람처럼 골몰했다.

"하나님이 엄마를 사랑하실 거 아냐. 그걸 느낄 수 있어? 뭘 보면 알 수 있어?"

엄마는 한참을 생각하다가 문득 창밖 쪽으로 시선을 돌리고는,

"나는, 너희들이 자식이지만, 그렇게…… 애틋하지 않았어."

라고 말했다.

나의 질문을 살짝 비켜 가면서도 한 단계를 더 뛰어넘어 버리는 엄마의 대답. 역시 예상하지 못한 바였지만 엄마의 말은 거짓이 아니었다. 엄마는 자식들에게 소홀하지도 않았지만 그렇다고 절절하지도 않았다. 예쁘다고, 잘했다고, 사랑한다고 말한 적도 없었고, 무슨 고민이 있는지 궁금해하지도 않았지만 끼니를 거르게 하거나 더러운 옷을 입고 다니게 하거나 공부에 방해되는 것을 방관하거나 하지도 않았다. 엄마는 그저 묵묵히 스스로 생각한 엄마의 역할을 다했다. 그래도 사랑을 묻는 이 대목에서 왜 저런 말을 하는 걸까. 나는 갑자기 가슴이 쿵쾅거리고 눈시울이 붉어졌다.

'나는 솔직히 사랑이 뭔지 잘 모르겠어. 하나님에게서든 부모에게서든 사랑을 받았는지도 모르겠고, 그걸 모르겠으니 내가 사랑을 주었는지도 모르겠어. 하나님은 사랑이 맞지만 나는 사랑이 정확히 뭔지 모르겠어. 잘은 몰라도 사랑은 가슴이 터질 것같이 뜨겁게 벅차오르는 거라던데 나는 자식을 키우면서도 그런 느낌을 받은 적이 없어. 사랑은 한 치의 부족함 없이 완벽해야 되는 것 아니겠니. 그런 거 아니니?'

창밖을 바라보는 엄마의 초점 없는 눈이 이렇게 말하고 있는 것 같았다. 엄마는 대답 대신 나에게 또 다른 질문을 던졌다. 마음을 추스를 겨를도 주지 않고 너무 짧은 기간 동안 너무 많은 질문을 집중포화하고 있었다. 몸과 마음이 산산이 해체되어 다시 끼워 맞춰야 하는 숙제를 받은 것 같았다.

쌀쌀한 덕에 미세먼지 없이 맑은 날씨를 틈타 옷을 단단히 챙겨 입고 근처 공원에 나가 보기로 했다. 집 안에서는 창을 열고 햇볕을 쬘 기회도 별로 없고, 계속 집 안에서만 맴도니 갑갑하기도 해서 엄마가 밖에서 돌발 행동을 할 위험을 무릅쓰고 밖에 나가 보기로 했다. 아버지도 오랜만에 밖에 나갈 생각에 약간 들뜬 듯 엄마의 엉클어진 머리를 빗겨 주고 양말까지 꼼꼼하게 챙겨 주면서 외출 준비를 했다. 평생 처음 보는 다정한 모습인데도 전혀 흐뭇하지 않고, 오히려 명치 부근이 뭉근하게 눌리면서 싸하게 따가웠다. 엄마가 평소에 아버지에게 바라던 모습일 텐데 엄마는 좋아하는 기색 하나 없이 수동적이고 느릿느릿한 아이처럼 굴기만 했다. 원하는 것은 대개 바라는 시간에 이루어지지 않는 모양이었다. 아무리 간절하게 바라던 것이라도 너무 이르거나, 때를 놓치거나, 적절하지 않은 시점에 실현되면 크게 소용이 없는 것 같았다.

자연광이 엄마의 동반이환 증상 중 하나인 우울증에 도움이 될까 하는 약간의 기대를 품고 집을 나섰다. 엄마를 가운데 두고 아버지와 내가 양쪽에서 팔짱을 낀 채 추워서 사람이 별로 없는 거리를 천천히 걸었다. 5분쯤 걸어가니 잔디가 비교적 넓게 조성된 공원이 보였다. 바람이 약간 쌀쌀하기는 했지만 한낮의 내리쬐는 햇빛이 추위를 조금이나마 누그러뜨리고 있었다. 사방이 눈이 부시도록 환한 가운데 어두운 것은 오직 엄마의 얼굴뿐이었다. 엄마의 몸은 겨울 오후의 직사광선을 온전히 받고 있었지만 마음은 많은 생각으로 부대끼며 다른 곳을 헤매고 있는 것 같았다. 피곤할까 싶어서 볕이 잘 드는 벤치에 앉아 잠시 쉬기로 했다. 그러자 엄마는 고개를 살짝 떨어뜨리고 한참 동안 말이 없다가 갑자기 크게 소리 내어 엉엉 울기 시작했다.

너무 큰 소리로 우는 엄마를 옆에 두고 아버지는 영문을 몰라 하며 주변을 살폈다. 까닭 없는 말, 종잡을 수 없는 행동으로도 모자라 걷잡을 수 없는 울음이라니. 나는 힐끔거리는 사람들의 시선이 아무렇지 않을 만큼 화가 나서 가쁜 숨을 몰아쉬며 말했다.

"왜~, 왜 우는데, 오랜만에 햇빛 쐬러 나와서 뭣 때문에 이렇게 우는데 엄마, 엉?"

엄마는 마치 목 놓아 울 기회를 기다렸다는 듯이 대성통곡을 하며 눈물을 쏟아냈다.

"가난해서…… 가난해서…… 으허어엉. 어릴 때부터…… 흐어엉……"

밑도 끝도 없는 슬픔이라니. 어린 시절 가난하게 자란 것이 왜 지금 여기서 이토록 슬퍼지는지 알 수 없는 일이었다. 엄마의 마음이 순간 이동하면서 이리저리 움직이는 경로를 어느 누가 알 수 있을까. 한 번도 어린 시절의 가난이 지독히 싫었다고 말한 적 없는 엄마에게 사실은 가난이란 것이 가슴속에 깊이 자리하고 있던 큰 상처였을까. 아니면 바람의 온도와 햇빛의 조도, 그리고 자신의 눈물을 지켜봐 줄 만한 사람이라는 조건이 우연하게 맞아 떨어져서 고였던 눈물이 일제히 쏟아져 내리는 걸까.

"엄마, 엄마가…… 가난해서. 흐흐흐엉……"

끝 간 데 없을 것 같은 눈물과 함께 엄마가 할머니를 소환했다. 엄마는 몇 년 전 할머니가 돌아가시고 한동안 힘들어하는 모습을 보였다. 돌아가신 할머니가 갑자기 생각나고 보고 싶어진 거구나 생각했다. 남편을 일찍 여의고 자식 넷을 홀로 키웠던 할머니의 고생스러웠던 삶이 안타까워 가슴 아파하는 줄 알았다. 정말 그런 줄 알았다. 그러나 나의 질문에 대해 어절로 툭툭 끊으며 대답하는 엄마의 말을 들어 보니 할머니가 가난해서 자신이 가난할 수밖에 없었던, 가난한 집에 태어나서 가난하게 자랄 수밖에 없었던 자신의 운명에 대한 한탄이었다. 나는 적잖이 놀랐다. 어렴풋이 짐작은 하고 있었지만 굳이 찾아서 확인하지 못했던 진실을 이렇게 엄마를 통해서 마주하게 될 줄 미처 몰랐다. 이기적인 것 아닐까 하는 죄책감에 다른 이들을 돌보느라 자기 마음이 상해 가는 것을 보지 못했고, 꾸려 가야 할 삶이라는 명목으로 숨죽이고 사는 법을 따를 수밖에 없었던 시절들과 화해하는 것 같았다. 가장 근원적이고 원생적인 감정의 중심은 결국 자기 자신이라는 것. 다른 사람에 대한 연민이나 안타까움 같은 모든 공감의 최초 발원지가 바로 나이니, 자신을 충분히 안쓰러워하고 가여워하고 위로하고 쓰다듬어 줄 줄 알아야 다른 사람에게도 그렇게 할 수 있게 될 것이다. 엄마는 오래 묵혀 둔 자신과의 얽히고설킨 관계를 회복하려고 조금씩 움직이고 있는 것 같았다. 가난해서, 일하느라, 혹은 남들처럼 부대끼며 사느라 소외시키고 방치했던 자신을 이제야 아프도록 보듬어 안는 것 같았다. 아무도 대신해 줄 수 없는 자신만의 터널을 통과하면 비로소 주변 사람들이 얼마나 눈부신 존재인지 볼 수 있게 되겠지. 사랑하는 사람의 머리 위로 쏟아지는 햇빛 하나까지도 모두 간직하고 싶은 마음으로 한순간의 섬광에 깃든 아름다운 소중함을 볼 수 있게 되겠지.

"그래, 엄마. 괜찮아. 눈물이 다 마를 때까지 우셔요. 엄마가 다 울 때까지 내가 옆에 있을게."

— 노년은 삶에 부여된 기회

사람들은 누구나 매일 조금씩 변해 가거나 아니면 갑자기 겪은 어떤 커다란 사건으로 인해 좀 더 큰 폭으로 변하기도 한다. 어쨌든 그 변화가 아주 급격한 것이 아니라면 우리는 자연스럽게 이런저런 일을 겪으며 조금씩 변하게 마련이다. 사람의 몸을 이루는 세포는 3개월이면 이전과는 완전히 다른 것으로 바뀐다고 한다. 3개월 전에 내 몸을 이루던 세포를 3개월 후에는 하나도 가지고 있지 않는 것이다. 그렇다고 3개월 전의 내가 지금의 나와 완전히 다른 사람이냐면 그건 아니다. 끊임없이 세포를 교체하더라도 외부 환경과 상호작용하며 유지하는 내부의 신체적 항상성이 있고, 그뿐만 아니라 우리가 가진 기억, 주변과의 관계, 습관, 사회적 정체성 등으로 '나'라는 항상성을 유지한다. 또, 같은 방식으로 '너'와 '그', 혹은 '우리'를 대하며 사회적 관계를 맺는다. 아무리 돈독하고 굳건한 사이라 해도 사람과의 관계 또한 그 사람이 변함에 따라 같이 변해 간다. 시간이 지남에 따라, 상황이 변함에 따라 더 깊어질 수도 있고, 소원해질 수도 있고, 아니면 다른 양상을 띨 수도 있다. 이런 점에서 우리는 반복되는 하루하루와 계절 속에서 미세하지만 조금씩의 차이 나는 삶을 살아간다고 할 수 있고, 그것을 우리는 변화라고 부르며, 성장기 이후 나이에 따른 변화를 노화라고 부르기도 한다.

나이에 따른 변화(노화)는 비교적 일찍부터 서서히 일어나기 때문에 그 변화를 눈치채지 못하거나 쉽게 넘기기 쉽다. 실제로 노화는 성장이 종료되는 시점인 20세 전후부터 시작되지만 아무도 20대에 노화라는 이름을 붙이지는 않는다. 자연적으로 우리 몸에서 일어나는 이러한 변화는 앞으로 우리에게 일어날 일들에 대해 많은 것을 준비할 수 있는 충분한 시간이라는 기회를 주고 있지만 정작 우리는 그 기회를 잘 살리지 못하고 허투루 날려 버리는 경우가 많다. 한 해 한 해 나이 먹는 것을 기념하고, 축하하는 일은 잊지 않으면서도 나이 먹는다는 것이 무엇을 의미하는지 생각해 보는 기회로 삼는 것은 뒤로 미루기도 한다. 의외로 많은 사람이 평생 청년의 모습으로 사는 것을 선망하지만 실제로 그렇게 된다면 그처럼 끔찍한 일도 없을 것이다. 예를 들면 65세까지는 청년의 외모를 유지하고 있다가 65세 생일에 본연의 나이 든 모습으로 급작스럽게 변모한다면 그 충격을 받아들이기가 쉽지 않을 것이다. 자연스럽게 나이 들어 간다는 것은 일종의 기회이며, 이를 거스르려고 애쓰는 행위는 그 기회를 거절하는 일일 것이다. 젊어진다는, 혹은 젊어 보인다는 안온함에 집착하는 시간이 길어질수록 자신도 의식하지 못하는 자기 최면에 걸려 주어진 생애주기마다 겪어야 할 통과 의례와 그 통과 의례를 통한 자연스러운 자기 인식을 놓쳐버릴 수도 있다.

— 응시하는 힘, 마주보는 용기

행위하는 주체는 합성적이다. 행위의 기반을 응시하는 자아, 행위의 구성을 응시하는 자아, 행위 자체를 응시하는 자아, 효과 및 결과를 응시하는 자아 등 행위하는 주체 아래에는 응시하는 작은 자아들의 군집이 있다. 그래서 우리가 자아를 말하고자 한다면 그것은 항상 제3자일 수밖에 없다. 그 어떤 것도 실제로 행하지 않으면서 전 과정을 주도하는 응시하는 자아들은 반복을 통해서 자극과 반응이라는 관계를 해석한다. 내가 나에게 있었던 일을 말할 때만 보더라도 말하는 나와, 이야기 속의 나, 그리고 그 이야기를 바라보는 나로 나누어진다. 듣는 이가 있다면 말하는 나를 바라보는 너를 의식하는 나, 이야기 속의 나를 응시하는 너를 의식하는 나, 나의 해석과 상호작용하는 너를 응시하는 나까지 더해진다. 들뢰즈에 의하면 이 응시들은 어떤 물음들이며 유한한 긍정들이다. 그것들은 여기저기서 저마다 한마디씩 소리를 내는 웅성거림이고 그 소리들이 융합해서 행위에 이른다.

그런데 응시들 중에 소수의 응시가 전체를 전횡하면 백색 소음 같은 웅성거림이 점차 불협화음으로 바뀌기도 한다. 검열하는 응시가 불시에 고함을 지르기도 하고, 혼자 뚜렷한 음성으로 지속적으로 속삭이기도 하면서 유일한 시선인 양 행세하기도 한다. 그리고 그에 불복하는 다른 응시들이 다양하고 불연속적인 방식으로 대응한다. 고른 긍정을 넘어서며 불가항력적인 힘을 발휘하는 독선적 응시는 습관으로 구축된 반복에서 새로운 차이를 생성해 내는 응시들의 감독관 역할을 하고, 그 감독관의 응시를 피해 다니며 집요하게 반항하는 다른 응시를 만들어 낸다. 고르게 한 발씩 물러나 있던 응시들의 정렬을 이탈해서, 앞에 나서 다른 응시들을 대변하려고 하는 것이다. 다른 응시들이 한 응시의 이런 나댐을 달가워할 리 없지만 그렇다고 똑같이 나설 수는 없어서 괴로워하거나 못마땅해하면서 원래의 능동성을 손상받는다.

다른 질문을 하는 응시의 욕구는 살아 있는 현재를 응시의 다수성으로 정의할 수 있게 해준다. 우리 자신을 재현과 자기 동일성의 가상에 근거한 의식적 행위의 주체로 간주하는 것을 그만두면, 즉 일련의 재단된 동일성이라는 가상을 멈추면, 우리 자신이 '다양한 수동적 자아들의 체계'로 이루어져 있다는 것을 알 수 있게 된다. 자아는 그런 수축된 반복이 다른 반복으로 옮겨 가는 국면에, 차이가 개입하여 수동성에 균열을 내는 지점에 존재한다. 이것이 바로 '애벌레 자아'들이 서식하는 응시의 다수성이고, 이 균열적 다수성은 그것을 종합하려는 독단성에 의해 차이를 만들어 내는 반복을 훔쳐 내지 못하게 되기도 한다.

반복에서 새로운 것을 훔쳐 내고 차이를 훔쳐 내는 응시나 물음에 대해 '상상'은 구성의 관점에서 그 반복에 힘을 부여한다. 결핍되고 빈곤한 것은 핵심적으로 이 '상상'에 있다고 할 수 있다. 다층적인 계열에서 끊임없이 운동하는 물음들, 응시들로 주체는 고정되지 않고 계속 시간과 함께 만들어지며 주체성을 형성한다. '주체'라는 고정성의 가상을 벗고, 운동하면서 생성하는 '주체성'으로서의 힘을 발휘하는 것이다.

평범함과 특별함

인도 철학에 이런 말이 있다. '내가 아무것도 아닌 것을 이해하는 것이 지혜라면, 내가 세상의 전부임을 깨닫는 것은 사랑이다. 그리고 그 둘 사이를 오가며 삶은 나아간다.'

내가 아무것도 아닌 것을 이해하는 것은 무엇인가? 많은 사람이 내가 아무것도 아닌 것 같은 '느낌'에 우선 두려움을 갖는다. 아무것도 아니라는 것을 존재감 없음, 있으나 마나 한, 먼지 같은, 하찮은 등으로 받아들이기 때문일 것이다. 시야를 더 확장시킬수록 내가 아무것도 아닌 것이 더 증명되기도 한다. 국가, 지구, 우주 전체에서 나라는 하나의 생명체는 정말 미미하기 그지없다. 당장 사라진다 해도 우주 전체에 전혀 영향이 없을 테고 티도 안 날 것이다.

그러나 여기서 '내가 아무것도 아니라는 것'은 있어도 그만, 없어도 그만인 영향력 없는 존재라는 것을 의미하기보다 모든 생명체는 우열이 없다는 것을 의미하는 것에 가깝다. 탄생 자체로 더 가치가 있는 존재와 그렇지 않은 존재가 정해져 있지 않다는 것이다. 인간을 포함한 다른 생명체를 하찮게 여기고 함부로 대한다면 내가 아무것도 아닌 것을 전혀 이해하지 못하는 셈이 된다. 즉, 다른 생명체 위에 군림하는, 군림해 마땅한 특별한 존재임을 자임하는 것이다. 그러나 특별함은 그럴 때 쓰이지 않는다. 그것은 특별함이 아니라 평범함을 깨닫지 못하는 우매함에 가깝다. '특별함'은 바로 다음 문장인 '내가 세상의 전부임을 깨닫는 것'에 해당된다. 그것은 들뢰즈의 '한 사람의 죽음은 한 우주의 소멸과 같다'라는 말과 맥락이 닿아 있다. 나는 응집과 해체를 반복하는 무수한 생명체들 중에 '나'라는 의식을 갖게 해준 독특한 창발 현상이다. 즉 세계와 상호작용하는 유한하지만 유일한 사건 그 자체이다.

인간의 몸은 다른 것들과 마찬가지로 원자로 이루어져 있고 한 생명체가 죽음을 맞이해도 원자는 사라지지 않고 분해되어 흩어진다. 여기에 인간을 포함한 모든 생명체의 평범함이 있다. 모두 열외 없이 원자가 원래 자리했던 내재면의 근원으로 돌아가는 것이다. 특별한 것은 지금, 현재, 나라는 특이성의 창발이다. 세상의 셀 수 없는 원자들이 모여 나의 살과 뼈를 이루며 응집되어 있다는 유일무이한 사건인 것이다. 이러한 개채성의 사건은 끊임없이 내재성과 상호작용한다. 그래서 나에게는 수많은 내재면, 즉 잠재성이 함축되어 있고, 다른 사람들도 마찬가지이다. 나에게서 일어나는 내재면과의 상호작용 방식을 잘 관찰하면 나뿐만 아니라 다른 사람에 대한 이해가 자연스럽게 넓어지는 이유가 여기에 있다.

'나'라는 특이한 사건을 구성하고 있는 것 또한 크고 작은 사건들이다. 사건이 사건을 품는 것이다. 삶은 계획하고 생각한 대로만 흘러가지 않고, 예측할 수 없는 변수들이 뜻밖의 상황에서 도드라지기도 한다. 우주를 품은 커다란 사건인 나는 살면서 겪는 모든 불확실성을 결국 다 끌어안을 수밖에 없다. 거부와 외면은 순간적인 모면은 가능할지 모르나 이중의 고통을 수반한다. 그렇다면 우리는 사건이라는 운명에 종속된 존재일 뿐인가. 특이성의 역능이 여기서 발휘된다. 그 역능에 따라서 거부와 원망, 비관, 좌절을 비롯해 수용, 긍정, 반면교사 등 다양한 반응이 나오는 것이다. 과거와 전미래의 인칭적 자아를 버리고 사건이 일어나면 그 사건의 자식으로 다시 태어나 사건의 담지자가 되는 것이 바로 스토아적 윤리이다.

누구나 평범하면서 동시에 특별하다. 평범하려고 애를 많이 쓰거나, 특별해지기 위해서 노력하면서 그 평범함과 특별함에 맞는 자기 기준에 부합하는 삶을 산다고 해도 둘 중 한쪽으로 치우친 존재가 되지 않는다. 더 폭넓게 영향력을 미친다고 해서 특별하고, 그렇지 않다고 해서 평범함에 가까운 것도 아니다. 한 번도 본 적 없는 사람이 여러 사람에게 미치는 영향보다 지금 내 곁에 가까이 있는 사람의 영향력이 더 큰 것처럼 영향력은 범위보다 강도가 더 중요하다. 일정한 에너지를 가진 자장 현상처럼 넓고 약한, 혹은 좁고 강한 무수한 힘들끼리 서로 영향을 주고받으며 상호작용한다. 모든 부모가 자식에게는 특별한 존재이고, 모든 자식도 부모에게는 특별한 존재이듯 자신이 얼마나 특별한 존재인가를 알게 되는 것은 이 강도 높은 상호작용을 통해서이다. 나의 노력으로 특별한 부모나 자식이 되는 것이라기보다 누군가에 의해 특별하게 되었기 때문에 노력하는 것이다. 상호작용할 것이 아무것도 없는 특별함이 있을 수 없듯이 비교할 것이 없는 평범함도 있을 수 없다.

평범함과 특별함의 분류는 다분히 임의적이다. 특별함을 우월감이나 선망의 지표로 삼기도 하는데 잘 들여다보면 대부분 상대적인 경우가 많다. 어떤 범위 안에서 무엇을 기준 삼아 비교하느냐에 따라 천차만별이다. 수천 가지 분야에서 각기 다른 순위가 매겨지고, 서열이 생기면서 위치를 정하느라 바쁘고, 그중에 가장 큰 비중의 비교에 마음을 다 내어 준다. 평생 우리는 무언가, 누군가와 비교 '대상'이 되느라 정작 자기 '자신'이 되어 보지 못하는 것이다. '자신'이 되는 것은 나를 다른 사람들과 나열식으로 비교하거나 다른 사람의 비교성 인정으로 자기 존재를 확인하려는 것이 아니라, 나의 유일무이성 자체를 특이성으로 위치 지우고, 스스로의 인정을 더 중요하게 생각하는 것이다. 마찬가지로 다른 사람들도 자신이 만든 위치점의 기준에 부합하는지 여부를 따지고 비교하지 말아야 할 것이다.

그러려면 어렵더라도 스스로에게 나에 대한 질문을 해야 한다. '이 정도면 괜찮은 배우자감 아닌가요? 이 정도면 좋은 부모 아닌가요? 이 정도면 잘 산다고 할 수 있나요? 이 정도면 성공한 거 아닌가요?' 같이 다른 사람들에게 끊임없이 확인받고 싶은, 자기 자신에게 했어야 하는 근원적인 질문을 회피하는, 낯부끄러운 질문들이 난무한다. 그러고는, 다른 사람이 하는 것만큼, 다른 사람들이 하는 식으로 하라며 그 사람의 고유성과 특이성을 무시하는 폭력적인 말을 내뱉는다. 우리는 왜 균질한 평균의 인간이 되지 못해서 평생을 노심초사하는 걸까. 그러면서 또 자신이 희미해지는 느낌을 없애려고 자신을 드러내기 위해 발버둥치는 걸까.

'이것이거나, 저것이거나, 아니면 또 다른 무엇이거나' 같은 or적 사고와는 달리 '이것이면서, 저것이면서, 또 다른 무엇이기도 한……' 같은 N차승의 and적 사고는 언뜻 부정확하고 불확실해 보일지 몰라도 자체를 분류하고 규정하지 않고, 있는 그대로 인식할 수 있는 토대가 된다. 사회를 이루고 사는 존재의 개체는 or적 사고처럼 매끄럽게 구분되지 못한다는 점에서 개념 속에서만 존재한다고도 볼 수 있다. 나를 나라고, 너를 너라고 부를 수는 있지만, 나는 나일 뿐이고 너는 너일 뿐일 수는 없기 때문이다. 우리는 살아가면서 나를 나로 만들어 주는 수많은 너를 만난다. 직간접적 경험이 사람을 풍요롭게 하는 이유가 여기에 있다. 많은 직간접적 관계의 '양상'들에 주의를 기울이면 and적 사고처럼 자신과 얽혀 있는 수많은 플러스 고리를 발견하고 확장할 수 있게 되는 것이다.

목적이냐 관계냐

목적적 삶은 체계나 구조 같은 얼개로 만들어져 있는 듯 여겨지고, 비교적 안정적으로 보이지만 한 가지 뚜렷한 건 그것이 비자연적이라는 점이다. 자연은 어떤 의식적 목적이 있어서 순환의 리듬을 타며 흘러가지는 않는다. 인류학자인 그레고리 베이트슨은 『마음의 생태학』에서 의식적 목적이 얼마나 비자연적인지, 계층 구조적 사고가 얼마나 병리적인지를 설명하고 있다. 인간은 거대 복잡계에서 스스로를 분리시켜서 경쟁과 상호 의존이 결합된 상황에서의 균형을 파괴하고 있으며, 그러한 행위는 다분히 목적주의적이고 그 목적을 지휘하는 것은 의식에 의해서라는 것이다.

목적적 사고는 매우 제한된 의식을 설정하는 것에서 비롯된다. 이 목적을 설정하는 '제한적' 의식에는 '상호 의존에 관한 이해', 즉 지혜가 결여되어 있다. 상호 의존에 관한 이해는 부분과 전체의 관계에서 배제와 제한이 성립될 수 없다는 것을 아는 것이다. 명백한 분리도 없고, 획일적인 통합도 없다. 예전에는 종교가 주로 도맡았던 명백함에 대한 가늠자 역할을 근대에는 과학이 대신하면서, 만일 어떤 목적에 의해 명백함을 표방한다 해도 그것은 가정에 불과하다는 점을 점점 더 직시하지 못하게 되기도 했다. 확률적 가정이 사실을 넘어 진실에 이르게 되면서, 베이트슨은 비명백한 가정을 바탕으로 한, 극히 일부에 지나지 않으면서 마치 전체 시스템을 대표하는 듯한 제한된 의식이 지구촌 생태계의 지속적인 불균형을 형성해 왔다고 주장한다. 이러한 주장은 복잡계 이론으로 나아간 현대 과학의 가설적 추론 방법, 즉 가추법(假推法)과 맥락을 같이 하기도 한다.

우리는 왜 그토록 무수한 가정을 명백함으로 설정하는 오류에 길들여져 있을까. 명백함으로 믿어 온 것들이 가정임을 인정하는 순간 끊임없이 이어지는 가정의 연쇄 속에서 길을 잃고 방황할까 봐 두려워서일까. 그것은 끊임없는 연쇄이자, 동요이고, 변화이며, 동시에 균형인데 그러한 복잡계를 직시할 용기가 나지 않는 것은 존재론적인 질문에 대한 회피가 아닐까. 흔들린다는 것은 온갖 폭력의 격자를 동원해 임의로 분리시켜 놓은 존재들이 다시 뒤섞이는 것이다. 그러한 흔들림 속에서 상호작용하는 전체로서 판별 불가능한 명백함은 요청된 유비와 부정 등을 통해 또다시 가까스로 새로운 명백함의 옷을 입는다. 무게를 갖지 않은 것이 하중을 견딘다고 말하면서 끊임없이 그어 대는 분리의 선 안에 존재하는 것은 텅 빈 공간이고, 그 텅 빔은 명백함이라는 가정(허구)으로 채워질 수밖에 없다.

텅 빈 명백함 혹은 명백함 없음을 직시한다는 것은 무엇일까? 그것은 정신적 과정들에서 수준들 간의 '관계'에 관여하고, 더 나아가 명백함이라는 준거의 무게를 털어 버리고 먼지같이 가벼워질 수 있는 '비-분리의 상태'를 체화하는 것이다. 그것이 무엇이건 한 가지 확실한 건 목적적인 의식이 하는 일은 아니라는 점이다. 스스로를 위한답시고 자행한 스스로를 옥죄는 현상들의 굴레에서 벗어나려면 의식적 목적이라는 틀에서 자유롭고, 편협한 왜곡으로 제한되지 않는 지혜가 필요하다.

'설정된 명백함인 내가 역시 설정된 명백함인 너를 지배하려면'이라는 목적에서 벗어나는 길은 '설정된 명백함인 너와 역시 설정된 명백함인 내가 공존하려면'이라는 다른 목적으로 전환하는 것이 아니다. 그것보다 '너와 내가 다른 것인가? 가정된 나와 가정된 네가 원래는 어떤 관계였는가? 그 관계 사이에 어떤 목적이 있기는 했는가?' 같은 보다 근원적인 질문으로의 전환이 아닐까.

언제부턴가 우리는 '삶의 무게'라는 표현을 자주 쓴다. 나를 너와, 우리를 그들과 분리시킨 것에서 더 나아가 내가 사는 삶인데도 불구하고 삶과 나도 분리되어 삶이라는 게 나를 무겁게 누른다는 것이다. 마치 모든 것은 분리되면 될수록 서로를 무겁고 힘들게 한다는 생각이 들게 만드는 표현이다. 목적적 의식이 주도하는 세계 속에서 우리는 관계의 원형에서 멀어지고 단절에 익숙해지면서 무거운 삶을 명백함으로 받아들이고 살고 있는 것일 수도 있다. 기껏해야 무거운 것을 어느 쪽으로 옮기면 더 효율적일까를 고민하면서 정작 무게 자체에 대한 의문은 피해 가고 있는 것이다.

11장

유한하고 소중한 삶

—불안을 딛고 나아가기

—

아침부터 서둘러서 외출 준비를 했다. 병원 예약 시간에 맞춰 도착하려면 식사까지 포함해서 못해도 두세 시간은 걸릴 터였다. 엄마는 근 한 달간의 통원 치료로 조금씩 차도를 보이기 시작했다. 그래도 외출만큼은 아직도 분주하고 신경 쓰이는 일이었다. 아버지가 아침 일찍부터 오늘 병원 가는 날이라고 엄마에게 몇 번씩 주의를 환기시킬 때마다 엄마는 예의 그 모호한 표정으로 '병원 가는 날?' 하고 되물었다. 잊어버리고 다시 묻는 것인지, 자신에게 하는 다짐인지 잘 모르겠지만 그래도 병원에 가야 한다는 인식이 있는 것은 확실한 것 같았다.

교통 정체 시간이 들쑥날쑥해서 아예 일찍 출발했는데도 출발한 지 얼마 안 되어 차가 밀리기 시작했다. 오늘따라 차 안에서 내 조용하던 엄마는 지루했는지 조그맣게 노래를 흥얼거렸다. 약간 빠른 템포의 노래였는데 박자가 빠른 것 치고는 그다지 흥겹거나 하지는 않았다. 아마도 노래를 부르는 엄마에게서 그런 느낌을 받지 못해서일 것 같았다. 기분이 좋아서 저절로 멜로디를 흥얼거리는 소리가 아니라 마치 시계 초침 소리가 확성된 것처럼 건조하고 기계적인 리듬이었다. 특정한 목적을 위한 노래 같은 것이 어떻게 들으면 전장의 군가 같기도 하고, 수험생의 암기송 같기도 했다. 그래도 차로 이동하는 동안, 들어주기 어려운 요구를 하거나 고함을 지르는 것보다는 훨씬 다행스러운 일이었다. 의미를 알 수 없는 요상한 노래였지만 그래도 엄마에게서 노랫가락이 흘러나오는 것은 차도가 있다는 것을 반증하는 현상이었다. 미세하고 더뎌도 그 차도라는 것은 온 식구의 삶이 걸린 희망이었다. 한 사람의 아픔은 한 가족의 아픔으로 크고 작게 전염되고 그 가족들의 아픔은 또 다른 이에게 전파된다. 각자의 삶을 살아가느라 바빴던 가족들은 엄마의 증세로 인해 얼마나 우리가 서로 강하게 연결되어 있는지 알게 해주었다. 잘 드러나지 않은 것을 드러내 주었고, 굳이 보려고 하지 않았던 것을 보게 해주었고, 이미 알고 있었지만 무심했던 것들을 수면 위로 올려 주었다. 아무리 그래도 그 과정 중에는 희망이 필요했다.

엄마가 이상 증세를 보이는 것보다 더 견디기 힘든 것은 나아지지 않을 수도 있다는 절망감이었다. 조금이라도 나아지지 않는다면, 희망이 보이지 않는다면, 나와 아버지가 계속해서 엄마에게 매어 살아야 한다면,

이라는 가정은 상상할 수 없는 일이었다. 그런 가정은 최후의 가정도 아니고, 애초에 성립할 수 없는 가정이었다. 알 수 없는 이유로 이상한 회로에 갇혀 허우적거리는데, 빠져나갈 실마리를 찾지 못하고 계속해서 갇혀 있어야 한다면 그것은 살아서 경험하는 죽음이 아닐까 싶었다.

며칠 전에는 엄마가 이웃에 사는 누군가를 미워했다면서 자책에 빠진 적이 있었다. 미워하면 안 되는데 너무 미워서 그랬다며 자신은 벌을 받아야 된다는 거였다. 한 일주일 넘게 계속 '이강순 씨를 미워했다'는 말을 반복했다. 잊을 만하면 계속 등장하는 이강순 씨에게 도대체 엄마가 무슨 잘못을 했냐고 물어봐도 그냥 미워했다는 말밖에 없었다. 자세한 내용은 모르겠지만 조각조각 흘리는 정보를 취합해서 추측해 보면 엄마는 이웃에 사는 이강순 씨를 전도하려고 꽤나 공을 들인 모양이었다. 결국 엄마의 끈질긴 정성 덕에 교회에 같이 가기로 약속까지 했는데 무슨 일 때문인지 다툼이 있었고 그 때문에 사이가 틀어진 것 같았다. 결국 관계도 안 좋아지고 전도에도 성공하지 못한 상황이었다. 나빠진 관계에 대한 불편함 때문인지, 미움 자체에 대한 종교적 죄책감 때문인지 잘 몰라도 가장 최근에 있었던 일 중에 엄마의 마음에 비중 있게 남아 있는 일 같았다. 누구나 다 그렇다고, 미워할 만한 일이 있으니까 미워한 거라고, 이유가 있어서 사람이 사람을 미워하는 것이 뭐가 잘못된 거냐고, 그러다가 다시 화해할 수도 있는 거라고 아무리 얘기해도 나의 말은 그저 엄마의 배경 음악이었다.

이상한 일이었다. 엄마는 아버지와 함께한 수십 년 동안 아버지를 미워하는 표현을 한 적이 많았는데, 표정이나 분위기로 봐서 미워하지 않는 것 같은 표현은 기억해 내기 힘들 정도로 적었는데, 왜 아버지에 대한 미움에는 전혀 죄책감이 없는 것인지 알 수 없었다. 미워한 기간이나 강도로 치면 아버지는 이강순 씨와 비교될 만한 상대가 안 될 터였다. 더군다나 지금은 노골적으로 아버지를 구박하고 비난하면서 미워하고 있지 않은가. 엄마의 미움이나 자책, 슬픔 같은 모든 감정에서는 맥락을 찾아볼 수 없었다. 임의적이고, 선별적이고, 즉흥적이었으며 철저한 자기 본위였다. 일관성 같은 것은 없었고, 때로는 특정한 감정에 과도하게 집중하기도 했다.

자책의 끝을 보려는 건지 엄마는 속옷 차림으로 머리를 바닥에 대고 물구나무를 서려고 시도했다. 운동을 많이 한 사람도 하기 힘든 일을 칠십 노인이 덜컥 시도한다고 될 일도 아닌데, 다칠까 봐 걱정하는 주변의 만류에도 틈만 나면 계속 물구나무를 서려고 했다. 이강순 씨를 미워했다면서. 이강순 씨를 미워한 벌을 스스로에게 주려는 것인지, 아니면 다른 의미가 있는 것인지는 알 수 없었다. 엄마의 기괴한 반복 행동에 나는 꼭꼭 누르고 있던 화가 치밀어 올라 이성을 잃어버릴 지경이었다. 이윽고 호흡이 곤란할 정도로 숨이 가빠지고 손발이 저려 왔다. 말 한마디도 안 나올 정도로 흐억흐억거리며 겨우 숨을 쉬자니 정신이 아득해지고 희미해졌다. 잠시 기억이 끊긴 후 다시 정신을 차렸을 때 나는 엄마를 꽉 붙들고 이렇게 살 바에 같이 죽자고 소리치고 있었고, 아버지는 생전 처음 보는 가장 놀란 표정으로 나를 말리고 있었다. 잠깐이지만 기억이 끊긴 시간 동안 희망이 사라지는 것을 본 듯했다. 이전의 엄마는 다시 돌아오지 않고, 엄마인지 아닌지 잘 모르겠는 사람과 평생 씨름하느라 나머지 삶 동안 아무것도 하지 못하게 되는 장면을 잠깐 본 것도 같았다. 가늠할 수 없이 깊은 어둠의 끝, 그것은 희망 없음이었다.

아무도 말릴 생각 없는 엄마의 불규칙한 노랫소리에 아버지는 까무룩히 졸음이 쏟아지는지 꾸벅꾸벅 고개를 떨구었다. 백미러를 통해서 본 광경은 조금 우스꽝스럽지만 묘한 평온을 유지하는 모양새였다. 얼마 전까지만 해도 상상하기 힘든 장면이었다. 더 이상 차 안에서 소요를 일으키지 않는 엄마와 그 덕에 오랜만에 긴장이 풀린 아버지의 모습을 보며 나는 설핏한 희망을 꿈꾸고 있었다. 조금 더디더라도 오늘보다 내일이 나아진다는 기대를 걸 수 있다면 그것 하나만으로도 어떻게든 견딜 수 있을 것 같았다.

사람들이 많은 곳은 아직도 적응이 안 되는지 엄마는 병원에 도착하자마자 불안과 흥분이 담긴 눈빛으로 주위를 두리번거렸다. 몇 개의 복잡한 복도와 엘리베이터를 지나 비교적 한산한 정신의학과 대기실에 도착했을 때는 그래도 어느 정도 안정이 되는 것 같았다. 이제는 엄마의 이름 가운데 자리를 가린 대기자 명단 목록을 보아도 불안하게 반응하지 않았다. 오래지 않아 엄마의 이름이 호명되었고 바로 진료실로 들어갔다. 사전 양해를 구하고 보호자로 아버지와 내가 동행했다. 담당 의사는 느릿느릿하고 차분한 말투로 엄마에게 질문을 했다. 이명이나 우울감같이 본인이 체감할 수 있는 종류의 질문에 대한 엄마의 대답은 답답할 정도로 더뎠

다. 의사의 직접적이고 쉬운 질문에 한참을 생각하다가 짧게 겨우 답변하는 게 다였다.

"우울하거나 음…… 기분이 안 좋거나 하신 건 좀 어떠세요?"

"…… 잘…… 모르겠어요."

방금 전에 차 안에서 아무도 신경 쓰지 않고 노래하던 모습과는 달리 의사 앞에서 얌전해진 엄마의 모습을 보니 무척 생경했다. 불과 며칠 전에 공원에서 슬프고 아프다며 대성통곡했으면서, 의사 앞에서는 우울한지 아닌지 잘 모르겠다고 한 말도 이상했다. 또 다른 엄마의 모습을 보는 것 같았다. 마음이 아픈 사람처럼 보이고 싶지 않는 것같이 조심스러웠고, 어려운 시험을 치르는 사람같이 긴장하고 있는 듯했다. 의도한 바인지 아닌지 모르겠지만 엄마는 상황과 상대에 따라 시시각각 다른 모습을 꺼내고 있었다. 엄마의 현 상태에 대해 혹시 오해가 있을까 봐 나는 의사에게 몇 가지 부연 설명을 했고, 그에 따라 조정된 약이 처방되었다.

진료실을 나와서 이동하는 동안 엄마는 별말 없이 우아하게 나와 아버지를 쫓아다녔다. 그러다 엘리베이터 안에서 갑자기 아버지를 빤히 쳐다보더니 심드렁한 말투로 '늙었지만 그래도 봐줄만 하네'라고 뜬금없는 외모 평가를 했다. 엄마의 코미디 같은 상황 연출에 엘리베이터 안에 있던 사람들이 피식 웃는 소리를 냈다. 아직 '봐줄 만한 외모'의 아버지는 창피함보다는 기분 좋음이 앞서는 표정으로 '허허. 그러나?' 하고 응수했다. 아버지와 나는 잘 알고 있었다. 그 말은 듣기 좋으라고 한 말도 아니고, 엄마가 아버지에게 듣기 좋은 말을 할 사람도 아니라는 것을. 우스꽝스러운 상황에서 나온 최초의 고백이기는 했지만 그 말은 진심이었다.

그러고 보니 엄마는 자식들 앞에서 아버지의 장점이나 엄마가 좋아하는 점을 얘기한 적이 없었다. 아버지에 대한 비교적 객관적인 호평이나 엄마 눈에만 좋게 보이는 점이 있을 법도 한데 그런 점이 안 보이는 건지, 표현을 안 하는 건지 엄마 입에서는 흘러나오지 않았다. 나와 동생은 엄마에게서 아버지에 대한 불만이나 비난을 주로 듣고 자랐다. 엄마의 일방적인 말이긴 했지만 공감할 수 있는 부분도 있었고, 그렇지 못한 부분도 있었다. 공감하지 못하는 부분에 대해 공감하는 표현을 하면 엄마에게 약간의 위로가 되겠지만 왠지 공정하지 못한 것 같았고, 그렇다고 공감하지 못하는 표현을 해버리면 엄마가 더 힘들어할 것 같았다. 자식들이 느낄 이러지도 저러지도 못하는 곤란한 감정을 돌볼 여유가 엄마에게는 없었다는 생각이 든 건 한참 후 다 성장해서였다. 특별한 계기는 없었지만 시간이 흐르면서 이해하게 되는, 결국 이해하고 있는 자신을 발견했다. 결정적인 사건이나 극적인 화해 없이도 축적된 시간과 함께 쌓인 무수하고 다양한 경험 덕에 이해할 수 있게 된 것 같았다. 때론 원망하고 미워하고 슬퍼해도 구불구불한 각자의 길을 돌고 돌아 결국 이해하게 되는 힘은 어디서 오는 것일까.

한 달여의 시간이 흐르고 엄마가 어느 정도 나아지는 모습을 보이자 아버지는 자식들이 고생하는 모습을 보기가 가슴 아프다며 집에 돌아가겠다고 선언했다. 이전처럼 심하게 통제가 안 되는 고비는 넘겼으니 엄마를 혼자서 돌볼 수 있다고 자신했다. 확실히 엄마는 아직 온전하지 않았고, 아버지는 무리를 하고 있었지만 다 낫고 가시라고 강하게 잘라 말할 수 없었다. 걱정이 되면서도 더 적극적으로 만류하지 못하는 나의 상황을 이해하는 아버지는 엄마와의 귀가에 대한 계획을 강경하게 구체화시켰다. 네 번째 통원 치료를 마지막으로 짐을 꾸리는 아버지 곁에서 엄마는 '애들 힘든데 우리 집에 가야지, 가야지' 하며 계속 중얼거렸다. 아버지에게서 들은 말을 반복해서 외면서 스스로에게 주입하는 것 같았다. 아버지는 그런 엄마에게 '그래, 집에 가서 밥 잘 먹고, 약 잘 챙겨 먹으면 금방 낫는다' 하며 옅은 미소를 지었다. 왜 미안함과 고마움은 늘 동전의 양면처럼 함께 붙어 다니는지. 나는 엄마를 끝까지 책임지지 못하는 미안함과 아버지의 희생에 대한 고마움이 뒤섞여 한동안 마음을 잘 가눌 수 없었다.

집으로 돌아가는 날 버스 안에서 애써 밝은 표정을 짓는 엄마와 아버지의 모습이 마음에 남아 일상으로 복귀하기까지 한동안 애를 먹었다. 엄마를 잘 돌보지 못했다는 자책으로 괴로워하고 있을 때, 한 친구가 해준 말이 생각났다. 친구는 그래도 피하지 않고 엄마의 곁을 지키지 않았냐고, 곁을 지킨다는 것은 아무나 할 수 있는 일이 아니라고 위로해 줬다. 썩 잘 해내지는 못해도 떠나지 않고 곁을 지키는 것. 엄마가 그랬던 것처럼, 그리고 아버지가 그러는 것처럼, 돌아보니 우리는 각자의 아쉬움 속에서도 서로를 지켜 주었고, 앞으로도 그럴 것 같았다. 때론 실수도 하고 잘못도 하고, 그러다 후회를 하더라도 모자라고 부족한 대로 함께 채워 가는 시간 속에 우리가 있었다. 그 시간 속에 함께 있었다.

*

이야기를 다 들은 엄마는 눈물을 주르르 흘리며 말을 잇지 못했다. 처음과 끝의 일부만 빼고는 하나도 기억나지 않는 일이라고 했다. 한동안은 엄마가 아팠던 한 달여간의 기억을 스스로 완전히 잊어버린 게 차라리 다행이라고 생각했었다. 마주하기 힘든 기억일 거라고 여겼기 때문이었다. 가족들에게도 그 시절의 일들은 거론하지 않는 것을 불문율로 여길 만큼 벅찬 기억이었다. 가위로 오려 내고 싶은 폭풍 같은 시절을 조용히 덮어 두고 아무렇지 않은 듯, 아무 일도 없었던 듯 살기 원했는지도 몰랐다. 그러나, 약물 치료가 어느 정도 끝나고 얼마 후, 엄마는 다시 이전으로 돌아가는 것같이 무작정한 불만족, 답답함, 우울함의 수렁에 빠져들었다. 나는 기억 상실이라는 기제를 작동시킨 자기 보호 본능으로는 아무리 큰 아픔을 겪더라도 엄마를 움직이게 하지 못한다고 생각했다. 그래서 엄마의 잃어버린 기억을 함께 나누기로 결심했다. 아픔을 여행한다는 것, 아픔을 다시 아로새기는 것만큼 힘든 일은 없겠지만 자신을 마주하는 기회를 놓치면 아픔의 원인이 제거되지 않을 것 같았다. 정면으로 마주하는 것은 누구나 겁나고 힘들고 피하고 싶은 일이지만, 세상에는 마주하지 않으면 해결되지 않는 일도 있는 거니까.

"엄마, 다 지나간 일이라 이제 괜찮아. 아프지 않은 엄마로 다시 돌아와 줘서 고마워 엄마."

나는 소리 없이 눈물만 떨구는 엄마에게 조용히 말했다. 혼신의 힘을 다해 엄마를 걱정했던 많은 사람이 엄마가 나아가는 모습을 보며 안도의 숨을 내쉬었듯이 엄마도 그랬으면 했다. 이제는 아팠던 시절뿐 아니라 그 아픔을 만들어 낸 엄마의 모든 시간으로부터 자유로워졌으면 한다. 엄마가 혼자 지내 왔다고 생각하는 길을 되짚어 보면서 그 안에 스며 있는 많은 존재와 의미들을 느낄 수 있게 되길 바랐다.

오후의 따사로운 햇볕이 집 안 깊숙한 곳까지 들어와 엄마와 나를 포근하게 안아 주었다. 엄마는 눈물을 크게 한 번 훔쳐 내고는 창가를 바라보았다. 늘 새로운 모습으로 곁에 있었던 햇살이 화답하듯 엄마를 비추었다.

"햇빛이 참 좋네."

불안에 대처하는 자세

모든 불안의 근저에는 죽음불안이 있다. 정신장애는 죽음불안을 효과적으로 방어하지 못한 상태에서 부적응적인 방식으로 대처한 결과로 이해되기도 한다. 어떻게 보면 동일성을 띠는 자아는 보장되지 않고 시간이라는 형식으로 계속해서 촉발되는 자아만 있는 것이다. 여기서 동일성을 띠는 자아를 보장하려는 노력은 관념 속에 한정되어 버리기 일쑤고, 동일성을 유지하면서 한계를 벗어나려는 노력은 스스로 만든 모순에 빠지게 된다.

촉발되는 자아는 자기동일성을 확보하려고 애쓰는 것이 아니라, 자기의식이라는 특권에 사로잡힌 한계에서 벗어나 지속적으로 재구성하는 자아이다. 그런 자아에게 죽음은 종말이 아니라 단계에 가깝다. 유아기부터 노년기에 이르는 생애주기의 단계처럼 시작의 순간부터 내재한 끝의 단계를 순차적으로 지나 예정된 수순에 다다르는 것이다.

자아의 동일성 확보를 위한 모든 노력과 그에 상응하여 되돌아오는 실패는 애를 쓰면 쓸수록 가중되는 불안으로 짙어지기도 한다. 모순의 관계를 있는 그대로 인정하거나 놔두지 않으려는 노력이 역설적이게도 상황을 더 모순적으로 만드는 것이다.

실존주의 철학자 하이데거는 불안을 인간이 본래적인 삶으로 진입하는 통로로 보았다. 불안을 통해서 그동안 익숙했던 삶을 낯설게 여기고 삶을 자각하는 기회로 삼는다는 것이다. 가능성 중에 가장 확실한 가능성인 죽음 앞에서 느끼는 불안이야말로 기억과 습관에 매몰되어 있던 삶을 되돌아보게 만드는 구심점 역할을 한다. 피할 수 없다는 것을 알면서도 그토록 피하고 싶어 했던 죽음 앞에서 느꼈던 불안이 오히려 자신의 삶을 구현하게 하는 출발점이 되는 것이다. 불안 앞에서 비로소 세상과 자신의 존재 방식에 대한 의문을 품으면서 진정한 존재 방식을 희구하는 것은 피할 수 없는 것을 피하려는 모순과 상반되는 다른 형태의 모순으로 진입하는 것과 같다. 어찌 보면 불안은 회피와 응시의 접점이자 갈림길이라고 볼 수 있다. 불안 앞에서 회피를 선택하며 후퇴하는 모순을 겪을 것인지, 아니면 응시를 선택하여 모순을 끌어안고 돌파하는 길을 택할 것인지, 양 갈래의 선택지에 따라 전혀 다른 양상이 펼쳐질 것이다.

심리학자 칼 구스타프 융은 '조현병 환자는 자신을 이해해 준다고 느끼는 사람을 만나면 조현병 환자이기를 멈춘다'고 진술했다. 다소 모순적으로 보이더라도 아무런 조건을 붙이지 않고 환자의 존재를 인식하고 받아들이면서 치료가 시작된다는 것이다. 우리에게 이런 유의 표현은 매우 익숙하다. 아무런 조건을 붙이지 않고 존재나 현상을 있는 그대로 받아들이는 것을 우리는 보통 사랑이라고 부른다. 어떻게 생겼건, 그 생김새 때문에 어떤 행동을 하든, 그래서 어떤 모호함에 빠져 어떤 표현을 하든, 그 표현이 모순 그 자체이건 상관없이 그대로 받아들이는 것은 존재뿐 아니라 그 존재의 구성적 속성에도 마찬가지로 적용될 수 있다. 존재가 많은 관계를 독단적으로 좌지우지하는 불변항이 아니라, 끊임없이 크고 작게 소용돌이치는 변화의 과정으로서의 관계항임을 있는 그대로 받아들이면 동일성 확보를 위한 강박과 그 실패에 따른 불안에서 자유로울 수 있을 것이다.

응시는 편견이나 두려움, 회피 같은 다른 여지를 두지 않고 그저 바라보는 것이다. 그것은 내용이나 방식에 있어서 많은 사람이 거론하지만 여전히 어려운 일로 남아 있는 사랑과 맞닿아 있다. 불안과 죽음을 응시할 수 있을 때 비로소 혼란한 상태이긴 하지만 있는 그대로의 삶을 직시하고 수용하며 사랑할 수 있을 것이다. 노화를 포함한 변화의 시기에 직면하는 두려움들과 정면으로 마주할 때 심리적으로 가장 자유로울 수 있으며, 그것을 넓은 의미에서 수용성의 증대, 즉 포용이라고 부른다.

—변화를 위한 작은 움직임

사람들은 저마다 자신이 감당할 만한 수준을 넘나드는 어려움에 대해 힘들게 이겨내기도 하고 쉽게 넘겨 버리기도 한다. 곤란한 상황을 만나면 가능한 한 시간을 지체하기도 하고 다른 사람에게 떠넘기기도 한다. 자신이 감당할 수밖에 없지만 자신의 역량과 간격이 큰 것 같아 보이는 난관이 생기면 무엇보다도 두려움이 앞서기 때문일 것이다. 두려워서 도망치기도 하고 비겁해지기도 하고 양심을 저버리기도 하고 합리화에 열을 올리기도 하며 심지어는 기억을 조작하기도 한다. 두려워서 발끈하기도 하고 자기 최면을 걸기도 한다. 아니면 애써 즐거운 일을 찾아 나서기도, 일부러 약한 척하기도, 심지어는 먼저 공격하기도 한다. 정작 두려움을 일으킨 난관 자체보다 두려움 스스로가 더 많은 선회를 야기한다. 어쨌든 두려움은 실제로 겪어 내는 일 주변을 둘러싼 오만 가지 들끓음의 정체이고 '사건 속의 나'와 '사건 밖의 나'를 끊임없이 이간질하며 분리시키는 주범이다.

의지와 욕망의 개입 유무와 상관없이 던져진 사건성 밖에서는 아무것도 할 수 없다. 그저 지켜보거나 무시하거나 판단하는 등 제3자의 입장을 견지한 것 같은 착각에 빠질 뿐이다. 한마디로 존재하지 않는 곳에 머무는 듯 가정할 뿐이다. 안전한 요새 같아 보이지만 실제로 존재하지 않는 곳이니만큼 여전히 아무것도 할 수 없음과 하지 않음 사이에서의 모순은 피할 수 없다. 정작 발을 내디뎠을 때, 발끝으로 전해져 오는 실제 고통의 크기보다 발을 내딛기 전에 무수한 관념 속에서 느낀 번잡함과, 그로 인한 고통이 더 클 수도 있다.

갑자기 이전의 부유함을 잃어버린 사람이 생활에서 겪어야 하는 실제적 고통보다 가난과 부유함이라는 상대적 박탈감, 이전 생활에 대한 기억, 타인의 시선 같은 관념으로 인해 더 고통받는 것과 마찬가지이다. 절대 빈곤이 아니라면, 텅 빈 위장을 두드리며 요동치는 배고픔의 실체가 얼마만큼 생래적인 것에서 기인하는지 가늠하기 힘들 때도 있다. 그땐 너무 미웠고, 화났고, 힘들었다. 혹은 특정의 것이 너무 먹고 싶었고, 갖고 싶었다. 생생하고 생생했지만 지금은 아니다. 사실을 부정할 수는 없지만 그때나 지금이나 그렇게 들끓고 열망했던 현상의 실체를 알 수 없기는 마찬가지이다.

끊임없이, 혹은 간헐적으로 새로운 욕망이 이전의 욕망을 대체하면서 돌려 막기를 하는 것인가. 욕망은 부표같이 떠돌다 한순간에 사그라지기도 하고 조용히 숨죽이다 대책 없이 들끓기도 한다. 한때 그토록 집착했던 것들, 혹은 여전히 때때로 집착하고 있는 것들을 돌이켜 보면, 특별한 경우를 제외하고 거기엔 필연적인 이유가 있다거나 설득력 있는 동기가 있다거나 전체적인 흐름에서의 개연성이 있다거나 하지는 않는다는 것을 알 수 있다. 대체로 불규칙적이고 비인과적이고 무시간적이다. 원인 찾기, 주석 달기 같은 합리화는 항상 후행한다. 알 수 없으면 알 수 없는 대로, 맥락 없으면 없는 대로, 이치에 닿지 않으면 닿지 않는 대로 놔두지 못하고 원본을 넘어서는 보정 작업을 가한다. 본성상 불안한 것들에게 강박을 씌우는 것과 같다. 마치 전체를 꿰뚫는 대법칙이 있어야 하는 것처럼 가장 미시적인 영역에서부터 파시즘의 요동이 휘몰아친다. 하지만 '애벌레 자아'들을 움직이게 하면서 그것들을 관통하는 원류적 법칙은 어디에도 존재하지 않는다는 것을 직감한다. 불가능한 것을 가능하게 하려는 시도가 계속해서 미끄러지면서 불안과 강박을 가중시키는 순환 고리를 형성하는 것이다.

'있는 그대로를 받아들이기'라는 유일한 목표를 향한 발걸음이 도돌이표 같은 헛발질이 되는 것은 너무 흔한 일이다. 방향을 잘 잡았어도 마찬가지이다. 나는 내가 생각하는 내가 아닐지도 모른다는 것, 목도하는 것은 일시적일 뿐이라는 것, 믿음은 모든 전개를 위한 가상의 초석일 수 있다는 것 등을 받아들이기란 쉽지 않은 일이다. 언제나 흔들리는 존재임을 받아들이기 위해서 이리저리 흔들리는 시간을 지나왔어도 여전히 흔들리기만 한다. 흔들리는 존재 자체를 받아들이지 못한다면 흔들림은 한 치도 진정되지 않는다. 보여짐과 그로 인한 상호작용에 대한 집착을 통해서 내가 나임을 끊임없이 확인하고 싶어 하는 일도 멈출 수 없다. '타인에게 보여짐'뿐만 아니라 '자신에게 보여짐'도 마찬가지이다. 보여지는 나는 바라보는 나의 혹독한 검열의 시선을 피할 수 없다. 바라보는 나에게 끊임없이 사랑받고 인정받고 싶어 하는 보여지는 나는 바라보는 나의 일관성 없는 조련 방식에 대한 적응에 번번이 실패한다. 혹은 오랜 기간을 거쳐 완벽하게 적응했다는 굳은 믿음이 일순간의 사건 하나로 산산이 부서지기도 한다.

엄격하지 않다고 생각한 이상도 이상일 뿐이다. 아무리 소박한 이상에도 항상 부족함이 뒤따른다. 오히려 어긋난 이상을 뒤좇으며 그 이상의 엄격성에 대한 반항을 표출하기도 한다. 변화는 항상 조금씩, 부지불식간에 일어나는데 머나먼 이상의 이미지는 그 변화를 알아차리지 못하게 하고 때로는 원상 복귀 시키기도 한다. 이상의 태양을 보며 한숨짓는 것이 아니라, 미세한 변화를 위해 움직이고 그것을 인지하면서 그 인지를 바탕으로 또다시 움직이는 것을 반복해 가기 위해서는 직접적인 손길이 아니더라도 스쳐 지나가는 미시적인 것에 주목해야 한다. 때로는 어떤 장면, 어떤 소리, 어떤 사건이 변화의 원동력이 될 수도 있다. 문제는 모든 것을 뻔하게 생각해 온 습관과 고정적이지 않은, 고정적일 수 없는 것을 고정적인 것으로 바라보는 시선이다. 멀리 갈 것도 없이 무수한 것들과 자의 반 타의 반 어울리면서 조금씩 변해 온 자신을 보면 알 수 있다. 우리는 태어났을 때부터 지금까지 무한한 변수의 좌표를 찍어가며 오늘날에 이르고 있다. 고정성에 대한 오래된 신화는 바꾸지 않은 이름, 여전히 내 주변에 머무르는 사람들, 어제와 큰 차이를 보이지 않는 일상 등으로 길들여진 착각일 수 있다.

저마다 다른 속도를 지닐 뿐 변화만이 현존이다. 그러나 현존에 없는 고정불변성을 꿈꾸느라 크고 작은 변화를 놓치고 만다. 여기에 바로 현재를 사는 어려움이 있다. 어느 날 오랜만에 만난 옛 친구의 얼굴에 깊게 파인 주름 속에서 발견한, 세월의 흐름에 대한 소회는 매일의 무수하고 미세한 변화를 놓친 것에 대한 환기이다. 미세한 변화를 감지하는 것은 그 미세한 틈에 생생하게 살아 있는 각각의 현존을 매번 새로움으로 만날 수 있게 하는 지각 작용이다. 무엇이 우리를 둔감하게 만드는가. 모든 감각을 동원해서 밤하늘의 별을 보며 길을 찾던 시대를 지나, 삼라만상이라는 기호를 내팽개친 덕분에 감각이 둔해지고 길은 협소해졌다. 명목을 유지하는 가늠자는 삶이라는 지도를 그리기 위한 나침반 역할을 하는 것이 아니라 특정 목적을 이루기 위한 도구가 된 지 오래다.

예의 목적주의적인 방식에 의거한 대로 대대적인 방향 전환을 위한 새로운 설계가 필요한 것이 아니다. 어떠한 변화도 처음부터 거창할 수 없다. 미세한 움직임에 집중하면서 관성적 시선을 조금씩 밀어내는 것에서부터 출발할 수 있다. 그 길 위에서 무심코 지나간 사소한 것에 깊이 배어 있는 강렬함에 놀라기도 하고, 그것과 합류하여 예상치 못한 강렬도를 발휘할 수도 있다.

__마음을 정리하는 지혜

우리 사회는 공정함을 지향하고 차별을 줄이려는 노력과 분투의 역사를 가지고 있지만 사람들은 태어나는 순간부터 이미 공정하지 못한 삶을 시작하게 된다. 어떤 가정과 국가라는 탄생의 배경이 주어지느냐부터 시작해서 이후에도 온갖 크고 작은 차별적 상황에 처하게 된다. 그래서 사람들은 얻는 것보다 잃는 게 많아 보이는 길은 가능한 한 선택하지 않으려 하면서 자신에게 부과될 수 있는 불리한 상황을 피해 가려 한다. 자기 삶의 방식을 아무 제약 없이 선택할 수 있는 경우는 많지 않지만 그래도 자신의 의사가 최대한 반영된 선택을 하려 하면서 불공정의 위험을 줄여 간다. 그러나, 아무리 주의 깊게 선택을 해도 그 선택이 최선이 되려면 상응하는 예상된 결과가 수반되어야 한다. 대부분 목적한, 혹은 선망한 무언가를 얻기 위해 다른 무언가를 포기하는 선택이 많기 때문이다. 선택의 기로에서 더 좋아 보이는, 유력해 보이는 쪽을 택했지만, 이후 기대한 만큼의 만족을 얻지 못하면 다른 선택의 길에 대한 미련이 더 커지게 마련이다. '만일 그때 다른 선택을 했더라면…… 지금보다 좀 더 낫지 않았을까' 같은 흔하디흔한 가정과 후회와 미련 속에서 선택이란 늘 위태롭고 불완전한 행위일 수밖에 없다.

선택에 자신의 의사가 반영될 여지가 많은 경우에는 그 선택의 결과에 대한 책임도 고스란히 자신에게 돌아오기 때문에 이후 자신이 원하던 결과와 거리가 있더라도 수용, 혹은 변경을 감내해야 한다는 부담감이 작용한다. 시험을 앞두고 드라마 시청을 선택하거나, 폐암 발병 확률이 상대적으로 높은 걸 알면서도 흡연을 선택하는 것에서부터 결혼, 출산과 같은 변곡 지수가 높은 선택에 이르기까지 선택의 특이점에는 크고 작은 수많은 가능성이 존재한다. 그리고 그 가능성들에 대한 예측은 항상 맞아떨어지는 것은 아니며, 다른 우연의 요소들이 개입해서 또 다른 가능성을 만들기도 한다.

선택의 여지가 그다지 크지 않은 경우에는 받아들임의 정도에 따라서 양상이 다르게 나타난다. 주어진 상황을 내 것으로 받아들이거나 아니면, '어쩔 수 없음'의 꼬리표를 달고 끌려다니거나, 혹은 그 둘의 중간 어디쯤에서 능동의 긍정과 수동의 부정을 오가기도 한다. 어떤 상황에서 어떤 선택을 하거나, 주어지더라도 고민과 갈등과 후회와 원망이 따라올 수 있다. 그리고 그 모든 것에는 책임이 수반된다. 자책이나 책망이 아닌 책임은 전적으로 나의 선택이었다면 온전히 자신의 몫일 것이며, 외부의 압력에 의한 선택이었다면 다른 사람의 몫일 것이고, 때로는 우연한 사고같이 그 누구의 몫도 아닌 경우도 있다.

문제는 나의 선택이었거나 누구의 탓을 할 수 없는 경우에도 책임으로부터 벗어나기 위해 다른 사람이나 외부의 탓을 하는 것이다. 나의 선택에 동조한 사람, 영향을 미친 사람, 혹은 같이 선택한 사람에게 책임을 전가하고 빠져나가려 하는 것이나, 더 나아가 그 선택과는 아무 관련이 없는 대상에게 자신이 지지 않은 책임의 부정적인 결과를 나눠 주려 하는 경우이다. 선택을 하기 위해 주어진 여건이 상대적으로 불합리할 때는 그 여건(외부 환경)에 대해서도 일정 부분 책임을 지우기 위해 싸워야 한다는 이중의 부담이 있을지언정 나에게 주어진 책임의 몫이 없어지는 것은 아니다. 오로지 마음의 짐을 덜기 위해서 했던 여러 가지 책임 회피들은 자신의 삶을 무기력하게 만들 뿐 아니라 주변의 소중한 사람들을 힘들게 하기도 한다. 눈앞에 닥친 두려움과 버거움을 피하고자 시작한 일이지만 끝내는 좋은 결과를 만들지 못한다. 묵혀 둔다고 나아지는 것도 아니다. 오히려 시간이 흘러 축적될수록 더 악화되는 경향이 있다.

자신을 포함해서 누군가, 무언가를 책임진다는 것은 어찌 보면 힘들 줄 알면서 그것을 끌어안는 일이다. 즐겁거나 기쁜 것과는 거리가 있어 보여서 피하고 싶어지는 게 당연할 수 있다. 그래서 당시에는 단지 책임감으로 견딘다고 생각했던 시간들을 한참 지나고 나서야 제대로 보게 되기도 한다. 그 시간들은 바로 힘들지만 아끼고 보듬어 준 마음, 그 자체를 소중히 여긴 마음, 바로 사랑이라는 것을 알게 된다. 자신은 물론 부모를 책임지고 자식을 책임지느라 오랜 시간 힘들게 지내왔던 사람들의 마음속에 얼마나 헤아릴 수 없이 많은 사랑이 자리하고 있는지를 노년의 움푹 패인 주름 속에서 발견하기도 한다. 그러나 마음을 발견하는 것이 그다지 쉬운 일만은 아니어서, 힘들었던 기억만으로 점철된 나머지 그 책임감의 시기가 사랑이었다는 것을 알지 못할 수도 있다. 책임을 지긴 했지만 온전하게 다하지 못했다는 자책이 책임의 행동 자체를 불순하게 만들기도 하고, 그렇게 자책과 부담을 오가면서 미안함과 후회로 마음이 더 엉클어지기도 한다.

마음은 항상 간명하거나 단순하지만은 않아서 복잡한 채로 쉽게 엉키기도 하고, 또 의외의 발견으로 쉽게 풀리기도 한다. 그래서 항상 주의 깊게 살펴보지 않으면 자신을 오해하고, 그 오해를 주변 사람들로 하여금 믿게 하는 일도 다반사로 겪게 된다. 어쩌면 성숙해진다는 것은 자신의 마음을 찬찬히 들여다보면서 정리하는 일에 익숙해지는 과정일 수 있다. 그러기 위해서는 여러 가지 이유로 한껏 경직된 시선의 힘을 풀어야 하고, 자신이 지나온 길 마디마디에 억지로 찍어 놓은 핑계 같은 방점을 해제해야 한다. 한때 너무 자명하다고 믿었던 일들도 시간이 지나서 다른 면이 보이면 다시 새롭게 정리하면 되고, 시간이 더 흐른 뒤에 또 다른 모습으로 보일 수도 있겠다는 식으로 생각하면, 신념까지 부여한 과거사들의 의미에 매달릴 필요가 없어진다. 준비 없이 맞는 벅찬 일들 투성인데 어떻게 인생에서 만나는 갖가지 사건들을 일일이 때맞추어 잘 이해할 수 있을까. 아무리 복잡하고 어지러워도 급히 갈음하여 종결하지 않고, 있는 그대로 임시 저장해 두었다가 다른 때가 오면 그때 다시 풀어 보면 된다. 경험과 시행착오라는 자료가 많아질수록 풍부한 재조합과 다양한 해법이 나올 수 있다. 나이듦이 경험과 정비례하지는 않지만 대체로 비례한다고 봤을 때 우리는 때로 그것을 축적된 경험과 사유에서 자연스럽게 나오는 노년의 지혜라고 부르기도 한다.

— 생성과 소멸의 사유

많은 사람이 이 세상에서 나를 가장 잘 아는 사람은 바로 자신이라고 생각한다. 또 다른 많은 사람은 타인이 보는 내가 진짜 나라고 생각하기도 한다. 그리고 그 둘 사이를 오가며 내가 어떤 사람인지 평생 헛갈려 하기도 한다. 어찌 보면 그것이 당연할 수도 있다. 세상에는 시시각각 조금씩이라도 변하지 않는 것은 하나도 없고, 나라고 해서 예외는 아니다. 그렇지만 나이건 남이건 다른 것들이건 이렇게 유동적인 상태를 달가워하지 않는 사람도 많이 있다. 무언가 확실하고, 규정되어 있고, 구획이 뚜렷한 것이 안정감을 주기 때문이다. 반대로 생각해 보면 그 안정감을 위해서 규정성, 고정성, 구획성 같은 것들을 끊임없이 만들려 하는지도 모른다.

외모는 나이를 먹으면서 이전과의 공통점을 조금씩 잃어가며 변해 간다. 타고난 성향은 시간이 지나면서 바뀔 수도 있고 일정 부분 유지될 수도 있다. 성격은 특정한 사건을 겪으면서 조금씩 변하기도 하고 특정 사건 때문에 일순간에 변하기도 한다. 이렇게 본다면 한 사람이 태어나서 죽을 때까지 전혀 변하지 않고 유지되는 것은 몇 가지가 안 된다. 요즘에는 예전에 비해 어렵지 않게 이름도 바꿀 수 있고, 경우에 따라서는 가족, 국적, 성별을 바꾸기도 한다. 크고 작은 변화가 있다고 해서 이전과 전혀 다른 또 다른 사람이라고 생각하지는 않는다. 변화의 속도가 더딘 것도 이유가 될 수 있고, 심리적인 안정감이나 소속감을 위한 끊임없는 규정과 의미화가 지속적으로 이루어지기 때문이기도 하다. 어쨌거나 의도와 상관없이 사회적 관계망의 상호작용 속에서 변화는 다양한 강도로 생성과 소멸을 반복한다.

그런데 변화를 감지하는 시선, 인식은 그것보다 느릴 때가 많다. 그러한 '지연'은 부주의 때문일 수도 있고, 거부감 때문일 수도 있다. 평소에 마음을 잘 살피지 못한 것이 습관화되었기 때문이거나, 변화를 불안정한 것으로만 간주하여 생기는 거부감도 있다. 또, 변화가 선명하지 않기 때문이기도 하다. 복잡다단함 속에서 이루어지는 변화는 특별한 노선을 취하면서 한 방향을 향하지만은 않는다. 조금씩 변하다가 다른 변곡점을 만나게 되어 또 다른 방향으로 선회할 수도 있고, 때로는 회귀할 수도 있다.

인식보다 더 빠른 것은 차라리 감정(감성, 감각)이다. 원인을 잘 알 수 없는, 분석이 잘되지 않는 감정이 먼저 물밀듯 밀려올 때가 많다. 왜 이렇게 불안한지, 불만족스러운지, 섭섭한지…… 등등 정확히 알 수 없는 채로 머리만 아프다. 복잡한 감정들은 설명을 필요로 하지 않고, 뒤늦은 인식을 답답해하지도 않은 채 저 혼자 달려간다. 답답한 것은 뒤좇아 가는 인식이다. 힘들지만 끝까지 뒤좇아 가서 그것이 무엇 때문인지 밝혀내면 하나의 성찰로 쌓이고, 뒤좇아 가다가 힘들어서 멈춰 버리면 멈춰 버린 상황과 자신을 합리화하기 위해 앞선 것을 섣불리 '규정'하는 작업을 한다. 좇아가서 직접 확인하지는 못했지만, 그리고 중간에 놓쳐 버렸지만 앞서 가던 것은 필시 '무엇무엇'일 거라고 단정하고는 한다.

한때 내 마음을 강렬하게 흔들고 지나갔던 선명한 그 감정의 정체를 알지 못했으니 다음에 비슷한 감정이 들어도 여전히 어려움이 쌓인다. 그러니, 앞서 규정한 카드를 다시 꺼낼 수밖에 없다. '무엇무엇'이라고 대충 규정하고 넘어간 그 인식은 무엇무엇 '때문'인 경우가 많다. 그때 느꼈던 그 불만족과 괴로움은 너 혹은 나 때문이고, 그 이상은 알기 어렵다. 그 이상을 알기 어려운 것은 이미 지난 일이라 탓할 수 없고, 다만 누구 때문인 것만 남아 문제의 원인과 그로 인해 되살아나는 감정으로 작동한다. 그리고 반복된다. 반복되면서 최초의 강렬함이 사그라지지 않고 지속적으로 다져진다. 여기에서의 반복은 차이를 만들어 내는 반복이 아니라 반복을 위한 반복이다. 우리가 길어 올린 수많은 감정이 어떻게 자라나고 사라지는지 우리는 정확히 모른다. 모르는 채 다만 그 감정과 함께 속절없이 흐느적거린다. 너무나 생생해서 의심 없이 나의 것, 혹은 나라고 믿었던 감정에 통렬히 휩쓸리다 보면 부지불식간에 나를 잃고 오직 감정만 똬아리를 틀게 되기도 한다.

사유는 어떻게 오는가. 어떤 사안을 몇 가지 기준에 맞게 살펴서 판단하고 결정하는 것은 사유가 아니다. 그것은 누구나 할 수 있고, 결과에 따라 오는 평판에 의존하는 재단된 사고이다. 내가 무엇을 진정으로 원하는지, 아니면 원하지 않는지, 무엇 때문에 불편함을 겪는지, 어떻게 생겨 먹은 인간인지, 그 생김새로 다른 사람들과 어떻게 어울리고 있는지 평생 잘 알지 못하거나, 남들의 판단에 주로 의존하거나, 혹은 오해하며 지낼 수도 있다. '나'라는 인간을 잘 알지 못한 채로 다른 사람을 알기는 정말 힘들다. 다른 사람도 아니고 나라는 인간을 오해하는 시선으로는 누구도 이해할 수 없을 것이다. 인간이라면 무릇 '이러이러'해야 한다는 기준을 놓고 내가 거기에 부합하는가 아닌가를 따지는 것이 아니라, 가능한 한 여러 조건을 털어 내고 있는 그대로의 나를 봐야 한다. 그것은 명제나 정의의 문제가 아니라 '파고듦'에 가깝다. 예를 들면, 내가 나를 봤을 때, '나는 무엇보다도 다른 사람의 인정이나 평판을 중시한다'라고 파악했으면(여기까지도 힘든 일이지만), 어떻게 그런 내가 만들어졌는지, 정말로 내가 원하는 바인지 같은 보다 심층적인 물음이 필요하다.

'그런 건 태어나서 한 번도 생각해 본 적이 없는데…… 바쁜 세상에 굳이 그런 것까지 생각해야 하나' 같은 반문을 자주 듣는다. 그렇지만 힘듦을 감수하고 노력해서 답을 구하는 사람만이 자신을 잘 볼 수 있는 것은 너무 자명하다. 고통을 감수하고 자신을 잘 볼 줄 알게 되면 비로소 그 눈으로 다른 사람들이 보인다. 그것은 힘듦을 자초하는 일 같아 보이지만 오히려 자신을 잘 살피지 못해서 겪게 되는 다른 어려움을 겪지 않게 만드는 지름길이기도 하다. 또한, 정비례하는 것은 아니지만 일정한 강도와 시간이 소요되는 일이기도 하다. 힘든 일은 피하면서 간편한 것만 좇는 판단을 주로 한 사람에게는 쉽사리 주어지지 않는 자산이며, 힘든 일을 많이 겪었음에도 편안한 미소를 잃지 않는 노인에게서 자주 발견되는 삶의 경이로움이기도 하다.

참고문헌

가야트리 차크라보르티 스피박 외, 로절린드 C. 모리스 엮음, 태혜숙 옮김, 『서발턴은 말할 수 있는가?』, 그린비, 2013.

게오르크 루카치, 김경식 옮김, 『소설의 이론』, 문예출판사, 2007.

고미숙, 『읽고 쓴다는 것, 그 거룩함과 통쾌함에 대하여』, 북드라망, 2019.

권석만, 『삶을 위한 죽음의 심리학—죽음을 바라보는 인간의 마음』, 학지사, 2019.

그레고리 베이트슨, 박대식 옮김, 『마음의 생태학』, 책세상, 2006.

대니얼 데닛, 문규민 옮김, 『의식이라는 꿈』, 바다출판사, 2021.

데이비드 브룩스, 이경식 옮김, 『두 번째 산』, 부키, 2020.

로널드 랭, 신장근 옮김, 『분열된 자기』, 문예출판사, 2018.

리베카 울리스, 강병철 옮김, 『사랑하는 사람이 정신질환을 앓고 있을 때』, 서울의학서적, 2020.

마르틴 하이데거, 전양범 옮김, 『존재와 시간』, 동서문화사, 2008.

마이클 거리언, 윤미연 옮김, 『우리는 그렇게 늙지 않는다』, 위고, 2016.

만프레드 뤼츠, 배명자 옮김, 『위험한 정신의 지도』, 21세기북스, 2010.

발터 벤야민, 김영옥·윤미애·최성만 옮김, 『일방통행로/사유이미지』, 도서출판 길, 2007.

베네딕투스 데 스피노자, 황태연 옮김, 『에티카』, 비홍출판사, 2014.

브라이언 마수미, 정유경 옮김, 『가상과 사건』, 갈무리, 2016.

쇠렌 키에르케고르, 강성위 옮김, 『불안의 개념/죽음에 이르는 병』, 동서문화사, 2007.

수전 케인, 김우열 옮김, 『콰이어트』, 알에이치코리아, 2012.

이정우, 『사건의 철학』, 그린비, 2011.

질 들뢰즈, 김상환 옮김, 『차이와 반복』, 민음사, 2004.

필리프 아리에스, 이종민 옮김, 『죽음의 역사』, 동문선, 2016.

한나 아렌트, 김선욱 옮김, 『예루살렘의 아이히만』, 한길사, 2006.

힐러리 코텀, 박경현·이태인 옮김, 『래디컬 헬프—돌봄과 복지제도의 근본적 전환』, 착한책가게, 2020.

박정규, 「성인 10명 중 9명 "정년 넘어도 일하고 싶어"」, 《뉴시스》, 2021. 5. 15. https://newsis.com/view/?id=NISX2021051

3_0001439695&cID=13001&pID=13000

신승철, 「포스트 코로나19 시대와 구성적 인간론 ②」, 《생태적지혜》, 2021. 7. 2. https://ecosophialab.com/포스트코로나-19시대와-구성적-인간론-②/

엄마의 엄마가 된다는 것

1판 1쇄 발행 2023년 4월 15일

지은이 | 유혜진
펴낸이 | 조영남
펴낸곳 | 알렙

출판등록 | 2009년 11월 19일 제313-2010-132호
주소 | 경기도 고양시 일산서구 중앙로1455 대우시티프라자715호

전자우편 | alephbook@naver.com
전화 | 031-913-2018
팩스 | 031-913-2019

ISBN 979-11-89333-59-1 03800

* 책값은 뒤표지에 있습니다.
* 잘못된 책은 바꾸어 드립니다.